Katya Apekina

JE TIEFER DAS WASSER

Roman

Aus dem amerikanischen Englisch
von Brigitte Jakobeit

Suhrkamp

Die Originalausgabe erschien 2018 unter dem Titel
The Deeper the Water the Uglier the Fish bei Two Dollar Radio
in Columbus, Ohio.

Erste Auflage 2020
© der deutschen Ausgabe Suhrkamp Verlag Berlin 2020
© 2018, Katya Apekina
Alle Rechte vorbehalten, insbesondere das des öffentlichen
Vortrags sowie der Übertragung durch Rundfunk und Fernsehen,
auch einzelner Teile. Kein Teil des Werkes darf in irgendeiner
Form (durch Fotografie, Mikrofilm oder andere Verfahren)
ohne schriftliche Genehmigung des Verlages reproduziert oder
unter Verwendung elektronischer Systeme verarbeitet,
vervielfältigt oder verbreitet werden.
Satz: Satz-Offizin Hümmer GmbH, Waldbüttelbrunn
Druck: CPI – Ebner & Spiegel, Ulm
Printed in Germany
ISBN 978-3-518-42907-5

Für David

»… das Leben ist ein Kunststück, ist ein Kätzchen im Sack.«

Anne Sexton, *Briefe aus dem Ausland*

TEIL I
NEW YORK

KAPITEL 1

EDITH [1997]

Es ist unser zweiter Tag in New York. Wir sind bei Dennis Lomack. Mom liegt im St. Vincent's, um sich zu erholen. Vor Kurzem hat sie etwas ziemlich Dummes gemacht, und ich war es, die sie hinterher fand. Dennis hat uns die Stadt gezeigt und sich bemüht, uns von allem abzulenken und die letzten zehn Jahre wiedergutzumachen.

Heute Abend hat er Mae und mich auf ein Date mit einer Rothaarigen zu einer Tanzperformance mitgenommen. In New Orleans waren wir mit Mom ein paar Mal im *Nussknacker*, aber das hier ist ganz anders. Wir sind im Keller einer Kirche. Es ist voll und feucht. Eine Frau in einem leichten Sommerkleid tanzt allein auf der Bühne. Sie sieht aus wie eine verwilderte Katze, dünn, man sieht ihre Rippen. Ihr dickes hüftlanges Haar schwingt bei jeder Bewegung. Auf der Bühne stehen Klappstühle, und sie tanzt mit geschlossenen Augen. Sie wirkt völlig abwesend und knallt mit Armen und Beinen gegen die Stühle, ohne es überhaupt zu merken. Die Stühle klappen zusammen und fallen um, aber sie tanzt einfach weiter. Plötzlich wird sie langsamer und legt den Kopf schräg, als horche sie, dann fangen ihre Hände an, leicht zu zucken. Sogar auf meinem Platz erreicht mich der Geruch, der bei jeder Drehung von ihrem schmutzigen Haar ausgeht.

Plötzlich verschwimmt sie vor meinen Augen, und ich merke, dass ich weine. Keine Ahnung, warum.

Stimmt nicht. Ich weiß es. Die Frau erinnert mich total an

Mom. Es liegt an ihrer Art zu tanzen, so verzweifelt, aber auch ganz in sich gekehrt. Sie tanzt nicht für uns, sondern ist tief in sich versunken. Wenn der Raum leer wäre, würde sie genauso tanzen.

Mae sieht verängstigt aus. Ich drücke ihre Hand, aber sie merkt es nicht. Was in Dennis vorgeht, weiß ich nicht, dazu kenne ich ihn zu wenig. Wahrscheinlich nichts. In dem dunklen Theater wirkt sein Gesicht wie aus Stein gemeißelt. Sein Date ist an seiner Schulter eingeschlafen.

Nach der Vorstellung schafft Dennis sich die Rothaarige vom Hals und verfrachtet sie in ein Taxi. Und wie er das macht, ist auch fast ein Tanz. Seine Bewegungen sind zielgerichtet. Offenbar hat er viel Übung darin, Leute loszuwerden. Als das Taxi wegfährt, schaut uns die Frau durch die Scheibe an wie ein Golden Retriever. Mae winkt. Ich weiß schon nicht mehr, wie sie heißt. Rachel? Rebecca? Egal. Wahrscheinlich sehen wir sie sowieso nie wieder.

Schweigend kehren wir zu Dennis' Wohnung zurück. Er geht zwischen uns, hält uns an den Armen. Es ist ein langer Weg, dreißig oder vierzig Blocks. Die Luft ist kalt, und die Fenster der meisten Geschäfte sind mit Metallgittern verschlossen. Auf allen Bänken, an denen wir vorbeikommen, liegen Männer. Manche haben Schlafsäcke, andere sind nur mit Zeitungen bedeckt. Diejenigen, die keine Bank abgekriegt haben, liegen in Hauseingängen oder auf dem Boden. Dennis führt uns stumm um die Männer herum. Ich habe noch nie so viele Obdachlose gesehen. An einer Kreuzung begegnen wir einer Gruppe von Frauen, die lachend Eis schlecken und über die Leute auf dem Gehweg steigen, ohne sie auch nur anzusehen.

»Tut mir leid«, sagt Dennis und lässt die Worte in der Luft

hängen. Mae und ich wechseln einen Blick. Ich wünschte, er würde etwas näher ausführen, was genau ihm leidtut.

In der Wohnung setzen Mae und ich uns zum Teetrinken an den Küchentisch. Als ich an die schwankende Frau auf der Bühne denke, fange ich wieder an zu weinen. Mae streicht mir übers Haar, massiert mir mit ihren kalten Fingern die Schläfen. Dennis steht hinter ihr. Er hilft ihr aus dem Mantel und will dann mir helfen, aber ich wehre ihn ab. »Was haben wir bloß gemacht?«, sage ich. »Wie konnten wir sie allein lassen?«

»Bitte beruhige dich«, sagt Dennis und reicht mir eine Serviette. Ich schnäuze mich. Seine Miene ist starr und unergründlich, aber seine Hand zittert, als er Wasser in unsere Becher gießt, und er muss kurz innehalten, damit nichts danebengeht. Ich wende den Blick ab und betrachte das Kästchen mit den Teebeuteln, das Mae gerade inspiziert. Ich will seine zitternde Hand nicht sehen. Er hat kein Recht, die Kontrolle zu verlieren. Ich atme tief durch und konzentriere mich auf das Kästchen. Es ist aus Holz, mit eingeschnitzten Elefanten und voll mit Teebeuteln – *Ingwer Zitrone, Rooibos, Acai*, lauter Sorten, die ich nicht kenne. Mom trinkt nur Kaffee. Ich entscheide mich für einen Beutel, der am wenigsten nach Gras riecht. Wahrscheinlich wurde das Kästchen von einer Frau zurückgelassen, genau wie die kleine Socke, die wir zusammengeknäuelt in der Ecke unseres Zimmers fanden.

Dennis quetscht seinen Stuhl zwischen Tisch und Kühlschrank, setzt sich, vergräbt die Finger in seinem Bart und starrt uns an. Ich sehe weg, merke aber, dass Mae sein Starren erwidert. Er schüttelt mich an der Schulter, bis ich ihn schließlich ansehe. Es ist komisch, weil seine Augen die gleichen sind, die mir entgegensehen, wenn ich in den Spiegel blicke.

Einen Moment lang bin ich wie hypnotisiert, als wäre ich nicht in meinem Körper.

»Hört zu«, sagt er mit gebrochener Stimme. »Mir ist klar, dass ihr mich am Anfang vielleicht als Fremden empfindet. Aber ich bin kein Fremder. Ich bin euer Vater.« Und dann fällt sein starres Gesicht in sich zusammen, und er zieht uns an seine Brust und hält uns fest, bis der Tee kalt ist.

MAE

Meine Mutter hatte komische Vorlieben: Sie suchte sich jemanden aus und folgte ihm stundenlang. Durchs Einkaufszentrum, zur Garage, zu dessen Haus. Einmal fuhren wir die ganze Nacht mit ausgeschalteten Scheinwerfern durch den Wald zu einer Jagdhütte. Wenn wir tagsüber unterwegs waren, durfte Edie manchmal auch mitkommen, obwohl die Ausflüge mit ihr meistens nett und harmlos verliefen. Ein Spiel, bei dem Mom und Edie sich auf dem Vordersitz eine Tüte Lakritze teilten und Vermutungen über die Leute anstellten, denen wir folgten.

Aber wenn Mom und ich nachts allein unterwegs waren und die Bäume und der Sumpf im Dunkeln an uns vorbeirauschten, war es kein Spiel. Dann war ich in Moms Wirklichkeit gefangen. Manchmal stieg sie aus, und ich musste mit ihr gehen. Einmal gingen wir ziemlich lange einen überwucherten Weg entlang zu einem Hochstand. Die Luft war stickig und kalt. Das Zirpen der Grillen und Quaken der Laubfrösche war ohrenbetäubend. Ich war zehn, vielleicht elf, und ich weiß noch, dass ich alle paar Schritte das unangenehme Gefühl hatte, als würde ich aufwachen und aufwachen und aufwachen.

Der Hochstand war aus Sperrholz. Ich weiß nicht, ob wir zufällig auf ihn stießen oder ob Mom uns absichtlich dorthin geführt hatte. Ich kletterte hinter ihr die Leiter hoch, weil ich Angst hatte, allein unten zu bleiben. Es war wie ein Baumhaus, roch aber nach Schimmel und Blut. Mom verbrauchte ein ganzes Streichholzheftchen, um die Überschriften der alten Zeitungen zu lesen, die auf dem Boden lagen. Auf dem Rückweg zum Auto verirrten wir uns. Ich hatte entsetzliche Angst, dass wir erschossen oder von Hunden gejagt würden. Das war schon vorgekommen. Als wir nach Hause kamen, war es draußen bereits hell, und dann musste ich in die Schule und so tun, als wäre nichts gewesen. Ich musste mich anstrengen, damit ich nicht einschlief oder irgendwie die Aufmerksamkeit auf mich zog.

Ich weiß nicht, wie viel Edie von alldem wusste. Sie sagte immer, ich wäre Moms Liebling, aber das ist nicht wahr. Es war eher so, dass Mom mich als Erweiterung ihrer selbst sah, während Edie die Freiheit hatte, ganz sie selbst zu sein. Edie war mit ihren Freundinnen unterwegs, fuhr Fahrrad, lag in der Sonne, schlich sich heimlich ins Kino, und ich war oben in Moms Zimmer gefangen, lag trotz der Sommerhitze unter Decken und dem Pelzmantel meiner Großmutter begraben. Der Mantel war aus Nutria – Sumpfbiber –, und ich musste stundenlang schwitzend mit Mom unter dem kratzigen Ding liegen, während sie die Ärmel kahllutschte.

Ja, Mom hat mich an jeden schrecklichen Ort mitgeschleppt. Ich musste so weit wie möglich von ihr wegkommen, sonst hätte sie mich verschlungen. An dem Tag, als sie sich am Balken in der Küche aufhängen wollte, lag ich auf dem Fußboden in meinem Zimmer. Mein Verstand glich einem Radio, das auf ihren Sender eingestellt war, und ihr Elend lähmte mich. Wahrscheinlich wusste ich, was sie vorhatte, aber ich hielt sie nicht auf. Edie hat Mom das Leben gerettet.

Als Dad wie aus dem Nichts auftauchte, um uns abzuholen, war es, als hätte ihn jemand herbeigezaubert. Er meldete uns von der Schule ab – ich war in der neunten Klasse, Edie in der elften – und nahm uns mit nach New York. Wir kamen zum ersten Mal über die Grenze von Louisiana hinaus und wussten nicht, wie lange wir bei ihm bleiben würden, weil alles in der Luft hing. Aber mir war klar, dass sich mir die Chance für einen Neuanfang bot, und die wollte ich nicht verspielen.

Alles an Dad war für mich wie ein Déjà-vu. Wenn ich einen Gegenstand sah, fühlte ich mich unwillkürlich zu ihm hingezogen. Ein Paar braune Lederstiefel hinten in seinem Schrank zum Beispiel, die vom Tragen ganz weich waren und neue Sohlen brauchten. Ich erinnerte mich nicht genau an sie, es war eher ein körperliches Gefühl. Ich schloss die Schranktür und presste die Stiefel im Dunkeln an mich. Edie sollte nicht wissen, dass ich so etwas machte, und in der kleinen Wohnung war es schwer, etwas vor ihr zu verbergen.

Ich fand die Wohnung toll. Sie glich einem engen, staubigen Mutterschoß. Edie musste ständig niesen, weil der Staub auf den vielen Büchern nur schwer zu entfernen war. Die Regale im Wohnzimmer quollen bis zum Boden über, und überall waren Bücherstapel, an der Wand, auf dem Klavier, unterm Küchentisch. Dad war Schriftsteller, deshalb vermehrten sich die Bücher in seiner Wohnung wie von selbst. Jeden Tag kamen neue mit der Post, meistens von jungen Autoren, die auf Dads Unterstützung hofften. Ein vollmundiges Lob von Dad auf dem Buchumschlag hatte Gewicht. Er war eine Kultur-Ikone. Einmal war er sogar eine Antwort bei Jeopardy.

Mom war früher auch Autorin, sie schrieb Gedichte, war aber bei weitem nicht so bekannt. Sie las uns oft vor. In einer meiner frühesten Kindheitserinnerungen sitze ich mit Edie auf dem Küchenboden und sehe zu, wie sie mit geschlossenen Augen vor uns steht und, umgeben von ihren Notizbüchern, schwankend und stampfend rezitiert. Manchmal schickte sie ihre Gedichte an Zeitschriften, und als Glücksbringer mussten Edie und ich die Umschläge anlecken. Veröffentlicht wurde sie nur selten. Dann hörte sie auf zu schreiben und irgendwann las sie auch nicht mehr. Die Bücher wurden Requisiten. Sie saß stundenlang am Frühstückstisch, starrte mit leerem Blick in einen aufgeschlagenen Gedichtband, und ihr fettiges Haar hinterließ Flecken auf ihrem Nachthemd. Sie starrte nur vor sich hin und blätterte keine Seite um. Ihre Finger waren wie abgetrennt von ihrem Körper und klopften aneinander, als wollten sie kommunizieren.

EDITH [1997]

Das Rauschen des Verkehrs wird lauter, wenn ich die Augen schließe. So dürfte sich das Meer anhören. Unser Zimmer gleicht einer Kabine auf einem Kreuzfahrtschiff. Es war Dennis' Arbeitszimmer und ist so schmal, dass man nicht »wie ein Italiener reden« darf, wie unsere Französischlehrerin gesagt hätte, wenn man in der Mitte steht, weil man sonst mit den Händen gegen das Etagenbett, die Kommode oder die Papierlaterne stoßen würde.

Mae liegt im unteren Bett neben mir. Wenn wir allein in unseren Kojen liegen, haben wir Angst und wachen nachts immer wieder auf.

»Ich komme mir vor wie auf einem Kreuzfahrtschiff«, flüstere ich. Sie lässt die Augen zu, schüttelt nur den Kopf, und ihr dickes, dunkles Haar fällt ihr ins Gesicht. Wenn sie schläft, ist sie wie ein kleiner Backofen. Ihr Haar, das genauso ist wie Moms, klebt an ihrem feuchten Hals. Als sie sich zur Wand umdreht, kämme ich es mit den Fingern und stelle mir vor, Mom würde neben mir liegen. *Es tut mir leid, Mom. Es tut mir schrecklich leid.* Seit fast einer Woche sind wir jetzt in New York, und die Ärzte halten sich immer noch bedeckt. Dennis erzählen sie, es sei noch zu früh, um etwas Endgültiges zu sagen. Wenn ich anrufe, heißt es, sie seien nicht befugt, ihren Zustand mit mir zu besprechen. Sie behandeln mich wie ein kleines Kind, dabei habe ich mich in all den Jahren um Mom gekümmert.

Dennis hat uns immer noch nicht gesagt, wann wir zurückdürfen. Ich habe nichts gegen eine Pause, aber ich bin in der Schülervertretung und im Homecoming- und Abschlussballkomitee, und je länger ich weg bin, desto wahrscheinlicher krallt sich irgendwer meinen Platz. Außerdem fehlt mir Markus, und es ist bloß eine Frage der Zeit, bis auch ihn sich eine der zwei Laurens krallt.

Ich habe Dennis gefragt, ob wir am 3. oder 4. wieder zurück sind. Aber er lächelt bloß dämlich und beteuert, wie froh er ist, mich bei sich zu haben. Ich weiß nicht, wie lange ich es noch aushalte, dass er uns nicht von der Pelle rückt und ständig bescheuerte Bemerkungen über banalen Scheiß von sich gibt. Wie wir unsere Löffel halten! Wie wir Wasser trinken! Wir sind ihm ja so ähnlich! Ach, das Wunder der Genetik! Würde mich nicht wundern, wenn er jetzt vor unserer Zimmertür steht, unserem Schlaf lauscht und sich Notizen macht, wie ähnlich unsere Schlafgeräusche seinen sind. Vielleicht kann er ja *das* in seinem nächsten Buch unterbringen. Wo wir doch so aufregendes Material sind. Kleine Spiegel, in denen er sich noch mehr bewundern kann.

»Findest du es nicht komisch«, flüstere ich laut, »dass wir Dennis zwölf Jahre lang egal waren, und jetzt plötzlich kriegt er nicht genug von uns?« Hoffentlich hört er mich, wenn er vor der Tür steht.

Mae stellt sich schlafend, aber ich weiß, sie ist wach. Und ich weiß auch, was sie denkt. Sie findet es gar nicht komisch. Als ich das Thema vorhin angeschnitten habe, hat sie ihn verteidigt. Aber sie war erst zwei, als er abgehauen ist, sie weiß also nichts. Ich war vier und erinnere mich noch genau. Ich erinnere mich, wie er mir gefehlt hat und ich jeden Tag wie ein Hund am Fenster auf ihn gewartet habe. Er rief nie an, nicht zum Geburtstag und nicht an Weihnachten. Er schrieb nie Briefe oder Postkarten. Er ist ein berühmter Schriftsteller, und ich kenne nicht mal seine Handschrift. Dazu kommen noch die Geschichten, die Mom uns erzählt hat. Schon als wir klein waren, hat sie offen mit uns geredet, weil wir alles waren, was sie hatte. Sie hat uns erzählt, wie er sie und ihre Jugend ausgenutzt hat, wie eifersüchtig und wütend er war, dass er mit all ihren Freundinnen schlief, und zwar nicht, weil er sie mochte oder sich zu ihnen hingezogen fühlte, sondern weil er nicht wollte, dass Mom Freundinnen hatte. Und sie hatte tatsächlich keine Freundinnen, nicht wirklich. Sie hatte Doreen und sie hatte uns, und das war nicht genug.

»Das ist nicht von Dauer«, flüstere ich. Ich will nicht, dass Mae sich Hoffnungen macht, die dann zerstört werden. »Sobald wir wieder in New Orleans sind, hören wir nichts mehr von ihm.«

Mae kann sich nicht gut schlafend stellen. Sie hält die Luft an, das verrät sie. Ich sage nichts mehr, und schon bald erfüllt das Rauschen des Verkehrs den Raum, bis ich das Gefühl habe, auf dem Rauschen zu schweben. Ich döse ein. Ich bin wieder zu Hause, in meinem eigenen Zimmer. Mom geht es gut. Ich höre sie in der Dusche singen. Siehst du, es geht ihr gut. Ich wusste es. Dann wird ihr Singen schrill, und ich wache von Sirenen auf.

Mae steht am Fenster. Die Lichter eines Krankenwagens sechs Stockwerke tiefer färben ihr Gesicht erst blau, dann rot.

»Mae«, flüstere ich, aber sie rührt sich nicht. Manchmal fällt sie in Trance, darum wurde sie von den Kids in der Schule Spooks genannt.

»Mae.« Ich lege meine Hände auf ihre Schultern. Wir beobachten zusammen, wie unten auf der Straße jemand auf einer Krankentrage festgeschnallt wird.

An dem Tag, als ich Mom in der Küche fand, hat es sintflutartig geregnet. Die Rettungssanitäter und Feuerwehrleute hinterließen Pfützen auf dem Teppich, als sie Mom hinaustrugen. Es war wie eine Fügung Gottes, dass Markus und ich uns gestritten hatten und ich früher von seinem Seehaus zurückgekehrt war und sie fand. Mae sagt, sie glaubt nicht an Gott, aber wie sonst lässt sich mein rechtzeitiges Auftauchen erklären? Nur fünf Minuten später, und Mom wäre gestorben. Ich kann sie mir nicht tot vorstellen. Es ist wie bei einer Sonnenfinsternis, wenn man direkt hinschaut, wird man blind.

Mom wollte nicht wirklich sterben. Das weiß ich genau. Woher ich das weiß? Weil sie den Wasserkessel eingeschaltet und die Kaffeekanne vorbereitet hatte. Die ganze Wand war nass vom Kondenswasser, und der Kessel pfiff immer noch, als ich sie fand. Mir ist schleierhaft, dass Mae nichts gehört hat. Sie muss wieder in Trance gewesen sein.

Ich bringe Mae in ihr Bett zurück und lege die Decke über sie. Sie streckt die Hand aus und streichelt mein Gesicht.

»He, nicht weinen«, sagt sie und schließt die Augen.

Ich hatte nicht gemerkt, dass ich weine. Seit wir hier sind, bin ich am Heulen, als wären meine Augen inkontinent. »Tu ich doch gar nicht«, sage ich und wische mir mit ihrem Haar die Tränen ab.

»Wünschst du dir nicht auch, dass alles wieder wie früher wird?«, frage ich. Bevor das passiert ist, bevor Mom depressiv wurde. Sie war nicht immer traurig. Manchmal war sie glücklicher als alle, die ich kenne. Dann brach sie vor Lachen fast zusammen, kriegte sich gar nicht mehr ein, und wir lachten mit ihr, obwohl wir keine Ahnung hatten, was eigentlich so

lustig war. Und dann gab es Zeiten, in denen sie nicht glücklich oder wütend oder traurig war. Dann war sie einfach Mom,
ging mit uns in den Park oder zu den Paraden, blieb lange auf
und nähte uns aufwendige Mardi-Gras-Kostüme.

Mae antwortet nicht, dreht sich zur Wand. Als ich fast
schon schlafe, sagt sie: »Manchmal denke ich, wir sind in verschiedenen Familien aufgewachsen.«

MAE

In den ersten paar Wochen ließ Dad uns nicht aus den Augen. Er machte ewig lange Spaziergänge mit uns, in die er alles Mögliche einbaute, um die verlorene Zeit wiedergutzumachen. Wir liefen Hunderte von Straßen zu Fuß ab. Er sagte, als er damals nach New York zurückzog, fehlten wir ihm so sehr, dass er das Gefühl hatte, in seinem Inneren wimmelte es von Feuerameisen, und dass Spaziergänge ihn vor dem Wahnsinn bewahrten.

In Metairie wäre uns nie eingefallen, zu Fuß zu gehen. Man wäre nicht weit gekommen, ohne wieder da zu landen, wo man aufgebrochen war, oder auf die Autobahn zu stoßen. Es gab die beklemmenden Nachtspaziergänge mit Mom durch sumpfigen Wald, aber das war etwas anderes. In New York zogen wir wie Pilger durch die Gegend, und als unsere Schuhe abgelaufen waren, kaufte Dad uns schicke Sneaker, die für den stolzen Gang von Massai-Kriegern gemacht waren. Wir liefen damit vom Cloisters im Norden Manhattans bis zur Südspitze des Battery Parks, machten unterwegs auf den Bürgersteigen der Lower East Side einen Bogen um Junkies, die vor sich hin dösten, probierten gefüllte Teigtaschen in Chinatown und Pizza in Little Italy, befühlten die Stoffballen im Fashion District und kauften Blumensträuße im Flower District, die verwelkten, bis wir nach Hause kamen.

Wir gingen durch Viertel, als gerade Schulschluss war. Mädchen strömten auf die Straße, und ihre Uniformen sahen so aus wie unsere in der St. Ursula – graugrün karierte Röcke und weiße Blusen –, aber an diesen Mädchen sahen sie viel schicker aus. Wir beobachteten, wie sie vor den Bäckereien in Greenwich Village Schlange standen und in ihren riesigen modischen Taschen herumwühlten.

Dad versuchte uns von diesen Mädchen wegzumanövrieren, weil Edie bei ihrem Anblick unweigerlich schlechte Laune bekam.

»Du hast uns praktisch gekidnappt!«, schrie sie ihn an, worauf einige Mädchen sich umdrehten und uns beäugten, unsicher, ob sie Edies Anschuldigung ernst nehmen sollten. Einmal zog sie ihre neuen Sneaker aus und warf sie nach ihm. Dad war so verdattert und überrascht, dass Edie nur noch wütender wurde.

»Wann können wir wieder nach Hause?«, schrie sie, und die einzige Möglichkeit, sie zu beschwichtigen, war der Hinweis auf die Aussagen der Ärzte und Moms Gesundheitszustand. Danach beruhigte sie sich zähneknirschend und zog die Schuhe ein paar Straßen weiter wieder an.

Am schönsten fand ich es, wenn Dad uns auf Geistertouren an die Orte seiner Kindheit mitnahm, Orte, die nicht mehr wiederzuerkennen waren und an denen er gelebt und ins Kino gegangen war, Malzbier getrunken und geflippert hatte. Ich stellte mir gern eine andere Schicht der Stadt unter der unmittelbar sichtbaren vor. Metairie dagegen war ein statischer Sumpf, bei dem Veränderungen unvorstellbar waren.

Einmal ging er mit uns zum Morningside Park und zeigte uns die Höhlen, in denen er aus Protest gegen Segregationsversuche der Columbia University gecampt hatte. Man hatte dort eine Sporthalle mit zwei getrennten Eingängen für »Weiße« und »Farbige« bauen wollen. Immer wenn er von der Bürgerrechtsbewegung erzählte, vergaß Edie ihre Wut und hörte ihm mit offenem Mund zu.

BRIEF VON DENNIS LOMACK
AN MARIANNE LOUISE MCLEAN

24. April 1968

Liebe M –

eigentlich wollte ich an einem Roman arbeiten, aber aus allem, was ich schreibe, wird ein Brief an Dich. Ich stehe in Deinem Bann. Warum dagegen ankämpfen?

Fred und ich sind im Morningside Park. Die Bullen drehen ihre Runden um das Gelände, aber sie unternehmen nichts. Selbst dem Bürgermeister ist klar, dass wir im Recht sind. Wir sind betrunken und singen und feiern die Kapitulation der Columbia. Ade, Gym Crow!

Fred hatte versehentlich den Wassereimer über das Holz gekippt und wir konnten es nicht anzünden (armer Fred, keine Tiefenwahrnehmung). Ich musste nach unten klettern und neues Holz suchen. Von unten bietet sich ein wunderbarer Anblick: Höhlen säumen die Felswand, und in jeder brennt ein Lagerfeuer. Und so ist die Felswand plötzlich in einen urtümlichen Wolkenkratzer verwandelt. EIN WOLKENKRATZER FÜR HÖHLENMENSCHEN (diese Wendung kam mir in der Stimme Deines Vaters). Ich wünschte, Ihr beide könntet das sehen! Es ist besser als ein Sit-in, es ist ein Camp-in! Ein HÖHLEN-IN! Hier ist nicht Mississippi! Nicht mit uns! etc. etc.

Wie geht es Deinem Vater? Eigentlich wollte ich ihm schreiben. Von Ann weiß ich, dass der Prozess gegen ihn ein Chaos ist, die totale Farce, wobei sie nicht auf Einzelheiten einging. Ich werde meine Schwester um Rat fragen. Sie ist Anwältin, weißt Du. Tatsächlich habe ich sie erst heute am frühen Abend gesehen. Sie kam mit Schweinefleisch und Kohl vorbei und mit ihrem Typen Stewart, diesem Langweiler. Aus der Höhle nebenan kamen Freunde vorbei, zwei Schwestern aus Puerto Rico. Stewart wollte mit ihnen über Gandhi reden, aber sie waren nicht beeindruckt und gingen wieder. Stewart sagt, wenn er könnte, würde er mich umbringen und in meine Haut schlüpfen. Sein Gesicht sieht aus wie ein »Pickelstrauß«, eine Tatsache, auf die er sein Pech bei Frauen schiebt. Wie meine Schwester es mit ihm aushält, übersteigt meinen Horizont. Die Kerze wird von Stechmücken umschwärmt, ich lösche sie lieber schnell.

Gute Nacht, gute Nacht, meine kleine m.

EDITH [1997]

»Ich bin zu alt«, sagt Dennis und winkt uns weiter. Er steht unten auf der Wiese bei den Leuten, die grillen.

Mae und ich klettern unter dem Geländer durch und kriechen eine schmale Steinkante entlang zu den Höhlen in der Felswand. Ich blicke nicht nach unten. Die Höhlen haben kleine Eingänge. Beim Hineinkriechen streifen unsere Hände Dreck und Müll. Bonbonpapiere oder Kondomverpackungen?

»Weiter links, weiter links«, ruft Dennis von unten. Ich strecke den Kopf vor und sehe ihn auf die Höhle neben uns zeigen. In der hat er damals gecampt.

Wir klettern hinüber. Ich hieve Mae hinein, und dann zieht sie mich hoch. Die Höhle ist tiefer und dunkler als die anderen. Es dauert eine Weile, bis sich meine Augen an das Zwielicht gewöhnen, und dann sehe ich den Umriss einer Gestalt. Ich spüre, wie Mae erstarrt, aber bevor sie etwas tun kann, halte ich ihr den Mund zu. Dicht vor uns liegt ein Mann auf einem Schlafsack. Er ist nackt und schläft. Trotz der Dunkelheit sehe ich seinen Schwanz. Er liegt auf seinem Bauch und ist direkt auf uns gerichtet. Mae und ich kriechen rückwärts und fallen fast aus der Höhle. Wahrscheinlich ist es der erste Schwanz, den sie je gesehen hat.

»Was ist los?«, fragt Dennis. Mae und ich sind beide außer Atem. Die Stelle, wo meine Hand auf ihrem Mund lag, ist mit Dreck verschmiert. An ihrem Knie hängt ein Snickers-Papier, das Dennis wegzupft.

»Wir haben eine Schlange gesehen«, sage ich. Keine Ahnung, warum ich lüge. Es kommt einfach so raus.

»Oh«, sagt er. »War sie grün und gelb?«

Ich nicke.

»Eine Strumpfbandnatter«, sagt er. »Keine Sorge, die sind harmlos.«

Neben ihm steht eine Frau. Nicht die aus dem Theater, eine andere. Sie lächelt uns zu und sieht dabei aus wie ein Pferd. Als sie Mae zu ihrem Haar beglückwünscht, bekommt sie von ihr nur ein Knurren als Antwort.

MAE

Dad hatte jede Menge Frauen. Es war ratsam, sie nicht zu ermutigen. Am schlimmsten war es, wenn sie Mutter spielen wollten, ich kam mir dann vor wie in einer schlechten Provinzposse, in der sie für eine Rolle vorsprachen, die nicht zu vergeben war. Edie und ich machten es uns zur Aufgabe, sie unhöflich zu behandeln, wenn auch aus unterschiedlichen Gründen. Ich hatte endlich einen Vater bekommen, den ich mit niemandem teilen wollte, während Edie in diesen Frauen eine Beleidigung für Mom sah.

Ich glaube, Dad wusste nicht, wie er sich die Frauen vom Hals halten sollte. Schon sein ganzes Leben lang bekam er viel weibliche Aufmerksamkeit. Als Kind war er der Jüngste, und seine Mutter und Schwestern liebten ihn abgöttisch. Und als Erwachsener war er attraktiv und charismatisch, ein großer Mann, der sich unter Türrahmen ducken musste, talentiert und berühmt. Natürlich liebten ihn die Frauen! Aber er schien keine besonders ernst zu nehmen. Er war vollkommen auf Edie und mich fixiert. Es war berauschend, im Mittelpunkt des Lebens eines anderen zu stehen. Wie er uns immer ansah … so etwas hatte ich noch nie erlebt.

Eines Abends, als Edie schlief, schlich ich aus unserem Zimmer zu Dads Tür. Ich stand eine Zeit lang da und nahm meinen Mut zusammen. Ich wollte anklopfen und ihm sagen, dass ich nicht nach New Orleans zurückgehen, dass ich ihn nicht verlassen konnte, aber ich hatte Angst, es ihm vor Edie zu sagen. Ich war nervös, weil ich sie nicht enttäuschen und hintergehen wollte.

Als ich an seine Tür klopfte, ging sie von allein auf. Er saß an seinem Schreibtisch und starrte auf ein Foto. Als er mich sah, erschrak er und legte das Bild schnell in eine Schublade.

»Wieso bist du noch auf?«, fragte er.

Ich verlor die Nerven, wusste nicht, was ich sagen sollte. Was, wenn Edie nun doch recht hatte? Wenn seine Liebe für uns eine Illusion war und mein Nachbohren es offenbaren und ihn abschrecken würde? Also sagte ich nichts.

Aber das musste ich auch nicht. »Komm her«, sagte Dad und zog mich auf seinen Schoß.

»Hast du Angst?«, fragte er.

Ich nickte, und er küsste mich auf die Stirn.

»Das ist ganz normal«, sagte er.

EDITH [1997]

»Meine zwei schönen Töchter, meine wunderschönen Mädchen«, sagt Dennis beim Frühstück. Seine Hand liegt warm auf meiner Schulter. Sein Blick ist sanft, als wären wir seine Vögelchen.

Als ich merke, wie Mae ihn anstarrt, wird mir klar, dass sich etwas langsam in ihr verschiebt wie tektonische Platten.

Ich will nicht lügen. Als er mich berührt hat, habe ich auch einen Moment plötzlicher Vollkommenheit gespürt, als hätte jemand die Drähte zu meiner inneren Alarmanlage gekappt. Aber ich erkenne es wenigstens als das, was es ist. Zwei Wochen ist es her, seit Mom im Krankenhaus verschwand, und schon betrügen wir sie.

»Ich dachte mir, dass ich heute mit euch ins Met gehe«, sagt Dennis. Das Telefon klingelt, aber er lächelt uns weiter an. Ich schlängle mich unter seiner Hand vor. Wahrscheinlich ist es Markus, der mich zurückruft. Ich habe ihm drei Nachrichten hinterlassen. Markus oder eine von Dennis' Frauen. Seinen vielen Frauen. Ständig rufen sie an. Vor ein paar Tagen tauchte eine in einem Trenchcoat auf, mit nichts drunter. Sie war im Ausland gewesen und kam direkt vom Flughafen, um ihn zu überraschen. Überraschung! Sie konnte sich nicht mal hinsetzen, hielt mit einer Hand nur ihren Mantel am Hals zu, während sie uns die andere gab. Sie tat mir fast leid.

»Hallo?«, sage ich in den Hörer.

Eine Männerstimme. »Könnte ich bitte mit Mr Lomack sprechen?« Ich glaube, es ist der Arzt.

Ich reiche Dennis den Hörer und beobachte sein Gesicht.

»Ja«, sagt Dennis. »Wie geht es ihr?« Er senkt den Blick auf seine Hände. »Ja«, sagt er, »ja.« Er dreht sich von uns weg, die Telefonschnur liegt auf seinem Rücken. »Und die Medikation?«, sagt er. »Verstehe, ja.« Seine Stimme verrät nichts.

Mein Herz schlägt bis zum Hals.

»Tut mir leid, das zu hören«, sagt er, klingt aber nicht sehr bedauernd. Sein Gesicht ist abgewandt. Was tut ihm leid?

Mae bewegt sich unruhig, ihr Stuhl quietscht. Offenbar werfe ich ihr einen bösen Blick zu, denn ihre Lippen zittern. Sie ist empfindlich. Das sagt Mom immer. *Geh behutsam mit deiner Schwester um, sie ist sehr empfindlich.* Ich lächle ihr zu oder versuche es zumindest und atme dann tief durch.

»Ja«, sagt Dennis wieder, zum ungefähr tausendsten Mal. Sie behalten Mom gegen ihren Willen dort. Wahrscheinlich ist sie an ein Bett gefesselt und schreit. Sie hat ihre Stimme verloren. Deshalb darf ich nicht mit ihr sprechen. Sie hat keine Stimme. In meiner Fantasie sehe ich ihren schreienden Mund, aus dem kein Ton kommt. Die Vorstellung macht mir solche Angst, dass ich nach Maes Hand greife.

»Au«, sagt sie und reibt sich die Stelle, wo ich sie berührt habe. Manchmal ist sie eine richtige Zicke.

Dennis legt den Hörer auf. Seine Augen schimmern, und er redet erst, als er wieder bei uns am Tisch sitzt.

»Die Ärzte halten es für das Beste«, sagt er und vergräbt die Finger in seinem Bart, »wenn ihr vorläufig hierbleibt. Eurer Mutter geht es nicht gut. Sie braucht mehr Zeit.«

»Nein«, sage ich.

Dennis nickt. »Ich weiß, damit habt ihr nicht gerechnet.«

»Und was ist mit der Schule? Wir können nicht einfach mitten im Schuljahr aussteigen. Wir können zurückgehen und allein leben. Ich bin sechzehn. Wer, glaubst du, hat sich die ganze Zeit um alles gekümmert?«

»Rechtlich gesehen dürft ihr das nicht«, sagt Dennis.

»Wir können bei Doreen wohnen.« Doreen ist wie eine Schwester für Mom. Keine biologische, aber sie sind zusammen aufgewachsen. Das ist sie uns schuldig.

»Doreen hat das nicht angeboten.«

Ich bemühe mich, ruhig zu bleiben, weil ich weiß, nur so kann ich einen Streit gewinnen, aber ich merke, wie meine Stimme schrill wird. »Damit bin ich nicht einverstanden.«

Mae mischt sich ein. Sie sieht mich wütend an und sagt: »Ich finde, du bist sehr egoistisch.« Es fühlt sich an, als hätte sie mich geschlagen.

DENNIS LOMACKS TAGEBUCH [1970]

Gestern Abend begann ich ... etwas. Etwas Großes, Lebendiges. Ich will nicht zu früh darüber reden, aber vielleicht endlich ein Buch (!). Während ich getippt habe, lag Marianne auf einer Matratze auf dem Fußboden und beobachtete mich. Bei ihr bin ich wie ein offener Handschuh, der auf eine Hand wartet. Ihre Energie beflügelt mich, da bin ich mir sicher. Ich schrieb die ganze Nacht. Draußen regnete es. Marianne lag auf dem Rücken, hob ihren Arm, betrachtete ihren Ring und schlief ein. Gestern kam meine Schwester zu Besuch in die Stadt, und als wir am Rathaus vorbeikamen, verspürte ich den dringenden Wunsch zu heiraten. Im Deli gegenüber kauften wir leuchtend blau gefärbte Nelken. »Sieh mal«, sagte Marianne und fuhr mit dem Daumen die Stängel entlang, die geädert waren wie Arme. Wir baten einen Touristen auf der Straße, mit seiner Kamera ein Foto von uns zu machen. Er versprach, es uns zu schicken. Und seit unserer Hochzeit drängt es mich zu schreiben. Unter all meinen Worten höre ich rhythmisches U-Bahn-Geratter – *meine Frau, meine Frau, meine Frau*. Es war schon hell, als ich aufhörte und mich zu ihr legte. Ich brauchte mehr von ihr, um weiterzumachen.

»Sie haben mich die ganze Nacht gebissen«, sagte Marianne verschlafen und zeigte mir ihren Arm. Eine Reihe kleiner roter Hügel. Die Wanzen leben zwischen den Dielenbrettern und in den Steckdosen.

»Das tu ich auch gleich«, sagte ich und biss sie.

Als ich mir danach im Bad das Gesicht wusch, sah ich im Spiegel mein Ohrläppchen – zwei unebene Linien, Abdrücke von ihren schiefen Schneidezähnen. Und wieder dieses plötzliche Verlangen.

Ich eilte zum Bett zurück und knöpfte von unten die Bluse auf, die sie gerade von oben zuknöpfte. Sie schämt sich, aber immer für das Falsche. Ich schob ihre Hände von ihren Brüsten und küsste ihre Handgelenke. Presste sie nach unten.

Und dann ihr geflüsterter Refrain: Du kannst mich retten?

Worauf es nur eine Antwort gibt: Ja, natürlich, ja.

EDITH [1997]

In der Küche klappern Dennis und Mae mit Töpfen herum. Er bringt ihr bei, wie man gefüllte Teigtaschen macht. Nach dem Rezept seiner polnischen Großmutter. Ich schätze, das macht sie zu unserer Urgroßmutter. Zuhause habe meistens ich gekocht. Wegen Mae und Mom hatte ich die Batterien aus dem Feuermelder in der Küche genommen, denn wenn die beiden rote Bohnen mit Reis kochten, waren hinterher überall Spuren von verbranntem Reis auf den Topfböden. Daran musste ich gestern denken, als wir im Metropolitan Museum of Art eine Spezialführung von einer Frau bekamen, mit der Dennis es treibt/treiben wird/getrieben hat, und sie uns den unruhigen Nachthimmel in einem Gemälde von Vincent van Gogh zeigte. Der Himmel sah genauso aus wie unsere Töpfe in Metairie. Der Gedanke macht mich traurig: die vielen Töpfe, aufeinandergestapelt und unbenutzt in den Schränken in unserem leeren Haus. Ich weiß nicht, wie lange ich es noch aushalte, weg zu sein.

Irgendjemand sagte mal, wenn man sich vor Augen führt, was man sich wünscht, es sich also in allen Einzelheiten vorstellt, geht es in Erfüllung. Eine Art Gebet. Also versuche ich es. Ich schließe die Augen und konzentriere mich. Ich bin nicht mehr in diesem beengten Drecksloch. Stattdessen bin ich zu Hause und stehe in unserem Wohnzimmer. Links ist das Regal mit den Kürbisskulpturen, in denen sich die Asche meines Großvaters befindet. Vorne ist das Fenster mit den Spitzenvorhängen. Es ist mitten am Tag, Licht fällt herein und wirft Muster auf das grüne Samtsofa und den Wohnzimmertisch.

Ich versuche mir den Geruch der Bäume im Nachbargarten vorzustellen. Trotz der geschlossenen Fenster und der Klimaanlage dringt er ins Wohnzimmer. Als wir nach New York gingen, fingen die Bäume gerade zu knospen an, inzwischen dürften sie in voller Blüte stehen. Kleine weiße Blüten, die wie Fischstäbchen riechen. Im vergangenen Jahr beschwerten sich die Leute und unterschrieben eine Petition, die Bäume zu fällen, aber ich mochte sie. Ich mochte schon immer solche Gerüche – Fisch, Stinktier, Benzin, Achselschweiß, Matsch.

Mom und Mae sind im anderen Zimmer. Ich strecke die Arme aus und taste mich in ihre Richtung. Doch als ich fast schon an der Schwelle zur Küche bin, knarrt der Fußboden und ruiniert alles. Unser Haus ist mit dickem Teppich ausgelegt. Der Fußboden knarrt nie. Ich halte inne und hoffe, wenn ich mich fest konzentriere, kann ich weitermachen, wo ich stehengeblieben war, aber es funktioniert nicht. Ich schaffe es einfach nicht, mich länger als ein paar Sekunden am Stück nach Metairie zu teleportieren. Als ich die Augen öffne, steht Mae in der Tür, die echte Mae, und beobachtet mich. Ihr Gesicht und ihr T-Shirt sind voll Mehl. Sie reicht mir das schnurlose Telefon.

»Markus«, sagt sie. »Willst du rangehen?«

Es ist mir peinlich, aber dann denke ich, warum eigentlich? Sie weiß nicht, was ich eben gemacht habe, hat mich nur mit geschlossenen Augen gesehen. Mae tut immer so, als wüsste sie alles, aber was weiß die schon?

»Endlich«, sage ich in den Hörer und mache die Tür vor

Maes Nase zu. »Hat dir deine Mutter meine Nachrichten nicht ausgerichtet?«

»Ich ruf dich ja gerade an, oder?« Er klingt verärgert. Am Tag, als das mit Mom passiert ist, haben wir Schluss gemacht, aber am Tag danach waren wir wieder zusammen, und noch einen Tag später kam ich hierher. »Also«, sagt er, »was ist los?«

»Ich brauche deine Hilfe«, sage ich.

»Okay …«

»Ich muss bei euch wohnen.«

Er schweigt, deshalb rede ich schnell weiter. »Ich kann sonst nirgendwohin gehen. Dennis will, dass ich nach New York ziehe, und Mom geht es noch nicht besser.«

»Ich frage meine Eltern«, sagt Markus.

»Bitte«, erwidere ich, weil ich es ihm nicht abnehme.

»Ich frag sie.«

»Ich könnte in euer Gästezimmer ziehen.«

»Okay«, sagt er. Es klingt, als wären Leute im Hintergrund, Stimmen, Lachen. Eine böse Ahnung steigt in mir auf.

»Wo bist du?«, frage ich.

»Im Seehaus.«

»Wer ist noch da?«

»Lauren B, Lauren S und Alko-Mike.«

»Warum lässt du dich mit den Laurens ein?«

»Bitte«, sagt er, doch dann reißt ihm jemand das Telefon aus der Hand.

»Edie!«, lallt Mike. »Warum bist du nicht hier?«

Ich höre, wie Markus ihm den Hörer wegnimmt.

»Weiß er es nicht?«, frage ich Markus.

»Wahrscheinlich hat er's vergessen«, sagt Markus.

»Du fragst also deine Eltern?«

»Verdammt«, sagt Markus, »hab ich doch schon gesagt.«

Er klingt total wütend. Wir schweigen beide. Dann schniefe ich laut in den Hörer. Ich weiß, er hört es und fühlt sich mies, denn seine Stimme wird leise, und ich merke, dass ich wieder mit dem alten Markus rede und nicht mit der Person, zu der er in den letzten paar Monaten geworden ist.

»Edie, komm schon, hör auf. Es tut mir leid. Hör auf zu weinen.«

»Ich will nach Hause.«

In der Leitung nimmt jemand den Hörer ab und fängt an zu wählen.

»Hallo? Hallo?« Es ist Markus' Vater.

»Hi, Dr. Theriot«, sage ich.

»Hallo? Hallo? Markus, bist du das? Ich brauche die Leitung – das Krankenhaus hat mich angepiept.« Offenbar hat er mich nicht gehört.

»Ich ruf dich später an«, sagt Markus und legt auf. Ich halte den Hörer und lausche dem Freizeichen. Mae lacht im Zimmer nebenan. Ein seltsames, hässliches Lachen.

Als ich ins Wohnzimmer komme, liegt Dennis auf dem Boden und Mae steht auf seinem Rücken.

»Knie beugen! Arme raus! Augen nach vorne!« Dennis ruft die Kommandos, während er bockt und sich unter Mae windet. Beide sind mit Mehl verschmiert. Mae versucht das Gleichgewicht zu halten, was ihr wegen des schrecklichen Lachens nur schwer gelingt.

»Ich kann nicht … Ich kann nicht«, keucht sie.

»Ich bringe Mae das Surfen bei«, sagt Dennis, als er mich entdeckt. Die zwei sehen so idiotisch aus wie seine Bemerkung.

»Hör auf, deinen Hintern so rauszustrecken. Du siehst aus, als würdest du gleich kacken«, sage ich zu Mae.

Sie lächelt weiter, sieht mich aber nicht an.

»Welle!«, ruft Dennis und buckelt unter ihr. Mae fliegt kreischend von seinem Rücken und landet auf dem Sofa.

»Willst du's auch mal probieren?«, fragt er mich. Soll das ein Scherz sein? Solchen Scheiß hätte er vor zwölf Jahren mit uns machen sollen, als er uns sitzenließ, nicht jetzt, wenn ich sechzehn bin.

»Du weißt genau, dass wir noch nie am Meer waren«, sage ich zu ihm. Aber woher soll er das wissen? Er ist ein völlig Fremder. Ich stoße wütend einen Stapel Bücher vom Couchtisch, und eine Staubwolke wirbelt hoch. Dennis steht auf, Bauch und Beine voller Schmutzflecken und mit Mehl im Haar.

»Du weißt überhaupt nichts von uns«, versuche ich zu sagen, aber ich muss ständig niesen.

MAE

Ich glaube, Edie hatte große Angst, Dad könnte wieder verschwinden, und dem wollte sie zuvorkommen. Ihn zu vertreiben gab ihr das Gefühl, als hätte sie in der Angelegenheit ein Mitspracherecht.

Nun, sie hat es geschafft, dachte ich nach ihrem ersten Wutanfall. Bei jeder kleinen Gemeinheit, die Edie von sich gab, dachte ich, das war's, weil unser Aufenthalt in New York so unsicher war. Wir gingen nicht zur Schule. Hatten keinen geregelten Tagesablauf. Kannten niemanden. Wir schwebten im luftleeren Raum.

Obwohl ich sauer auf Edie war, hielt ich sie meistens fest, bis ihre rasende Wut nachließ und was immer in ihr tobte gebändigt und still war.

Wer Edie nicht gut kannte, wunderte sich, wie aufbrausend sie war. Es lag an ihrer Stimme und diesem speziellen Blick, der an ein blindes kleines Tier erinnerte, ein langbeiniges Kalb oder ein frisch geschlüpftes Küken – nur Knochen und verfilzte blonde Haarbüschel. Aber eine meiner ersten Erinnerungen an sie ist ihr Mitgefühl mir gegenüber. Sie behauptet, sich nicht daran zu erinnern, aber immer wenn sie zerknirscht war, streichelte sie mit dem Finger die kleine weiße Narbe in meiner Augenbraue. Die Narbe ist nicht mehr zu sehen, aber sie war über meinem rechten Auge. Sie stammte von ihr, nachdem sie mir mit einem Schlittschuh ins Gesicht getreten hatte.

Als ich ihr nach einem Streit einmal sagte, sie solle endlich aufhören, sich mit Dad anzulegen, packte sie mich an den Haaren und stopfte sie mir in den Mund, dass ich fast daran erstickt wäre, und sagte: »Er wird uns wieder verlassen, er wird uns so oft im Stich lassen, wie wir es ihm erlauben.« In dem Moment glaubte ich ihr, obwohl Dad alles tat, um uns vom Gegenteil zu überzeugen. Als sie zum Beispiel einen Wutanfall hatte, weil sie zum Strand wollte, zog Dad sofort seine Badehose an, packte Handtücher ein und eilte mit uns zur Linie Q nach Brighton Beach. Es war eine lange U-Bahn-Fahrt, der Wagen war leer, weil es mitten am Tag war. Ich kam mir vor, als säße ich in unserem privaten Zug, und obwohl Edie sich sehr bemühte, das Ganze nicht zu genießen, wusste ich, dass es ihr gefiel. Es war mein erster Ausflug ans Meer, und mir wurde erst auf dem Weg dorthin bewusst, wie sehr ich darauf brannte, es zu sehen. Die Leute sind immer erstaunt, wenn ich ihnen das erzähle, weil wir schließlich am Golf lebten, aber die Küste in Louisiana besteht nur aus Sumpf. Manchmal fuhren wir zum Lake Pontchartrain, aber dort gab es keine Sandstrände – dazu musste man nach Alabama oder Florida fahren, und wir verließen nie den Staat. Mom verreiste oft, nahm uns aber nie mit. Sie verschwand wochenlang und ließ uns bei Doreen zurück oder, wenn Doreen uns nicht wollte, bei den Wassersteins, einem älteren Ehepaar, das den ganzen Tag Krimis sah und uns ausschließlich Hotdogs zu essen gab. Edie und ich fanden es toll, die Wassersteins zu hassen.

In meiner letzten Ausstellung versuchte ich das Gefühl dieses ersten Ausflugs ans Meer aufleben zu lassen, aber es war schwer, die große schlichte Freude von damals einzufangen. Es war windig und voller Seemöwen, und es war Brighton

Beach, auf dem Sand lag also mit Sicherheit jede Menge Papier und Müll, aber das fiel mir nicht auf. Was mich umhaute, war der Horizont. Das viele Wasser. Wasser, das sich endlos erstreckte, und diese Wellen. Wie sich das Wasser zurückzog und plötzlich aufstieg! Die Kraft, mit der es mir den Sand unter den Füßen wegzog! Obwohl es kalt war, gingen wir hinein. Edie sah aus wie ein lebendiger Besenstiel mit Bikini. Wegen der Kälte hüpfte sie von einem Fuß auf den anderen und wirkte dadurch noch dünner. Das kalte Wasser war ein Schock für unseren Organismus und versetzte uns kurz in Euphorie. Wir klapperten so sehr, dass uns fast die Zähne ausfielen, aber es war herrlich. Der Atlantische Ozean im März.

Danach gingen wir in ein russisches Restaurant, um gefüllte Teigtaschen zu essen, und trafen Tante Rosie, Dads Schwester. Wir wussten gar nicht, dass wir eine Tante hatten. Mom hatte sie nie erwähnt. Sie sah aus wie Edie, nur in verhärmt. Wahrscheinlich war es komisch für meine Schwester, plötzlich von so viel Ähnlichkeit umgeben zu sein.

EDITH [1997]

Ich bin es leid, dass Fremde so tun, als würden sie eine Unterhaltung mit mir fortsetzen, als wären sie nur kurz im Zimmer nebenan gewesen und hätten Mae und mich nicht zwölf Jahre lang völlig im Stich gelassen. Bei Dennis könnte man meinen, er sei gestolpert und in ein Zeitportal gefallen. *Hoppala. Ich hatte ganz vergessen, dass ich zwei Töchter und meine Frau in den Wahnsinn getrieben habe. Mein Fehler.*

Seine Schwester ist genau wie er. Wenn ich sie ansehe, wünsche ich mir, jung zu sterben.

»Ich hätte nicht gedacht, dass ich euch jemals wiedersehe«, sagt Rose mit bebender Stimme. Und: »Wahrscheinlich erinnert ihr euch nicht an mich«, aber sie sagt es, als ob wir es eigentlich sollten.

Als die Bedienung Dennis eine Extraportion Teigtaschen serviert, die »aufs Haus« gehen, verdreht Rose die Augen, aber man merkt, wie sehr sie sich darüber freut, dass ihr Bruder »diese Wirkung auf Frauen hat«. Ständig zupft sie ihm Essen aus dem Bart. Hätte er ein Steak bestellt, dann hätte sie es mit Sicherheit für ihn kleingeschnitten.

»Ihr armen Mädchen«, sagt sie, als wir mit der Vorspeise fertig sind. Sie will meine Hand nehmen, aber ich lege sie schnell in den Schoß. »Eure Mutter. Was diese Frau euch zumutet!«

Mae lutscht das Salzwasser aus ihrem Haar und schweigt.

»Wenigstens hat sie uns nicht im Stich gelassen«, sage ich und werfe Dennis einen bösen Blick zu. Er starrt zurück.

»Euer Vater hat euch nicht im Stich gelassen.« Für eine Pflichtverteidigerin kann Tante Rose nicht sehr gut lügen. Beim Erröten kriegt sie genauso groteske Flecken wie ich, und als mir das auffällt, brennen mir die Ohren.

»Mae kann sich nicht erinnern«, sage ich zu Rose, »also erzähl ihr, was du willst, aber ich war dabei. Er hat nie angerufen oder geschrieben. Ich hab monatelang auf ihn gewartet.«

»Es tut mir leid«, sagt Dennis. »Du hast recht. Es tut mir leid. Du kannst wütend auf mich sein, solange du willst.«

Als ob ich dazu seine Erlaubnis brauche.

Rose packt ihn am Ärmel. »Es ist nicht richtig, dass sie so denken.« Sie wendet sich an uns. »Marianne hat ihn vertrieben. Sie wollte es so. Eure Mutter –«

»Sei still!« Dennis schlägt mit der Faust so fest auf den Tisch, dass das Geschirr klappert.

Wir schweigen betreten, und Rose trinkt mit Tränen in den Augen einen Schluck von ihrem Eiswasser.

Dann sagt Dennis: »Ich habe etwas Schreckliches getan und kann nur hoffen, dass ihr mir irgendwann verzeiht.« Seine Worte klingen einstudiert, als hätte er sie in den letzten zwölf Jahren jeden Morgen vor dem Spiegel geübt.

Er sieht mich an, wartet auf eine Reaktion, und als die ausbleibt, steht er unvermittelt auf. Rose will ebenfalls aufstehen, aber er drückt sie auf ihren Stuhl zurück. Dann geht er nach draußen, um eine zu rauchen. Wir beobachten ihn schweigend durchs Fenster. Sein Rücken hebt und senkt sich, und der Rauch steigt wie eine Gedankenblase in einer Wolke über seiner Schulter auf.

Rose tupft sich die Augen mit einer Serviette ab. Aus Bosheit esse ich sämtliche Teigtaschen auf Dennis' Teller auf, schiebe sie mir gewaltsam in den Mund und versuche beim Schlu-

47

cken nicht zu würgen. Die Bedienung beobachtet uns. Mae steht langsam auf und geht nach draußen. Durch die Scheibe sehe ich, wie sie Dennis tröstet. Sie sieht so sanft und ernst aus.

»Wenn du wüsstest, was er wegen eurer Mutter durchgemacht hat«, murmelt Rose, aber ich lasse mich nicht ködern. Sie winkt der Bedienung, um zu zahlen. »Mein armer Denny.«

ROSE

Als ich meine Nichten nach all den Jahren wiedersah, fiel mir als Erstes auf, wie sehr Mae ihrer Mutter glich. Es war unheimlich. Die blasse Haut, das lange, dicke schwarze Haar. Früher wurden Mädchen, die so aussahen, auf dem Scheiterhaufen verbrannt. Ich weiß, ich weiß, meine Wortwahl … eigentlich wollte ich damit nur sagen, dass Marianne tatsächlich eine Hexe war. Eine Hexe und ein Miststück. Und letztendlich wollte sie ja nicht mal selbst mit sich leben.

Ich weiß noch, als Denny mir schrieb, er hätte das Mädchen getroffen, das er heiraten will, aber er müsse noch eine Weile warten. Er hatte sich schon in sie verliebt, als sie noch ein Kind war. Nicht auf eine perverse Art, er wusste es einfach. Er hat gewartet, bis sie erwachsen war, und sie dann geheiratet.

Es ist bedauerlich, dass ich den Mädchen nicht helfen konnte, als sie klein waren und bei Marianne lebten. Aber Denny wollte nicht, dass ich mich einmische. Es war sein Leben. Was sollte ich tun? Vor allem, nachdem sie wieder nach New Orleans gezogen waren.

Stewart und ich konnten keine Kinder haben, und als die Mädchen zur Welt kamen, waren sie für mich wie eigene Kinder. Ich weiß, das hat Marianne wahnsinnig gemacht, vor allem, als das erste nicht im Geringsten wie sie aussah. Sie sagte, ich sei wie einer dieser Schmarotzervögel, die ihre Eier in fremden Nestern verstecken. Es sollte ein Witz sein. Aber das war ihr Sinn für Humor. Nicht unbedingt zum Lachen. Immer mit feinen Spitzen.

Sie behauptete, Dennis nutze sie aus. Sie war siebzehn, ihr Vater war gerade gestorben, und sie war allein. Eine barfüßige Waise. Herrgott nochmal, Denny hat sie gerettet, indem er sie geheiratet hat. Nennt man das ausnutzen? Wahrscheinlich hat er ihr das Leben gerettet. Er hat sie geliebt, seit sie klein war. Es war sehr romantisch.

Zweiunddreißig und siebzehn scheint ein großer Altersunterschied, dabei sind es nur fünfzehn Jahre. Außerdem war sie kein Unschuldslamm. Er hat sie über alles geliebt. Und sie hat ihn fertiggemacht. Sie hat ihn zermürbt und fertiggemacht. Ihn aus dem gemeinsamen Haus vertrieben. Als er aus dem Flugzeug stieg, sank ich auf die Knie. Was hatte sie ihm nur angetan! Vor mir stand kein Denny, sondern ein Bündel Elend. Sein Hals war so dünn, dass er kaum den Kopf halten konnte. Seine Haut war leichenblass. Stewart und ich haben ihn wieder aufgepäppelt. Ihn bekocht, ihm eine Wohnung gesucht. Aber er konnte nicht schreiben, und wenn wir ihn jemandem vorstellen wollten, um ihn von Marianne und den Mädchen abzulenken, zeigte er kein Interesse. Das soll nicht heißen, dass es keine anderen Frauen gab. Klar. Da waren welche. Die Frauen haben ihn geliebt. Wie auch nicht? Er war talentiert, attraktiv und jetzt auch noch versehrt.

KAPITEL 2

BRIEF VON AMANDA SINGER
AN DEN DETSTVO VERLAG

Dmitry Appasov
Detstvo Verlag
St. Petersburg, Russland   2. Februar 1997

Lieber Mr Appasov,
ich bin Doktorandin an der University of Wisconsin und habe ein Anliegen, bei dem Sie mir hoffentlich helfen können. Ich schreibe meine Dissertation über das Werk des amerikanischen Schriftstellers Dennis Lomack. Eines seiner Bücher ist eine Übersetzung von russischen Volksmärchen. Ein Text faszinierte mich besonders, aber als ich ihn einigen Kollegen am Institut für Slawische Sprachen zeigte, kannten sie ihn nicht. Man empfahl mir, mich mit Ihnen in Verbindung zu setzen, da Sie Experte auf diesem Gebiet sind.

Die Geschichte handelt von einer Schönheit mit rabenschwarzem Haar, die in einer Hütte auf Hühnerbeinen lebt. Tagsüber webt sie Wandteppiche aus Blumen. Eines Tages erscheinen ein Junge und ein Mädchen, die sich im Wald verirrt haben, vor ihrer Tür. Die beiden Kinder verzaubern die schöne Frau in eine kahlköpfige Hexe, eine *Baba Jaga*. Ihr bleibt nichts anderes übrig, als die Kinder in einen Käfig zu sperren und Suppe aus ihnen zu machen. Im Gegensatz zu den Baba Jagas in anderen Geschichten wird diese wieder ihr wahres, schönes Selbst, nachdem sie die Kinder verspeist.

Ich wäre Ihnen überaus dankbar, wenn Sie mir einen Hin-

weis auf das Original der übersetzten Geschichte geben könnten. Beigefügt finden Sie den Text und eine Stange Marlboros.

Mit freundlichen Grüßen,
Amanda Singer

MAE

Dad nahm uns überallhin mit, selbst wenn er nur nach unten zum Briefkasten ging oder zum Briefmarkenkaufen in der Post ein Stück weiter an der Straße. Am Anfang ließ er uns nie allein. Manchmal wachte ich auf und sah seine Silhouette in der Tür. Ich glaube, er schaute nachts mehrmals nach uns. Allein seine Nähe machte etwas mit mir, und solange er da war, dachte ich nicht an Mom, an das Dunkle, das in ihr und auch in mir schlummerte. Nur kurz vor dem Einschlafen dachte ich unwillkürlich an sie. Es war ein Gefühl, als würde ich in ihren Körper schlüpfen, und dann kamen die Krankenhausgeräusche – das Stöhnen der anderen Patienten, die strengen Stimmen der Schwestern, die Lachkonserven aus dem Fernseher. Aber das dauerte nur ein, zwei Sekunden und wurde dann vom Schlaf gelöscht. In meinem ganzen Leben hatte ich noch nie so gut geschlafen. Nachdem ich jahrelang von Mom mitten in der Nacht geweckt worden war und mit ihr Gott weiß wohin gehen musste, war es eine Wohltat, im selben Zimmer wie meine Schwester aufzuwachen und aus der unteren Koje Lippenschmatzen und leises Schnarchen zu hören. Außer bei Doreen oder den Wassersteins hatten wir uns noch nie zuvor ein Zimmer geteilt. Ich fand es toll.

Da wir nicht zur Schule gingen, legte Dad Wert darauf, dass wir unsere Zeit mit sinnvollen Aktivitäten verbrachten. Einmal fuhren wir den ganzen Nachmittag auf der Staten Island Fähre hin und her. Dad brachte uns ein Gedicht bei von Edna St. Vincent Millay: *Wir waren sehr müde, wir waren sehr froh, wir fuhren die ganze Nacht auf dem Boot.* Die Fähre fuhr nicht die ganze Nacht. Und ich weiß auch nicht, ob wir unbedingt froh waren, aber es gab immer wieder schöne Momente, sogar für Edie. Dad hatte uns ein Netz Navelorangen gekauft. Wir schälten sie und saugten den Saft aus den Spalten, während wir an der Freiheitsstatue vorbeitrieben und zusahen, wie sich ihr grünes Gesicht im Licht veränderte. So ähnlich muss es den Einwanderern gegangen sein, wenn sie nach Ellis Island kamen. Das Wasser ringsum wie bei einer Taufe. Ja, es war eine Wiedergeburt, der Neuanfang, nach dem ich mich gesehnt hatte.

Auf dem Rückweg vom Fährterminal durch den Battery Park entdeckten wir einen Pappkarton mit der Aufschrift »Kätzchen zum Mitnehmen«. Als wir den Karton öffneten, waren da keine Kätzchen, sondern nur eine ausgewachsene Katze. Wir gingen davon aus, dass es die zurückgelassene Mutter war, deren Junge man nach und nach mitgenommen hatte. Weiße Pfoten, weiße Nase, weißer Schwanz. Herzzerreißend!

Wir waren sofort verknallt in die Katze. Ich konnte mir gut vorstellen, wie sie in Dads Wohnung herumstrich oder sich bei uns dreien auf dem Schoß langmachte – so groß war sie. Die Katze wäre das Erste, was uns allen drei gehörte.

Eine der Frauen, mit denen Dad sich traf, wartete auf uns im Park. Sie hieß Rivka, eine Kunstkuratorin aus Prag mit schreiend pink gefärbtem Haar, das ihr hässliches Gesicht noch übertraf. Ihr Anblick war so seltsam, dass man nach einer Weile nicht mehr wusste, warum man sie eigentlich ansah – wegen ihrer Hässlichkeit oder ihrer Schönheit? Der Eindruck war so stark, dass er sich irgendwie ins Gegenteil verkehrte.

Rivka bestand darauf, dass uns Dad die Katze nicht anfassen ließ, bis sie geimpft war, und so gingen wir mit der Schachtel zu einer Tierklinik an der 7th Avenue. Die Katze hatte nicht damit gerechnet, dass sie bewegt wurde. Es war schwierig, eine Schachtel mit einer kratzenden und sich windenden Katze fast einen Kilometer zu tragen. An mehreren Kreuzungen ließen Edie und ich sie fast fallen. Wir erzählten dem Tierarzt, wie wir die Katze gefunden hatten. Er hob ihren Schwanz hoch und meinte, sie sei auf keinen Fall die Mutter dieser Jungen, denn es war ein Kater. Vielleicht waren die Kätzchen alle mitgenommen worden und er war ein Streuner, der nur den Karton gefunden hatte. Obwohl er für einen Streuner ziemlich dick war. Vielleicht hatte er die Kätzchen aufgefressen. Wir tauften ihn Kronos, nach dem griechischen Gott, der alle seine Kinder auffraß. Wir hatten noch nie ein Haustier gehabt. Mom war allergisch gewesen, hatte sie jedenfalls immer behauptet.

CHARLIE

Ich begegnete Edie zum ersten Mal an dem Tag, als sie die Katze mit nach Hause brachten. Ich lebte in der mietpreisgebundenen Wohnung meiner Großmutter direkt unter Dennis Lomack, aber ich war zu schüchtern gewesen, um mich vorzustellen. Als Teenager hatte ich seine Bücher verschlungen. Alles, was ich mit sechzehn über Sex wusste, kam von ihm. Ich hatte seine Bücher wie im Rausch gelesen, bis die Seiten zusammenklebten. Das Komische ist, dass ich *Yesterday's Bonfires* noch mal gelesen hatte und es gar nicht so schmutzig fand. Was mir jetzt an diesem Buch auffällt, ist sein Sinn für Freiheit im weitesten Sinn. Vielleicht hat mich das inspiriert, ein Abenteurer zu werden, ein urbaner Forscher.

Normalerweise nehme ich die Treppe, doch an diesem Abend tat ich es nicht, weil ich Dennis Lomack und seine Töchter unten vor dem Fahrstuhl warten sah. Die beiden Mädchen steckten die Köpfe über einer Schachtel zusammen. Was war in der Schachtel? Solche Sachen wecken unwillkürlich meine Neugier. Und dann schaute Edie zu mir hoch, und ihr Blick gab mir schließlich den Mut, mich vorzustellen.

»Ich bin Charlie, der Nachbar unter euch«, flüsterte ich und folgte ihnen in den Fahrstuhl. Und weil sie mich komisch ansahen, fügte ich hinzu: »Ich habe meine Stimme verloren.«

Das war eine Lüge. Ich hatte meine Stimme gar nicht verloren. Ich stottere, und Flüstern ist eine der wenigen Möglichkeiten, wie ich es verbergen kann. Ich habe schon bei Vorstellungsgesprächen geflüstert. Es ist peinlich, aber es funktioniert. So hatte ich meinen Job als Aushilfslehrer bekommen.

Bevor ich ausstieg, hob Edie die Katze aus der Schachtel und zeigte sie mir stolz. Es war eine schöne Katze, der Größe nach zu urteilen wahrscheinlich ein Teil Maine Coon, und Edie war natürlich auch schön. Am Abend begleitete ich einen Filmstudenten der NYU, den ich online kennengelernt hatte, bei Dreharbeiten. Ich zeigte ihm die stillgelegten U-Bahn-Tunnel, aber ich war zerstreut und verirrte mich ständig. Das Bild von Edie mit der Katze ging mir einfach nicht aus dem Kopf.

RIVKA

Armer Dennis. Er gab sich wirklich Mühe mit den Mädchen.
»Uns gibt es nur als Paket«, sagte er zu mir, eine Tochter an
jedem Arm.

Nicht mit mir. Solche Pakete sind nicht nach meinem Geschmack. Ich hab's versucht, aber es ging nicht.

Das ist in Ordnung. Eine Zeit lang war es ganz nett. Ich hatte
eine Galerie. War viel unterwegs. Immer beschäftigt. Ich hatte
keine Angst vor dem Alleinsein, aber manchmal war ich einsam. Dennis war einfühlsam und loyal. Er forderte mich nicht
emotional. Eine seltene Eigenschaft bei Männern. Ich legte
einen Wohnungsschlüssel in den Blumentopf, und er kam ein
paar Mal in der Woche vorbei, um mit mir zu schlafen. Aber
als seine Töchter bei ihm wohnten, wurde es schwierig, und
wir liebten uns nur noch ein Mal. Die Töchter waren in ihrem
Zimmer, und ich flehte ihn an, mich in der Küche zu nehmen. Ich zog ihn auf den Fußboden. Er war zerstreut. Da
wusste ich, es war unser letztes Mal.

EDITH [1997]

Dennis lehnt an der Fensterbank und raucht eine Zigarette. Die hässliche Tschechin ist im Wohnzimmer, hantiert herum, lässt Sachen auf den Boden fallen und gibt ihre Anwesenheit kund, aber er scheint sie nicht zu hören. Er erzählt uns, wie er als Junge Tuberkulose hatte und fast starb. Nachdem er das Schlimmste überstanden hatte, musste er noch sehr lange im Bett bleiben. Während er monatelang leichtes Fieber hatte, entdeckte er den *Graf von Monte Cristo*. Damals lernte er Bücher lieben.

Meine Gedanken schweifen ab, und ich denke an das angenehme warme Gefühl, wenn Fieber steigt und man anfängt zu zittern. Als ich mit acht die Windpocken hatte, wich Mom nicht von meiner Seite. Sie las mir vor und fütterte mich mit Suppe. Ich weiß noch, wie ich sie durch meine verklebten Wimpern ansah und sie für die schönste Frau der Welt hielt. Denselben Blick kenne ich von Kronos, wenn er mich schnurrend und mit schmalen Augen ansieht.

Dennis drückt seine Zigarette aus und schließt das Fenster.

»Erzähl uns mehr«, sagt Mae.

»Gut«, erwidert Dennis. »Was wollt ihr hören?«

Da Mae zu ängstlich ist, sage ich: »Erzähl uns, wie du Mom kennengelernt hast.« Bei den seltenen Gelegenheiten, wenn Mom darüber sprach, hatte ich immer das Gefühl, etwas Wichtiges zu verpassen.

Das waren die Fakten, wie ich sie kannte: Dennis hatte

Mom seit ihrer Kindheit gekannt, er heiratete sie, als sie siebzehn war, und irgendwann verließ er sie. Und uns. Aber warum? Und was hatte er ihr angetan, dass sie so wurde, wie sie ist? Das will ich von ihm hören.

»Wie ich sie kennengelernt oder wie ich mich in sie verliebt habe? Das sind zwei verschiedene Geschichten«, sagt Dennis.

Sie hatten sich geliebt? Das wäre mir nie in den Sinn gekommen. Er setzt sich auf den Rand meiner Matratze, und ich rutsche nach hinten an die Wand, um sein Gewicht auszugleichen.

Er schließt die Augen. »Ich erzähle euch, wie ich sie kennengelernt habe. Sie war neun, glaube ich. Neun oder zehn. Ich kannte mich nicht gut aus mit Kindern, aber ich merkte, dass sie besonders war, schon ein vollständig ausgeformter Mensch. Und so klug und lieb und einfühlsam. Entwaffnend süß. Ihr Vater Jackson McLean war ein Freund von mir. Ein großartiger Mensch. Er nahm mich und meine Freunde in seinem Haus auf und pflegte uns gesund, nachdem man uns angegriffen hatte, und dabei lernte ich eure Mutter kennen.«

»Wie angegriffen?« Ich habe nur eine vage Idee.

Dennis erzählt uns, wie er sich den Freedom Rides anschloss, um auf den Highways im Süden die faktische Rassentrennung auszuhebeln. Er war mit seinem Freund Fred unterwegs, einem Schwarzen, und sie waren zusammen von New York nach Chicago gefahren, wo sie mit anderen Mitgliedern ihrer Studentengruppe in einen Greyhound Bus stiegen. Der erste Busfahrer wollte sie nicht mitnehmen und sagte, solchen Ärger brauche er nicht. Schließlich fanden sie einen anderen, aber bei Lafayette wurde der Bus von einem weißen Mob angehalten. Dennis und die anderen Studenten wurden

60

rausgezerrt und verprügelt, der Bus wurde in Brand gesetzt. Was übrig blieb, steht heute in einem Museum in Mississippi. Fred wurde so schlimm geschlagen, dass er ein Auge verlor. Ich meine, er konnte damit nicht mehr sehen. Auch Dennis wurde schlimm zugerichtet. Man schlug ihm die Schneidezähne mit einer Fahrradkette aus.

Mein Großvater war im Krieg Sanitäter. Er klaubte Dennis und Fred und die anderen auf und nahm sie mit in sein Haus im Wald, wo er sie zusammenflickte, so gut er konnte. Das verbesserte nicht die Freundschaft mit seinen Nachbarn. Mom wurde in der Schule oft aufgezogen. Einmal hielt ein Junge sie fest, während ihr ein paar ältere Mädchen die Haare abschnitten. Ein Lehrer schaute die ganze Zeit zu und stachelte die Schüler noch an.

Dennis erzählt, wie sie mit abgehackten Haaren nach Hause kam und versuchte, das Ganze als Spiel zwischen den Mädchen und ihr abzutun. Und dann hatte mein Großvater ihr die Haare gerade geschnitten und Dennis hatte ihr eine Magnolienblüte hinters Ohr gesteckt und gesagt, dass sie schön sei wie ein Stummfilmstar.

Ich warte darauf, dass Dennis etwas sagt, irgendetwas, das wie ein Zauber wirkt und allem, was unserer Familie widerfahren ist, einen Sinn gibt. Doch je mehr er redet, desto weniger verstehe ich ihn.

»Die Menschen haben schreckliche Dinge getan, man konnte die Welt damals leicht für einen hoffnungslosen Ort halten«, sagt Dennis. »Aber in Mariannes Anwesenheit waren selbst die wütendsten und traurigsten Menschen ein bisschen weniger wütend und ein bisschen weniger traurig.«

Die hässliche Frau im Zimmer nebenan legt eine Platte auf und dreht dann die Lautstärke leiser. Es ist eine Sängerin, die

61

Mom manchmal hört. Eine Frau, die so klingt, als wäre ihre Kehle voller Splitter.

»Aber Dennis …«, setze ich an. Ich will, dass er zu dem Teil kommt, als sie verliebt sind.

»Bitte, nenn mich Dad«, unterbricht er mich. »Kannst du das?«

Ich antworte nicht sofort, weil ich dem Song nebenan zuhöre:

… Why not take all of me, can't you see, I'm no good without you. Take my lips, I want to lose them, take my arms, I'll never use them …

»Nein«, antworte ich schließlich, »ich glaube, das kann ich nicht.« Mae tritt über mir auf die Matratze, als wollte sie mich warnen, aber das ist mir egal.

»Okay«, sagt er und steht auf, »in Ordnung. Ich will dich zu nichts drängen.« Die Matratze quietscht, als er aufsteht. Die Musik im Wohnzimmer verstummt.

»Gute Nacht, Dad«, sagt Mae. Er gibt ihr einen lauten Gutenachtschmatzer. Dann geht er neben mir in die Hocke und sieht mich eindringlich an, als wollte er meine Gedanken lesen. Sein Blick schüchtert mich ein, ich sehe weg.

»Gute Nacht, Liebling«, sagt er und drückt meine Schulter.

»Na endlich«, höre ich die Frau im Wohnzimmer sagen, als Dennis die Tür schließt. Mae dreht sich wütend im Bett um und veranstaltet einigen Lärm, bis sie »bequem« liegt.

Dad? Nein, ich glaube nicht. Tut mir leid, Mae, du kannst dich herumwälzen, bis du aus dem Bett fällst. Aber Dad nenne ich ihn nicht.

DENNIS LOMACKS TAGEBUCH [1961]

Heute Morgen hat uns Jackson McLean Hafergrütze gemacht. Ein paar von uns haben abgebrochene Zähne und können daher nicht beißen. Hafergrütze und Milch.

Das Adrenalin pumpt noch immer in mir, deshalb spüre ich den Schmerz nicht in voller Stärke. So nah wie gestern bin ich dem Tod noch nie gewesen. Max liegt im Krankenhaus im Koma. Freds Auge ist zugeschwollen und sein Arm gebrochen, aber das Krankenhaus für Schwarze ist von Schlägertypen vom Citizens' Council umlagert, und im Krankenhaus für Weiße würde man ihn nicht behandeln. Jackson hat im Krieg als Sanitäter gearbeitet, deshalb konnte er Freds Arm selbst richten. Er benutzte dafür den Gips aus seinem Atelier. Fred bat Jacksons Tochter, etwas darauf zu malen. Sie ist schüchtern, aber sie hat ihren Malkasten geholt und zeichnet etwas, das aussieht wie eine dreiköpfige Katze. Wir dürfen das Bild erst sehen, wenn es fertig ist. Wenn sie sich konzentriert, streckt sie die Zunge aus dem Mund und atmet laut durch die Nase. Ich sehe ihr gern bei der Arbeit zu, weil sie so vertieft und ernst bei der Sache ist. Bei ihrem Anblick gelingt es mir, den gestrigen Abend zu vergessen. Oder ich denke zumindest nicht lange an die Gesichter, die durch die Flammen wie Kürbislaternen aussahen, und dann bin ich wieder in Jacksons Küche, wo die Vorhänge zugezogen sind und seine Tochter auf Freds gebrochenen Arm zeichnet und etwas Schreckliches in etwas Schönes verwandelt.

Heute Nachmittag werde ich versuchen, zur Tankstelle zu gehen und meine Schwester anzurufen. Jackson hat kein Telefon, und seine Nachbarn sind … unserer Sache nicht wohlgesinnt. So drückt Jackson es aus. Er legt Wert darauf, über seine Nachbarn nicht schlecht zu reden. Sie sind nicht anders als überall sonst, sagt er. Ich hoffe, er liegt falsch.

Trotz der Unruhe im Haus schafft Jackson es jeden Tag, zum Malen in sein Atelier zu gehen. Was ist meine Ausrede, dass ich nicht schreibe? Ich mache mir ständig Notizen, aber irgendwie kommt nichts Verständliches dabei heraus.

BRIEF VON DENNIS LOMACK
AN PROF. FRED JONES

17. April 1997

Lieber Fred,

wie schön, von Dir zu hören! Nach so langer Zeit. Wir haben einiges aufzuholen. Diane erzählte mir, dass Du Vorsitzender des Fachbereichs geworden bist. Glückwunsch! Mit meiner Vorlesung im Frühjahr wird es höchstwahrscheinlich nichts. Bei mir liegt derzeit alles auf Eis, weil meine Töchter jetzt bei mir wohnen. Ich glaube, als Du sie gesehen hast, war Edie noch in Windeln und Mae gerade im Entstehen. Aber trotz meiner Abwesenheit in ihrem Leben (oder vielleicht gerade deshalb) sind aus ihnen zwei ziemlich hübsche Fast-Erwachsene geworden. Du wirst es mit eigenen Augen sehen – Du fliegst doch zur Buchpräsentation der *Freedom Fighters* ein, oder?

Was Deine Doktorandin betrifft, ist hier zwar alles ein bisschen chaotisch, aber sage ihr, dass ich mich geschmeichelt fühle und sie gern Kontakt zu mir aufnehmen kann. Ich versuche zu helfen, so gut es geht. Ich weiß nicht, ob ich ihr etwas Nützliches über meine eigene Arbeit sagen kann, aber ich werde mich bemühen.

Nie aufhören anzufangen (war das nicht immer unser Motto?),
Dennis

EDITH [1997]

Ich stehe an der Schwelle zu Dennis' Zimmer. Die Tür ist angelehnt, aber es ist, als würde mich ein unsichtbares Band zurückhalten.

Er bekam einen Anruf (von einer Frau), und seinen gespielt bescheidenen Antworten nach zu urteilen, schien sie ihm zu schmeicheln. Als er auflegte, sagte er, er käme gleich wieder zurück. Es ist das erste Mal, dass er uns allein gelassen hat, seit wir hier sind, und ich muss zugeben, dass mich leichte Panik überkam, als sich die Tür hinter ihm schloss. *Wieder verschwunden?* Ich schaute Mae nicht an. Sie sollte nicht sehen, dass ich mir Sorgen machte.

Es ist lächerlich. Nein, natürlich mache ich mir keine Sorgen! Ich fühle mich freier, wenn er weg ist und mich nicht auf Schritt und Tritt beobachtet und verfolgt. Ich schiebe die Tür zu seinem Zimmer auf und kann es mir vorstellen, nachgebaut in irgendeinem Museum, zusammen mit dem Rest des ausgebrannten Busses. »Der Schriftsteller bei der Arbeit.« Seht nur! Sein ungemachtes Bett, in dem er schläft und träumt! Ein leeres Glas mit einem schimmligen Zitronenspalt! Und dieser riesige Tisch mit der Schreibmaschine! Genau die Schreibmaschine, die er für seine Bücher benutzt!

Ich drücke den Buchstaben *D* und beobachte, wie der Metallarm sich langsam hebt und nach unten fällt, ehe er die leere Seite berührt. Ich setze mich in seinen Stuhl und rolle mich näher ran.

Lieber Dennis, tippe ich unsichtbar. *Hast du jemals an mich gedacht …*

Keine Ahnung, warum ich das mache. Ich stehe auf und schlage wahllos ein paar Tasten an. Die Metallarme verheddern sich und hängen mitten in der Luft. Gut. Genauso lasse ich sie.

Auf dem Fensterbrett steht ein Aschenbecher. Eine bis auf den Filter abgebrannte Zigarette. Als ich sie mit dem Finger berühre, zerfällt der Aschewurm zu einem Haufen. Eine weitere Zigarette liegt halb geraucht und erloschen im Aschenbecher. Ich nehme sie und betrachte mein Spiegelbild in der Scheibe, führe sie an meine Lippen und inhaliere. Manchmal bin ich aufgewacht und sah Mom im Dunkeln auf der Veranda sitzen und rauchen. Ich hätte mich gern zu ihr gesetzt, aber ich war klug genug, sie nicht zu stören. Bei einer Mutter wie unserer entwickelt man einen Instinkt für bestimmte Situationen. Wenn man sie zu sehr behelligt, geht sie weg.

»Wo hebt Dennis die Streichhölzer auf?«, rufe ich Mae zu. Vielleicht im Schreibtisch?

Eine Schreibtischschublade ist voll mit aufgebrauchten Stiften und Büroklammern. Die andere ist verschlossen. Ich rüttle am Griff, versuche sie mit einem Stift aufzubrechen. Vergeblich. Dann nehme ich eine Büroklammer und biege sie gerade. Ein Mädchen in der Schule hat das mal gemacht, aber ich weiß nicht genau, wie. Die Büroklammer verkantet sich im Schloss.

»Mae, hilf mir mal.« Wo ist sie eigentlich? Normalerweise ist sie immer neugierig.

»Mae«, rufe ich wieder, aber dann klickt es, und die Schublade springt auf.

Keine Streichhölzer. Nur Papiere. Im ersten Moment denke ich: Was, wenn er uns in all den Jahren geschrieben, die Briefe aber nie abgeschickt hat und sie alle ordentlich gestapelt hier drin liegen? Wie dumm ist das denn? Natürlich sind da keine Briefe, aber ein Manuskript. Ich überfliege es kurz und lege es wieder zurück. Wen interessiert schon, was er schreibt. Ich habe keinen seiner Romane gelesen, wieso jetzt damit anfangen? Als ich die Schublade schließen will, sticht mir etwas Glänzendes ins Auge. Ein Foto. Ich ziehe es zwischen den Seiten heraus.

Es ist ein Bild von Mae, aufgenommen vor ein paar Jahren. Schwarzweiß, ich habe es noch nie gesehen. Sie sieht die Person hinter der Kamera mit dem typischen Lächeln an, das sie nur bei besonderen Anlässen aufsetzt. Sie trägt ein seltsames Kleid, kariert, mit rundem Kragen. Keine Ahnung, woher sie das haben könnte. Aus einem Second-Hand-Laden? Nein. Auf keinen Fall. Daran würde ich mich erinnern. Und auch den Springbrunnen hinter ihr kenne ich nicht. Wo wurde es aufgenommen?

Es ist ein seltsames Bild. Absolut seltsam. Sieht ihr ähnlich, ein heimliches Leben zu führen. Mae behauptet immer, Mom wäre mit ihr durch die Gegend kutschiert, während ich geschlafen habe, aber ich habe ihr nie geglaubt. Und wie ist Dennis an das Bild gekommen? Offenbar hat sie es ihm geschickt. Sie waren also miteinander in Kontakt, bevor wir hierherkamen. Wie lange schon?

»Mae«, rufe ich und gehe mit dem Beweisstück ins Wohnzimmer.

Aber Mae ist nicht im Wohnzimmer. Die Wohnungstür steht offen, und Kronos sitzt mit erhobener Pfote im leeren Flur. Er dreht sich zu mir um und wedelt mit dem Schwanz.

AMANDA

Das erste Mal traf ich Dennis Lomack in einem italienischen Kellerlokal gegenüber meiner damaligen Bleibe. Ich war Doktorandin an der University of Wisconsin in Madison und schrieb meine Dissertation über sein Werk. Mein Doktorvater war ein alter Freund von Dennis aus ihrer gemeinsamen Zeit in der Bürgerrechtsbewegung, und er hatte mir zu dem Treffen verholfen. Ich war zu früh dort und so nervös, dass ich zwei Gläser Wein trank, um mich zu beruhigen. Vielleicht lag es am Wein oder an der unbestimmten Vertrautheit, die ich aufgrund seiner Bücher zu ihm hatte, aber ich spürte sofort eine Verbindung.

Was sein Aussehen betraf, entsprach Dennis nicht meinen Erwartungen. Er war älter, als die Bilder auf den Schutzumschlägen ihn zeigten, und kräftiger. Nicht dick, aber groß und breitschultrig. Er hatte einen Bart und war weniger attraktiv, aber ich glaube, genau das ließ ihn auf eine rohe Art anziehend wirken. Neben ihm sah Barry wie ein in Kord gehüllter Schwächling aus. Barry war der Doktorand, mit dem ich zu Hause verlobt war.

Ich erinnere mich noch an den ersten Gedanken, als ich Dennis sah. Nach: *Heilige Scheiße, das ist Dennis Lomack!* und *Hoffentlich sind meine Zähne nicht rot vom Wein.* Dachte ich: *Mit Barry und mir ist es aus und vorbei.* Diese Erkenntnis wäre bestimmt irgendwann von allein gekommen, aber Dennis beschleunigte sie.

Ich hatte eine lange Liste mit Fragen vorbereitet, wusste aber nicht so recht, wo anfangen. Ich erwähnte, dass ich erfolglos versucht hatte, das russische Original der von ihm übersetzten Volksmärchen zu finden. Das Komische ist, als ich es laut aussprach, dämmerte mir plötzlich, dass es gar kein originales Quellenmaterial gab. Im Nachhinein scheint es auf der Hand zu liegen. Als ich Dennis Lomack darauf ansprach, meinte er schulterzuckend, er hätte sich vielleicht die eine oder andere Freiheit erlaubt. Er wollte wissen, wie ich überhaupt an das Buch gekommen war, da es bei einem kleinen Verlag in einer niedrigen Auflage erschienen war. Ich sagte, Professor Jones wäre sehr großzügig mit seinem persönlichen Archiv gewesen.

Ich fragte ihn, ob er die Geschichte geschrieben hatte, als seine Exfrau mit dem ersten Kind schwanger war. Der Zeitpunkt der Veröffentlichung schien darauf hinzuweisen. Er nahm einen Schluck von seinem Getränk und schwieg.

»War die Geschichte prophetisch?«, fragte ich.

»Inwiefern?« Er legte seine Hand nah an meine, ohne sie zu berühren, aber ich spürte die Wärme, die sie verströmte. »Ist meine Frau eine Hexe geworden? Hat sie unsere Kinder verspeist?« Seine Stimme war leise und hypnotisch; geduldig, aber zugleich auch nicht. Er bemühte sich um einen ungezwungenen Ton.

»Hat Ihre Frau sich nach der Geburt der Kinder verändert? Hat Ihre Frau Sie danach weniger geliebt? Haben Sie sich gewünscht, die Kinder loszuwerden, damit Ihre Frau wieder so wird wie früher? Und haben Sie die Geschichte als Übersetzung erklärt, damit Sie sich nicht mit Ihren Gefühlen und den möglichen Folgen konfrontieren müssen?«

Ich hatte keine Erfahrung im Befragen von Leuten. Die Situation war grotesk. Ich hatte mein gesamtes Sommerstipendium aufgebraucht, um nach New York zu fliegen und in einem billigen Inn in Midtown zu wohnen, nur in der Hoffnung, dass Dennis Lomack mich treffen würde. Ich gab mich betont lässig und sagte, dass ich eine Tante besuchte, die es gar nicht gab. In Wirklichkeit war ich nur da, um ihn zu treffen, und nachdem ich meinen Doktorvater gebeten hatte, ein gutes Wort für mich einzulegen, dauerte es ganze zehn Minuten, und ich hatte alles vermasselt.

Dennis Lomack schwieg lange genug, um mich von meinem Fehltritt zu überzeugen, doch an diesem Punkt hatten meine unangenehmen Fragen die Grenze zum absolut Unangemessenen überschritten, sodass das Kräftegleichgewicht wieder zu seinen Gunsten hergestellt war. Vermutlich tat ich ihm leid.

»Fred hat mir nicht erzählt, dass Ihre Arbeit meine Ambivalenz gegenüber eigenen Kindern behandelt«, sagte er nach einer Weile.

In meiner Arbeit ging es um die anachronistische Zeitstruktur in Lomacks Romanen und Essays, mit besonderem Augenmerk auf die gesellschaftlichen Machtverhältnisse nach Foucault. Das heißt, darum sollte es in der Arbeit gehen. Ich habe sie nie beendet.

Mein Leben war damals an einem Punkt angelangt, wo mich genau das interessierte, wonach ich Dennis fragte: Wie verändern eigene Kinder einen Menschen? Oder genauer, würde ich mich verändern, wenn ich ein Kind hätte? Ich war im zweiten Monat schwanger und hatte Barry nichts davon erzählt.

Als wir gingen, half Dennis Lomack mir in die Jacke. Mein Arm verhedderte sich kurz im Ärmel, und ich weiß noch, dass ich mit dem Rücken zu ihm stand und mich bei dem Gedanken, dass ich gefangen war und seinen Atem in meinem Nacken spürte wie in der Szene mit Cassandra in seinem Buch, eine plötzliche Erregung überkam. Aber als ich mich umdrehte, sah er mich gar nicht an. Sein Blick war nach oben zum Fenster gerichtet.

MAE

Als Dad uns das erste Mal allein in der Wohnung zurückließ, folgte ich ihm. Ich gab ihm einen kleinen Vorsprung, wie Mom es mir beigebracht hatte. Damals war Mom immer in meinen Gedanken, ich konnte nichts dagegen tun. Ich merkte, wie ich in Trance versank, und obwohl mein Körper auf der Straße war und Dad folgte, wurde mein Denken manipuliert. Sie verstand es, meine Aufmerksamkeit auf alles Hässliche zu lenken – eine Spritzennadel, einen pinkelnden Mann, eine Frau, die Selbstgespräche führte. Sie hatte mich überzeugt, dass Dad sich mit jemandem traf, um zu besprechen, wie er uns wieder loswerden könnte, obwohl ich wusste, das war nicht der Fall. Ich war sehr erleichtert, als meine Schwester neben mir erschien. Als Edie bei mir war, lockerte sich der Griff meiner Mutter auf mich und ich konnte so tun, als erlebten wir ein lustiges Abenteuer auf dem Broadway.

Wie sich zeigte, waren meine Sorgen begründet – Dad traf sich tatsächlich mit einer Frau, Amanda, die sich schon bald als ziemlich lästige Person erwies. Sie trafen sich in einem feucht aussehenden italienischen Restaurant im Keller eines Bürogebäudes. Patrinelli's. Das Restaurant gibt es nicht mehr. Edie und ich knieten uns vor das niedrige Fenster und sahen die beiden an einem Tisch mit einer rot-weiß karierten Tischdecke sitzen. Wir beobachteten, wie sie sehr langsam Spaghetti aßen. Was sie sagten, konnten wir nicht hören, aber Dad wirkte bei der Unterhaltung nicht sehr engagiert. Als er nach der Rechnung winkte, rannten wir lachend zur Wohnung zurück.

EDITH [1997]

Mae und ich lehnen aneinander und schnappen nach Luft. Luis, der Pförtner, schläft an seinem Tisch, während auf seinem Kofferradio leise ein Baseballspiel läuft.

... der Wurf sieht ganz gut aus, ein Curve Ball, geht an die Innenseite, damit herrscht Gleichstand ...

»Wir fragen Luis, ob er uns aufschließt«, sage ich keuchend.

»Wir hätten die Tür angelehnt lassen sollen.« Luis rührt sich nicht bei der Erwähnung seines Namens. Ich entdecke einen Mann, der bei den Briefkästen steht und ein Coupon-Heft studiert.

Mae schüttelt den Kopf und drückt mehrmals den Fahrstuhlknopf. »Nein. Dann erzählt er Dad, dass wir draußen waren.«

»Na und? Wir können gehen, wohin wir wollen. Wir sind nicht seine Gefangenen«, erwidere ich. Der Mann starrt immer noch auf sein Coupon-Heft. Scheint unheimlich interessant zu sein. Offenbar hört er mit.

»Entschuldigung«, ruft Mae ihm zu. Er blickt auf, als hätte er nur darauf gewartet. Ich habe ihn schon mal gesehen. Irgendwas an seinem Gesicht ist komisch. Keine Wimpern. Als er näher kommt, sehe ich, dass er doch welche hat, sie haben nur dieselbe Farbe wie sein Haar, gelbweiß. »Du wohnst auch hier, stimmt's?«, fragt Mae ihn.

Er nickt. O Gott, Mae. Was hat sie vor?

»I-i-in ...«, er verstummt und räuspert sich. »In der Wohnung unter euch«, sagt er. »Wir sind uns vor ein paar Tagen begegnet. Charlie.« Er schüttelt ihr die Hand, während er in seinen anderen Arm hustet.

»Können wir durch dein Fenster auf die Feuerleiter steigen?«, fragt Mae. Bevor ich widersprechen oder ihre Frage lachend abtun kann, öffnet sich quietschend die Fahrstuhltür. Wahrscheinlich hält er uns für verrückt, was Spooks allerdings schon immer egal war. In der Schule für sie einzutreten war ein Vollzeitjob.

Eine alte Frau humpelt mit einem fast haarlosen Zwergspitz aus dem Fahrstuhl. Wir verstummen und warten, bis sie vorbei ist. Mit starrem Blick geht sie langsam wie ein Frachtkahn zwischen uns durch.

»K-k-klar«, sagt Charlie, nachdem die Frau verschwunden ist, und folgt uns in den Fahrstuhl. Es ist mir peinlich, dass wir uns in seine Wohnung eingeladen haben. Ich starre auf den Boden. Charlies Schuhe sind so ziemlich das Seltsamste, was ich je gesehen habe – aus Neopren, und jeder Zeh einzeln abgetrennt. Wie Handschuhe für Füße.

»Wir haben uns ausgeschlossen«, erklärt Mae.

»Natürlich, k-kommt vor«, sagt Charlie. Er pausiert zwischen den Worten, als würde er Luft verschlucken.

Seine Wohnung ist wie unsere geschnitten, wirkt aber kleiner. Sämtliche Möbel stehen aufeinandergestapelt auf einer Seite des Wohnzimmers – Holztische mit Zierdeckchen, Keramiklampen, eine karierte Couch, ein aufgerollter Teppich. Außerdem ist sie dunkler, weil Umzugskartons ein Fenster blockieren. Es riecht nach Zigaretten, Schweiß, Pfefferminze und noch etwas.

»Bist du gerade eingezogen?«, fragt Mae und beäugt die Kartons.

»Vor ein paar Monaten. Meine Oma hat hi-hi-hier gelebt.«

Am Wohnzimmerfenster steht ein Teleskop. Ich bleibe stehen und sehe durch. In der Wohnung auf der anderen Straßenseite ist es dunkel.

»Die Lichtverschmutzung ist z-z-zu groß, man sieht k-k-keine Sterne«, sagt er und klopft zerstreut auf das Teleskop, bis es zur Seite schwingt. Ich bin nicht sicher, ob es absichtlich auf die Wohnung gegenüber gerichtet war. »Kann ich euch etwas a-a-a…« Er verstummt, schluckt, versucht es wieder. »Wasser?«

»Nein, danke«, sagt Mae. Sie hat es eilig.

»Gern«, sage ich.

Er füllt ein Glas mit Leitungswasser. Die Tür zum Zimmer, das unter Dennis' liegt, ist angelehnt. Der Boden ist mit Sägemehl bedeckt. Das war der andere Geruch – Harz.

»Meine Holzwerkstatt«, sagt er, reicht mir das Wasser und öffnet die Tür ganz. Stapel von Kanthölzern und Sperrholzbrettern. Eine Tischsäge. »Wenn ihr mal w-w-was bauen wollt.«

Was sollte ich wohl bauen wollen?

Mae zieht mich in Charlies Schlafzimmer, das genau unter unserem liegt. Es ist leer, bis auf einen Schlafsack auf dem Fußboden, einen Stapel Bücher, eine Taschentuchbox, einen Aschenbecher und eine Pfefferminzdose. Ich frage mich, warum er sich kein Bett baut.

Mae schiebt das Fenster hoch und klettert auf die Feuerleiter.

»Los, komm«, zischt sie mir zu. Ich betrachte die Bücher. Eines ist von Dennis – *Cassandra's Calling*. »Beeil dich.«

»Danke«, sage ich zu Charlie, gebe ihm das leere Glas zurück und klettere aus dem Fenster.

Durch die Leiterstufen sehe ich sein Gesicht, das zu uns hochblickt. Ein interessantes Gesicht. Er ist definitiv ein Sonderling, was nicht unbedingt schlecht ist.

»Hilf mir«, sagt Mae. Sie versucht, unser Fenster aufzustemmen. Ich zwänge meine Finger in den Spalt unterm Rahmen und schiebe.

»Ein bisschen weiter rein und dann hoch«, sage ich zu Mae. Das Fenster löst sich und quietscht, als wir es endlich aufbekommen.

Beim Hineinklettern schürfe ich mir das Bein auf. Es brennt. Ich hinke ins Wohnzimmer, wo Mae auf der Couch sitzt und so tut, als wäre sie den ganzen Abend hier gewesen. Ich setze mich zu ihr, und wir keuchen beide leise, warten auf das Geräusch des Schlüssels in der Tür. Ein paar Minuten vergehen und nichts passiert. Mein Atem hat sich beruhigt. Vielleicht kommt Dennis nicht gleich nach Hause. Vielleicht geht er mit zu der Frau.

»Wie findest du unseren Nachbarn?«, frage ich.

Mae zuckt die Schultern, den Blick auf die Tür gerichtet. »Ganz gut.«

Ich lege mein verletztes Bein über ihren Schoß und betrachte die winzigen Blutstropfen, die entlang der Schramme schon langsam gerinnen.

»Ganz gut oder richtig gut?«

»Hm«, sagt Mae und ignoriert die Frage. »Hör auf, dran rumzupicken.«

»Aber ich hab mich bei der Arbeit verletzt«, sage ich gedehnt und hebe mein Schienbein vor ihr Gesicht. »Wie soll ich einen Anwalt finden, der mir die Entschädigung beschafft, die mir zusteht?« Arbeitsrecht im Frage-und-Antwort-Stil. Ein Spiel, mit dem wir anfingen, als wir bei den Wassersteins wohnen mussten, bei denen diese Werbespots in Endlosschleife liefen.

Mae zieht mir den Schal vom Hals und wickelt ihn wie einen

Druckverband um mein Bein. »Greifen Sie einfach zum Telefon!«, sagt sie pflichtschuldig und pfeift dann den Jingle.

»Mach eine Schleife dran«, sage ich und wackle mit den Zehen.

»Du bist albern«, erwidert Mae, bindet die Enden aber zu einer Schleife.

»Was, glaubst du, machen die Wassersteins jetzt gerade?«

»An einem Hotdog ersticken«, sagt Mae.

»Nur einem?« Ich muss lachen, als ich mir vorstelle, wie die beiden an den entgegengesetzten Enden eines Hotdogs würgen wie Susi und Strolch.

Kronos taucht aus Dennis' Zimmer auf und streckt sich.

»War die schon vorher offen?« Mae zeigt an der Katze vorbei auf Dennis' Tür.

»Ach, stimmt«, sage ich. Das Foto. Ich fische es aus meiner Gesäßtasche und streiche es glatt. Als ich es mir jetzt mit Mae ansehe, komme ich mir ziemlich blöd vor, dass ich dachte, es wäre sie. Natürlich ist das nicht Mae, sondern Mom. Eindeutig Mom. Ich kenne nur keine Bilder von ihr, als sie in Maes Alter war, und die beiden gleichen sich aufs Haar.

»Was ist das?«, fragt Mae.

Ich gebe ihr das Bild.

»Wo hast du das her?«

»Aus seinem Schreibtisch.«

Mae starrt auf das Bild. »Ich glaube, ich hab gesehen, wie er es vor ein paar Tagen betrachtet hat. Wahrscheinlich denkt er immer noch an sie«, sagt sie schließlich und zwingt mich, es an seinen alten Platz zurückzulegen.

Dann setze ich mich wieder zu ihr auf die Couch, und wir warten.

BRIEF VON MARIANNE LOUISE MCLEAN
AN DENNIS LOMACK

14. Juni 1962

Lieber Mr Dennis,
Daddy sagt, ob langes Haar oder nicht, es sei unhöflich, Dich
Dennis zu nennen. Also nenne ich Dich jetzt Mr Dennis. Gestern war ich mit Cynthia und ihrem kleinen Bruder bei den
Hügelgräbern am See. Ich erzählte ihr, was Du mir über die
Indianerknochen darin erzählt hast, und als ihr kleiner Bruder Gus, der eine echte Nervensäge ist, das hörte, wollte er
die Knochen mit den Händen ausgraben. Er glaubt, er hätte
eine Pfeilspitze gefunden, aber wahrscheinlich war es nur ein
spitzer Stein. Er schlich sich ständig von hinten an, pikste uns
damit in den Nacken und erklärte uns für verflucht. Dann
wurde er von einer Biene gestochen und hat wohl bekommen, was er verdient.

Wir trafen auch Mädchen aus unserer Schule, die nicht mit
uns geredet haben. Cynthias Mutter meinte, wir sollen den
Mut nicht verlieren, denn wir stünden auf der richtigen Seite
der Geschichte, und wenn diese Mädchen erwachsen wären,
würden sie sich zutiefst für das schämen, was ihre Eltern unseren Vätern angetan haben. Dann gab uns Cynthias Mutter
Sandwiches mit Hühnerfett, und ich aß meines auf und tat
so, als würde es mir schmecken. Ich glaube, Cynthia hat sich
geschämt. Daddy sagt, Du kommst im September wieder, um
bei der Wählerregistrierung zu helfen.

80

Ich vermisse Dich! Ich vermisse unsere Spaziergänge und Deine Geschichten und die Zeit mit Dir und Deinen Freunden auf dem Fußboden in unserem Wohnzimmer. Es war wie eine Pyjamaparty, immer war jemand da, mit dem man reden konnte. Jetzt ist das Haus ganz leer, und Daddy geht ruhelos auf und ab. Hier ist das Foto von mir, das Du mit Daddys Kamera aufgenommen hast.

Vergiss mich nicht!
Marianne Louise

KAPITEL 3

BRIEF VON MARIANNE MCLEAN
AN EDITH UND MAE [1997]

meine lieben töchter,
bitte vergesst meinen letzten brief. ein vertrautes jucken hinter den augäpfeln, die worte kamen nicht von mir.

könnt ihr das überhaupt lesen? von den medikamenten zittern mir die hände. bitte macht euch keine sorgen. zittern & erdbeben in händen & füßen & gesicht. sie entstellen mich weiterhin, bis es nichts mehr zu entstellen gibt.

jeden morgen stecken sie mich bis zum hals in ein eisbad. mir war noch nie so kalt. eine schwester, sadistische kuh, sitzt daneben & sieht zu, wie mir die zähne klappern. ich habe einen bösen husten, lungenentzündung? aber sie sagen, der nebel hat sich schon etwas gelichtet. immerhin schreibe ich euch mädchen einen brief. meine zwei hübschen. meine ribbit & meine rabbit.

ich verzeihe euch & versuche, nicht an euch zu denken. natürlich schäme ich mich. ich will euch, und seien es nur gedanken an euch, von hier fernhalten. das leiden ist in den wänden, im fußboden, unter den tischen. es ist in die farbe gemischt, riecht nach scheiße & angst. es steigt einem in die nase & dann ist es zu spät, weil es in einem ist. meine nachbarin kann nicht aufhören zu weinen (kann oder will nicht?). erst seit kurzem kann ich zwischen wachsein & schlafen unterschei-

83

den. ich habe wieder angefangen zu schreiben. in meinem kopf wiederholen sich worte, die ich nur loswerde, wenn ich sie aufschreibe. gedichte. euer vater ist kein heiliger, aber er ist vieles.

ich liebe euch, ihr seid die glocke im nebel, das einzige, was noch existiert.

seid tapfer,
mom

EDITH [1997]

Was haben sie ihr dort angetan? Was habe ich zugelassen? Die Sanitäter und die Polizei. Ich hätte lügen sollen, aber ich war so schockiert. Ich habe ihnen erzählt, was passiert ist, und dann haben sie es verdreht.

Der Mann mit dem Pistolenhalfter hat mir rosa Limonade in einen Styroporbecher eingeschenkt. Er war jünger als die Detectives in Fernsehkrimis, praktisch mein Alter, dünner Schnurrbart. Er hat mir eine Frage nach der anderen gestellt, und ich Idiotin habe ihm alles erzählt. Er hat mir die Schultern massiert und mir mit einer Serviette die Limonade vom Mund gewischt. Warum habe ich nicht geschwiegen?

Ich habe sie dorthin gebracht. Sie glaubt das auch. Warum sollte sie uns sonst verzeihen? Und jetzt quälen sie Mom wegen dem, was ich gesagt habe. Ein Wunder, dass sie nach den Eisbädern und den Pillen, die sie ihr geben, überhaupt noch schreiben kann. Ihre Handschrift war immer so klein, ordentlich, rund. Meistens hat sie so fest aufgedrückt, dass die Worte fast eingraviert waren. Wenn man mit den Fingern übers Papier fuhr, konnte man sie spüren.

In diesem Brief dagegen sieht ihre Handschrift aus, als hätte ein Geist geniest. Nichts erinnert an ihre frühere Schrift. Der Brief könnte von jedem geschrieben sein. Ihrer schluchzenden Nachbarin. Dieser Chaotin. Wenn ich mir vorstelle, dass eine fremde Hand über dem Papier gezittert und Mom nur diktiert hat, geht es mir besser.

Ich lese den Brief noch einmal, ein drittes, viertes Mal. Langsam höre ich die Worte, anstatt sie zu sehen. *meine zwei hübschen. meine ribbit und meine rabbit.* Das klingt nach ihr. Ihre Stimme in meinem Kopf beruhigt mich – *glocke im nebel* – obwohl das, was sie sagt – *zittern … entstellen mich –,* nicht sehr beruhigend ist. Ich bin wieder am Anfang des Briefes und halte inne. *bitte vergesst meinen letzten brief.*

»Wo ist der andere Brief?«, frage ich Dennis. Ich habe ihn nie gesehen. Wahrscheinlich hat er ihn vor uns versteckt.

Dennis antwortet nicht. Er liest eifrig über unsere Schultern hinweg mit und kneift dabei die Augen zusammen, weil er zu eitel ist, eine Brille zu tragen. Ob er schon an der Stelle ist, die ihn betrifft? *Kein Heiliger.* Wenn ja, lässt er sich nichts anmerken. Keine Ahnung, was sie mit *er ist vieles* meint. Ich nehme an, nichts Gutes.

»Was hast du mit dem anderen Brief gemacht?«, frage ich ihn wieder.

»Welchem Brief?« Er sieht mich mit seinen feuchten Lammaugen an.

Lügt er? Wo hat er ihn versteckt?

»Sie schreibt, dass sie einen anderen Brief geschickt hat. Du kannst Sachen nicht einfach so vor uns verstecken.« Ich spüre, wie mir das Blut ins Gesicht schießt. »Das ist nicht in Ordnung.«

»Ich verstecke nichts! Ihr seid die ganze Zeit bei mir. Ihr seht, wie ich die Post hole.« Das stimmt, aber wir achten nicht darauf, was in der Post ist. Er hätte ihn ohne weiteres in einer Zeitschrift verstecken und ihn später in seinem Zimmer lesen können.

»Wahrscheinlich hat sie ihn nie geschrieben«, sagt Mae langsam. »Wahrscheinlich hat sie es sich nur eingebildet oder geträumt, dass sie ihn geschrieben hat, und es verwechselt.« Typisch Mae – sie nutzt jede Gelegenheit, um Mom lächerlich zu machen. Das ist widerlich.

»Oder die Ärzte haben ihn einbehalten«, sagt Dennis. »Sie überwachen ihre Korrespondenz.«

Ich stelle mir vor, wie ein Arzt die Briefe meiner Mutter liest, sie wieder zusammenfaltet und in einem braunen Umschlag in ihre Akte steckt, als Beweis gegen sie, um alles, was sie in ihrer Wut schreibt, gegen sie zu verwenden und sie weiter wegzusperren.

»Ich glaube, du lügst.« Der Stuhl fällt nach hinten, als ich aufstehe, knallt auf den Kachelboden in der Küche. Mae legt ihre Hand auf meine, aber ich schüttle sie ab. Diese kleine besserwisserische Verräterin. Nein, danke. Wahrscheinlich wusste sie die ganze Zeit von dem Brief. Dennis hat ihn ihr gezeigt, und sie hat gesagt, ihn zu lesen, würde mich zu sehr aufregen. Aber ich werde ihn finden.

»Edie, was machst du da? Bitte bleib von meinem Schreibtisch weg. Edith!« Dennis folgt mir in sein Zimmer. Er geht in die Hocke und hebt Papiere auf, die ich auf den Boden geworfen habe.

»Es reicht«, sagt er, als ich einen Stapel Papiere auf seinem Nachttisch runterfegen will. Ich öffne das Buch, in dem er gelesen hat, und schüttle es aus. Ein Lesezeichen flattert heraus, mehr nicht. »Edith, es reicht!« Er hält mich hinten an meinem T-Shirt fest, aber ich mache einen Satz, als wäre ich an einer Leine. Ich sehe auf das Fensterbrett. Da saß er wahrscheinlich, als er ihn las. Rauchend, lesend, weinend.

»Warum ist so viel Asche im Aschenbecher?«, frage ich.

Er hat ihn verbrannt, ihn mit einem Streichholz an einer Ecke angezündet und zugesehen, wie die Worte verkohlt sind.

»Edie, hör auf«, sagt Mae leise. Sie schämt sich. Ich sehe sie an. Nein, sie schämt sich nicht, sie hat Angst. Vor mir. Ich stelle den Aschenbecher aufs Fensterbrett zurück und achte darauf, dass ich nichts verschütte.

MAE

Ich hatte Moms ersten Brief weggeworfen. Ich konnte förmlich hören, wie er auf uns zuflog, also fing ich ihn ab. Es war nicht leicht, weil ich fast nie allein war, aber Not macht erfinderisch. Der Umschlag fühlte sich schwer und explosiv an, und er enthielt zehn unleserliche Seiten, jedes Wort ein Widerhaken. Ich überflog ihn und achtete darauf, dass sich kein Wort in mir festsetzte, dann zerriss ich ihn und spülte ihn die Toilette hinunter. Ich wollte nicht, dass Edie sich noch mehr Sorgen um Mom machte. Ich will nicht sagen, dass ich Mom am liebsten tot gesehen hätte, schließlich bin ich kein Monster, aber ich wünschte sie mir vakuumversiegelt an einem Ort, wo sie uns nicht erreichen konnte. In New York war ich glücklich. Glücklich und sicher vor ihr, dachte ich.

Den zweiten Brief konnte ich nicht abfangen. Er kam an – narzisstisch, gut durchdacht, kaum leserlich und voll mit diesen elliptischen Rätseln, die mit einem Stich unter die Haut gehen. Edie war von diesem Brief besessen und analysierte ihn zu Tode: Was hatte es zu bedeuten, dass alles kleingeschrieben war? War es ein Zeichen für Moms niedriges Selbstwertgefühl? Ihre Aversion gegen Ordnung? Ihr künstlerisches Temperament? War sie eine kreative Frau ohne Ventil für ihre künstlerischen Energien? War dies der wahre Ursprung ihres Unglücks? Könnte Dichtung sich als ihre Rettung erweisen? Ich ließ Edie reden und reden, ohne ihr zu widersprechen, obwohl ich wusste, dass keines ihrer Argumente zutraf oder wichtig war. Sie hatte keine Ahnung von Mom.

Der dritte Brief kam ein paar Tage später. Edie, die ohnehin schon aufgewühlt war, brütete über dem neuen Brief wie eine Kryptologin. Eigentlich war es gar kein Brief. Da stand kein »liebe« oder »eure«. Es war ein Gedicht. Wie raffiniert von Mom, so undurchsichtig mit uns zu kommunizieren und zu verlangen, dass wir errieten, was sie uns sagen wollte, als wäre sie eine scheiß Sylvia Plath.

»Was, meinst du, soll das heißen? Was, meinst du, soll das heißen?«, fragte Edie dauernd, rückte mir auf die Pelle und beobachtete mich beim Lesen.

Das Gedicht war Kauderwelsch, lauter unangenehm klingende Worte, ohne Satzzeichen aneinandergereiht, wiederholt, bedrückend. *ziegenmanns ziegenfell pelz mund spachteln würgen ersticken wasser in der kehle ohren würgen*. Beim Lesen füllte sich mein Mund mit dem stinkenden Geschmack von Seewasser. Ich musste an die nächtlichen Ausflüge denken, bei denen Mom im Lake Pontchartrain verschwand, während ich am Ufer auf und ab ging und wartete, bis ihr Kopf wieder auftauchte. Ich war trocken und an Land und wurde von Moskitos zerstochen, aber ich spürte nur die matschigen Algen unter den Füßen und das schwarze Wasser, das mir in der Nase brannte. Einmal tauchte Mom mit einem riesigen Katzenfisch im Arm aus dem Wasser auf. Auf der Rückfahrt zappelte der Fisch verzweifelt auf der Rückbank, und Mom lachte so heftig, dass ich steuern musste. Sie lachte, aber was heißt das schon? Es war kein Ausdruck der Freude. Es waren nur Laute, als wollte etwas in ihr nach außen dringen.

»Was denn?«, sagte Edie. »Was?« Sie spürte, dass ich den Inhalt vage entziffert hatte.

Mir war klar, dass das Gedicht ein Abschiedsbrief sein sollte. Es hätte ebenso gut ein Akrostichon sein können mit der Botschaft: LEBT WOHL! FÜR IMMER!

Wie egoistisch, wie grotesk. Warum uns wieder da hineinziehen? Wir waren Kinder. Der Text in der ruckartigen, schwachen Handschrift zwang mich, dass ich sie mir beim Schreiben vorstellte, und auch das nahm ich ihr übel. Aber ich wollte sie mir nicht vorstellen, denn wenn ich sie in mich ließ, hatte ich das Gefühl, mich wieder zu verlieren. Ich wollte diese einzigartige Gelegenheit, die sie von mir weggeholt hatte, ergreifen und es dabei belassen.

Ich erzählte Edie nie, was das Gedicht bedeutete. Ich glaube, ich erfand eine mythologische Interpretation und versuchte mich selbst davon zu überzeugen. Aber ich bekam die Bilder nicht aus dem Kopf, in denen Mom mit dem Gesicht nach unten trieb: in einem See, in einer Badewanne, im Pool eines Nachbarn. Ich weiß noch, wie ich nachts Kronos im Arm hielt, mein Gesicht in seinem Fell verbarg und sein Schnurren das Rauschen ersetzen ließ, das ihre Worte in meinem Kopf hinterlassen hatten.

TELEFONAT ZWISCHEN
EDITH UND DOREEN

EDITH Doreen.

DOREEN Ja, Edie-Schatz.

EDITH Ich muss nach Hause.

DOREEN Nach Hause? Deine Momma ist noch nicht so weit.

EDITH Kann ich bei dir bleiben?

DOREEN Nein, Schatz. Im Augenblick hab ich viel um die Ohren. Mein Bruder ist krank und wohnt bei mir. Ich kann mich nicht um noch jemand kümmern.

EDITH Doreen! Ich bin sechzehn. Du musst dich nicht um mich kümmern …

DOREEN Hast du mich nur angerufen, um am Telefon zu weinen?

EDITH Ja.

DOREEN Wie geht's deiner Schwester?

EDITH Der gefällt es hier. Sie ist sehr *anpassungsfähig*.

DOREEN Also, hör mal, Schätzchen. Wer sich nicht anpasst, stirbt. Warum tust du so, als ob das was Schlechtes ist? Wer sich nicht anpasst, stirbt.

EDITH …

DOREEN Ich rede nicht mit dir, wenn du nur schniefst.

EDITH Leg nicht auf!

DOREEN Ich leg nicht auf, Edith. Verdammt.

EDITH Hast du sie besucht?

DOREEN Gestern war ich da.

EDITH Wie geht es ihr?

DOREEN Nicht besonders, Edie-Schatz. Nicht besonders. Man versteht kaum, wovon sie redet.

EDITH Hat sie nach mir gefragt?

DOREEN Klar, Liebes. Klar, hat sie.

EDITH Was wollte sie wissen?

DOREEN Ach, du weißt schon, wie es euch geht. Ich hab ihr gesagt, es geht euch bestens.

EDITH Aber das stimmt nicht.

DOREEN Edie, Schätzchen, ich bin müde. Mein Bruder hat mich mit seinem Stöhnen die ganze Nacht wachgehalten. Er hat starke Schmerzen. Ich hab nicht die Kraft, immer wieder das Gleiche zu bereden.

EDITH Sie hat uns einen Brief und ein Gedicht geschickt.

DOREEN Das ist schön.

EDITH Hat sie noch was über mich gesagt?

DOREEN Sie hat sich für den flauschigen Bademantel bedankt, den du ihr geschickt hast. Sie hat ihn angehabt. Ich hab gemerkt, dass er ihr gefällt.

EDITH In dem Brief hat sie geschrieben, dass die Ärzte sie foltern.

DOREEN Das ist Unsinn. Das weißt du genau.

EDITH Mom schreibt, sie geben ihr zu viele Medikamente, die sie entstellen.

DOREEN Lass sie gesund werden. Lass die Ärzte ihre Arbeit machen. Ich muss jetzt los, Schatz. Gib Mae einen Kuss von mir, ja?

EDITH Klar, okay. Grüß Tyrell von mir.

DOREEN Er ist bei seinem Daddy, aber wenn er zurückkommt, richte ich es aus. Wiedersehen, Schatz.

DOREEN

Marianne hat allen ihr Chaos hinterlassen. Die meisten haben sich irgendwann von ihr ferngehalten, aber manchmal hat sie einen Dummen gefunden, einen Dummen wie mich, der auf sie einging. Ich kenne sie schon, seit sie in Windeln war. Meine Momma hat für ihren Daddy gearbeitet, Jackson McLean. Jeder mochte Jackson. Als seine Frau starb, hat er meine Momma eingestellt, um im Haus zu helfen.

Als ich klein war, hat meine Momma so viel Zeit dort verbracht und sich um Marianne gekümmert, dass ich tatsächlich eifersüchtig war. Ich hatte fünf jüngere Geschwister, und meine Momma hat ihre ganze Liebe und Zuwendung auf ein weißes Mädchen am anderen Ende der Stadt verschwendet. Wenn sie nach Hause kam, war sie müde und hat sich hingelegt. Man kann nicht immer alles geben, und Marianne wollte alles. Die Eltern von meinen Schulfreundinnen haben auch bei Weißen gearbeitet, aber keiner wurde so vereinnahmt wie meine Momma. Ich hab mich oft gefragt, ob sie in Jackson verknallt war, und ich weiß, mein Daddy hat sich das auch gefragt. Manchmal haben sie abends deswegen gestritten.

Weil ich die Älteste war, musste ich meine Geschwister versorgen. Ich hab für sie gekocht, wenn sie von der Schule heimkamen. Ich hab ihre Kleider geflickt, die sie beim Klettern über Zäune oder beim Herumtollen zerrissen. Manchmal hat Momma Marianne zu uns mitgebracht, und ich musste mit ihr spielen, das war noch eine Aufgabe auf meiner Liste. Meine

Momma hat es nie gesagt, aber sie wollte, dass ich Marianne wie eine kleine Prinzessin behandle. Irgendwann standen wir uns schon deswegen nahe, weil wir gleichaltrig waren und so viel Zeit miteinander verbrachten. Wir haben zusammen Brombeeren gepflückt, die wild an den Büschen bei den Bahngleisen wuchsen, und meine Momma hat uns gezeigt, wie man daraus Marmelade macht.

Marianne war nicht praktisch veranlagt und es hat ihr an gesundem Menschenverstand gefehlt, aber sie war gut im Geschichtenerfinden. Sie war so überzeugt von dem, was sie erzählt hat, dass man es irgendwann auch geglaubt hat. Die Sümpfe wurden zu Märchenschlössern und Hexenhöhlen, solcher Quatsch. Als ich dann älter wurde, ging mir ihre Spinnerei auf die Nerven. Ich konnte mir nie irgendwelche Sperenzchen erlauben, weil ich Leute hatte, die auf mich angewiesen waren. Die eigenen Marotten auszuleben ist ein Luxus. Es war mir peinlich, mit ihr gesehen zu werden. Sie lief mir und meinen Freundinnen nach, versponnen, mit großen Augen, auf Zehenspitzen. Ihre Art zu gehen hat mich wahnsinnig gemacht, ihre Fersen haben nie den Boden berührt. Das Mädchen konnte sich nicht mal ein Sandwich machen. Irgendwann hatte ich deswegen einen schlimmen Streit mit meiner Momma.

In der Highschool war ich Jahrgangsbeste, und ich wusste schon, was ich vom Leben wollte. Ich wollte auf ein College und dann Krankenschwester werden, in eine große Stadt ziehen und was aus mir machen. Ich hab meiner Momma gesagt, dass ich die schusselige Marianne nicht am Hals haben und meinen letzten Sommer zu Hause genießen will. Oh, da wurde meine Momma wütend. Normalerweise hat sie nie Hand an mich gelegt, aber da hat sie mich mit dem Kamm, mit dem sie sich gerade die Haare machte, ins Gesicht geschlagen. Da waren wir und haben für Bürgerrechte gekämpft, und ich sollte für dieses Mädchen verantwortlich sein? Ergibt das einen Sinn? War das gerecht? Meine Momma fand, dass wir Jackson was schuldig sind. Aber ich glaube, sie war nur so wütend, weil sie mich eigentlich verstanden hat.

Dann hab ich jahrelang nichts mehr von Marianne gehört. Wir sind beide weggezogen, haben geheiratet, Kinder bekommen. Eine Zeit lang schien die Welt groß und alles war möglich. Ich hab gemacht, was ich mir erhofft hatte: Ich bin nach Atlanta gezogen, besuchte mit einem vollen Stipendium ein College und bin Krankenschwester geworden. Dann wurde meine Momma krank und ich musste nach Hause, mich um sie kümmern. Sie ist gestorben, mein Mann hat mich wegen einer anderen verlassen, und ich bin hiergeblieben. Marianne war auch wieder zurückgezogen, und ich fühlte mich immer noch für sie verantwortlich. Ihre Seltsamkeit wurde noch dunkler. Sie war nicht glücklich mit ihrem Mann. Sie hatten sich ständig in den Haaren und stritten so laut, dass jeder es hören konnte. Einmal traf ich ihn im Supermarkt, da hat er Pappteller gekauft, weil Marianne das gesamte Geschirr zerbrochen hatte. Irgendwann ging er weg, nachdem sie Tabletten genommen hatte und im Koma lag. Ihre Töchter waren bei mir, während sie im Krankenhaus lag und er auszog.

Gott, sie war so egoistisch.

Sie hat gesagt: »Du verstehst das nicht, Dor, es ist die Hölle.«

Ach ja? Als ob dieses ignorante kleine Miststück die Einzige war, die weiß, was Schmerz bedeutet.

Und ich hab gesagt: »Marianne, bleib lieber in der Hölle, die du kennst, denn schlimmer kann es immer werden.« Das hat mein Daddy oft gesagt.

Aber sie wusste es natürlich besser. Sie hat gesagt, die einzige Hölle, die es gibt, wäre die, in der sie lebt.

Nachdem ihr Mann weg war, wurde es besser und dann wieder schlimmer. Sie hat mir die Handlungsvollmacht erteilt, für den Fall, dass ihr was zustößt. Aber ich hatte genug eigene Probleme, verdammt: eine Scheidung, einen halbwüchsigen Sohn, der nicht mit mir reden wollte, einen Bruder, der sterbend in meinem Wohnzimmer lag. Als sie versucht hat, sich aufzuhängen, hab ich getan, was ich konnte. Ich hab sie vor dem staatlichen Krankenhaus bewahrt, ihr ein Bett im St. Vincent's besorgt und sichergestellt, dass sie gute Ärzte hatte. Es ist eine teure Klinik, aber ich hab ihren Mann dazu gebracht, den Großteil zu übernehmen, und den Rest hab ich durch die Vermietung von ihrem Haus bezahlt.

EDITH [1997]

Es kribbelt ein bisschen, wo das Wasser mich trifft, aber meine Haut ist größtenteils gefühllos geworden. Ich bin bei dir. Deine Augen sind das Einzige, was aus dem eisigen Wasser ragt. Du bist ein Eisberg. Ich bin ein Eisberg. Wir sind weit voneinander entfernt, aber unsere Zähne klappern im Gleichtakt.

»Edie, ich muss dringend pinkeln.« Mae hämmert an die Tür.

Ich drehe das Wasser ab und warte. Zähle zitternd bis fünf. Meine Finger sind taub. Vermutlich geben sie Mom nicht sofort ein Handtuch. Die Schwestern lassen sie warten, diese sadistischen Schlampen. Sie lassen Mom vor sich hin bibbern.

»Edie, mach schon.«

Ich ziehe das grüne Handtuch vom Haken und schlinge es um mich, dann schließe ich die Tür auf.

Mae zwängt sich an mir vorbei zur Toilette und fängt an zu pinkeln, sobald sie sitzt.

»Deine Lippen sind ganz blau«, sagt sie.

Stimmt. Als hätte ich gerade ein blaues Eis gegessen. Ich spanne die Lippen über die Zähne und betrachte mich im Spiegel des Medizinschränkchens.

»Du siehst aus, als wärst du aus einem Gletscher aufgetaut«, sagt Mae, wischt sich ab und spült. Ich trete beiseite, damit sie sich die Hände waschen kann.

»O Gott.« Sie berührt meinen Arm.

Ich schüttle ihre Hand ab. Ich brauche keine Diskussion mit ihr.

»Edie, was machst du da? Hör auf, dich zu quälen.«

Warum sollte ich? Heilige haben sich wund gegeißelt und Hemden aus Dornen getragen, um sich selbst zu bestrafen. Kaltes Wasser ist nichts. Kaltes Wasser ist lächerlich. Aber das sage ich nicht, weil Mae die Gefühle von anderen nicht interessieren. Wenn Mom sich aufregte, sah man sofort, wie Mae dichtmachte. Und das ist das Letzte, was ich brauche. Lieber ruhig sein, langsam vorgehen, dann ist sie bald wieder auf meiner Seite.

»Sei nicht albern, Spooks. Wir hatten kein heißes Wasser mehr«, lüge ich und beiße die Zähne zusammen, damit sie nicht klappern.

MAE

Jeder, der Dads Romane gelesen hat, konnte spüren, wie besessen er von Mom war. So eine Besessenheit löst sich nie ganz auf, nicht, wenn sie mit dem grundlegenden Selbstgefühl verbunden ist. Er verlor nie ein Wort über Moms Briefe, aber ich bin sicher, er hat die Sirenen genauso gehört wie Edie und ich, dieses durchdringende Geräusch, das dazu führte, dass Edie sofort angelaufen kam und ich auf stur schaltete. Warum hatten ihre Briefe eine solche Macht über uns? Ich weiß es nicht. Bei allem, was Mom schrieb, steckte das Bedrohliche zwischen den Zeilen.

Vor jenem Frühjahr hatte ich nie ein Buch von Dad gelesen. Ich war nicht mal auf die Idee gekommen, in einer Bibliothek oder einem Buchladen danach zu suchen, weil er für mich nicht existiert hatte, bis wir bei ihm lebten. Aber in New York fing ich an, seine Bücher zu verschlingen. Ich verschlang *Cassandra's Calling*. Ich las seine Romane vor dem Einschlafen. Ich wollte die Rhythmik seiner Sätze in mir haben, damit ich von ihnen träumen konnte. Im Schlaf jedoch verschmolzen alle Figuren zu Mom. Manchmal verwandelte sie sich in einen starken Wind, der mich irgendwohin zerrte, dann wieder sprang sie auf meinen Rücken und versuchte mich niederzuringen. Ihr Gesicht sah ich fast nie. Manchmal – und diese Träume waren am schaurigsten – verwandelte ich selbst mich in Mom, und dann war ich auf einem fremden Rücken oder wurde zu Wind.

EDITH [1997]

Maes Lampe wirft große Schatten an die Wand, wenn sie im Bett liest. Ihre Finger blättern raschelnd die Seiten um. Kronos liegt auf meinen Füßen und hält sie warm.

»Glaubst du, sie bleibt lange hier?«, frage ich Mae. Die Frau aus dem Keller-Restaurant schläft auf der Couch. Heute Nachmittag tauchte sie bei uns auf und sah schrecklich aus. Ein Krankenhausbändchen an ihrem Handgelenk. Das Armband ist das Einzige, was sie mit Mom gemeinsam hat, aber Dennis scheint das zu genügen.

Mae reagiert nicht.

»Es stimmt, was Mom immer sagt. Er mag seine Vögelchen mit gebrochenen Flügeln«, sage ich, aber Mae hört nicht zu. Sie ist in ihr Buch vertieft. »Genau wie du«, sage ich zu Kronos, der zurückblinzelt. »Du magst deine Vögelchen auch mit gebrochenen Flügeln, stimmt's?«

Maes Atem ist ganz leise geworden. Wahrscheinlich liest sie gerade eine pikante Stelle.

»Lies vor«, sage ich. Sie hält die Luft an.

Mae blättert die Seite um und schweigt. Mit der Hand versetze ich der Matratze über mir einen Stoß.

»Lass das«, sagt sie. Der Schatten an der Wand verrät mir, dass sie das Buch beiseitelegt. »Ich glaube nicht, dass dir das gefällt. Es ist irgendwie …«

»Ich will nur deine Stimme hören.«

Nichts. Ich stoße wieder gegen ihr Bett.

»Na gut.« Sie räuspert sich, räuspert sich noch mal: »*Am Anfang war sie im Bett wie ein blindes Kätzchen. Hilflos und suchend, immer suchte sie nach meinem*«, ihre Stimme flattert, »*Penis und wollte ihn in den Mund nehmen. Im Grunde genommen schlief sie mit ihm ein. Oder hielt ihn in der Hand. Es war, als bildete er einen Stromkreis, einen geschlossenen Stromkreis, der unsere Körper …*« Sie verstummt.

Etwas durchfährt mich, und ich muss unwillkürlich kichern. Ich denke an Markus und das taube Gefühl in meiner Kehle, wenn er in meinem Mund kam, und dann die Schritte in der Steinkapelle oder die Schritte auf der mit Teppich belegten Treppe zum Dachboden. Hinterher waren immer Schritte von Leuten zu hören.

»Kann ich mal sehen?«, frage ich Mae.

Sie liegt stumm da, zu ruhig. Warum? Plötzlich dämmert mir, was sie vorgelesen hat. Mein Gesicht brennt. Ekelhaft. Und dass sie mich nicht vorgewarnt hat. Mich da liegen und darüber nachdenken lässt, an Markus denken lässt, ohne zu sagen, dass Dennis an dieser Stelle etwas Widerliches über Mom geschrieben hat.

Mae beugt sich von ihrem Bett herunter und sieht mich an. Ihre Augen liegen im Schatten, ihre Haare sind ein Vorhang. Auf den Kopf gestellt im Dunkeln, könnte sie irgendwer sein.

»Glaubst du, das war über Mom?«, fragt sie. Dieses kleine perverse Miststück. »Da sind ein paar Details, die …«

Maes breite weiße Stirn ist ganz nah vor meinem Gesicht. Ich versetze ihr einen Schlag auf den Kopf, spüre meinen Knöchel knacken. Sie schreit auf und fällt beinahe aus dem Bett.

Mom als verdammtes Kätzchen darzustellen, das in seiner ekligen Hose nach seinem Zitteraal wühlt. Mir wird übel. Mom in einem weißen Nachthemd, ein verdammtes Kätzchen.

Mom, die herumzappelt wie ein Fisch an der Angel, ein großer weißer Fisch, ein Geist, ihr Mund und Rachen taub.

»Das könnte jede sein«, sage ich schließlich.

Mae antwortet nicht. Sie redet nicht mehr mit mir. Als ich
zu ihr ins obere Bett will, streckt sie ihr Bein aus, um mich
abzuhalten. Auf ihrer Stirn ist eine Beule, ein roter Striemen,
wahrscheinlich von meinem Schlag. Als ich die Beule anfassen will, haut sie meine Hand weg.

»Tut mir leid.« Und das stimmt. Unter uns das Geräusch
einer Säge. Unser Nachbar Charlie baut offenbar etwas.

»Mae, es tut mir leid«, wiederhole ich, aber sie liest weiter
und sieht nicht hoch.

AMANDA

Ich beschloss, die Abtreibung in New York vornehmen zu lassen. Ich hatte gezögert und mir lief die Zeit davon. Wenn ich damit warten würde, bis ich wieder zu Hause war, könnte es zu spät sein oder Barry würde es mir ausreden. Da ich in New York niemanden kannte, der mich von der Klinik abholte, schlug ich Dennis' Adresse im Telefonbuch nach und fuhr nach dem Eingriff mit einem Taxi zu seiner Wohnung. Irgendwie spürte ich, dass er mich nicht abweisen würde und dass es vielleicht sogar mein »Entrée« sein könnte. Und so war es. Er bot mir äußerst großzügig an, auf seiner Couch zu schlafen und mich zu erholen. Der Eingriff war unangenehm gewesen, aber auch nicht welterschütternd.

Ich weiß noch, wie absolut surreal es sich anfühlte, als ich Dennis Lomack und seinen Töchtern in die Wohnung folgte und dann dastand, umgeben von seinen Sachen, leicht weggetreten und benebelt vom hohen Blutverlust und von den Nachwirkungen der Narkose. Ich weiß noch, wie ich in seinem Bad stand, die Haare in seiner Bürste und die schmutzigen Q-tips im Abfalleimer anstarrte und dachte, dass ich es in den Reliquienschrein geschafft hatte.

In meiner Erinnerung sehe ich die Einzelheiten meiner Ankunft noch heute in strahlendem Technicolor. Am ersten Abend machte er ein Linsenpüree, was mich zunächst überraschte, aber als ich genauer darüber nachdachte, ergab es Sinn. Indisches Essen, natürlich! Das passte zu ihm. Es gab viele solcher Momente. Ich hatte in meinem Kellerkabuff an der University of Wisconsin herumgesessen und mit offenen Augen von genau solchen Kleinigkeiten geträumt. Wie trinkt Dennis seinen Kaffee? (mit Milch, ohne Zucker); wie hält er seinen Becher? (normal, nehme ich an, ohne abgespreizten kleinen Finger); wie sitzt er da? (übergeschlagene Beine, manchmal); wie geht er? (trotz seiner Größe federnd) etc.

Seine Töchter kamen mir vor wie Figuren in der Welt seiner Bücher. Sie mochten mich nicht, was in Ordnung war. So fand ich es authentischer. Es schmeichelte mir, dass sie mich als Bedrohung empfanden. Nach dem Essen saß die jüngere Tochter auf seinem Schoß, und die Katze saß auf ihrem Schoß, und ich erinnere mich noch, dass ich dachte, sie sehen aus wie ein Totempfahl familiären Glücks. Und selbst die ältere, Edie, stritt mit niemandem. Es sah so aus, als verstünden sich die drei ganz gut.

Edith war sehr eigensinnig. Man konnte sie sich gut in einem Gewitter vorstellen oder wie sie Ochsen durch eine Flussfurt trieb. Ich hätte sie in einem Film über Pioniere besetzt. Stur, prinzipientreu, trotzdem irgendwie empfindlich.

Am nächsten Tag erholte ich mich auf Dennis' Couch und machte eine Bestandsaufnahme seiner Bücherregale. Das waren also seine Vorbilder: Sämtliche Russen. Viele Deutsche. Ich musste nicht mehr wild spekulieren und literarische Kritiken bemühen, ich hatte Zugang.

Als die Mädchen am Abend im Bett lagen, folgte ich Dennis Lomack in sein Zimmer. Er wirkte überrascht, warf mich aber nicht hinaus. Ich berührte jeden Gegenstand auf seinem Schreibtisch, während er sich auszog.

»Und?«, sagte er, als er unter der Decke lag und das Licht

ausgeschaltet hatte, während ich weiter im Dunkeln dastand und mich fragte, ob das alles wirklich war.

»Und?«, sagte er. Einfach so. »Und?«

Wie viele Leute können von sich behaupten, dass ihr Mädchenschwarm auf dem Poster für sie lebendig wurde? Denn genau so fühlte es sich an: Mick Jagger, der in mein Kinderzimmer herabstieg.

BRIEF VON MARIANNE LOUISE MCLEAN AN DENNIS LOMACK

4. Mai 1968

Lieber Mr Dennis,
ich habe die Postkarte, die Du mir geschickt hast, neben meinem Bett aufgehängt. Es ist schön, wach dazuliegen, mit dem Finger die Konturen der Wolkenkratzer nachzufahren und mir vorzustellen, wie Du winzig durch diese Stadt gehst. Hinter all diesen kleinen leuchtenden Fenstern wohnen Menschen. Kaum zu fassen. Vielleicht besuche ich Dich ja eines Tages in New York?

Wie geht es dem Buch, das Du schreiben willst? Hast Du schon angefangen? Komme ich darin vor? Du könntest eine Figur Cassandra nennen. Oder eine heimliche Botschaft verstecken. Auf Seite 32 könntest Du zum Beispiel eine Figur einen Apfel essen lassen, und dann weiß ich, dass Du beim Schreiben an mich gedacht hast.

Es ist schon so lange her, seit Du bei uns warst. Du fehlst mir! Und Daddy auch. Es geht ihm nicht gut. Hat Ann Dir von dem Prozess erzählt? Er soll bald beginnen, und obwohl Daddy sagt, das Ganze sei Quatsch, weiß ich, dass er besorgt ist. Mrs Williams hat mir geholfen, mich um ihn zu kümmern. In der letzten Woche konnte Daddy kaum aus dem Bett aufstehen, aber er will natürlich nicht zum Arzt. Die Schule war ganz gut. Nutzlos, aber okay. Niemand redet mit mir. Meine einzige Freundin, Cynthia (Du hast uns zum Wasserskilaufen mitgenommen, erinnerst Du Dich? Cynthia war total verknallt in Dich, aber das hast Du bestimmt gewusst), musste zurück nach Illinois ziehen, weil ihr Daddy einen Zusammenbruch hatte.

Vor ein paar Tagen ist etwas Seltsames passiert, als ich von Mrs Williams nach Hause ging. Vielleicht kannst Du es ja in Deinem Buch verwenden. Ich muss ständig daran denken, aber ich weiß nicht genau, warum. Wahrscheinlich, weil es mir Angst gemacht hat. Es war am vergangenen Donnerstagabend, als alle in der Stadt waren, um die Paraden zu sehen. Ich war dieses Jahr nicht dort. Daddy war dazu nicht in der Lage. Jedenfalls ging ich allein in der Dunkelheit auf dem Schotterweg hinter der Farm der Hillhursts, das ist die Abkürzung von unserem Haus zum Fluss. Ich ging also den Weg entlang, als ich plötzlich direkt an meiner Schulter jemanden atmen hörte. Ich spürte den Atem im Nacken und hatte solche Angst, dass ich nicht einmal schreien konnte. Ich öffnete den Mund, aber es kam kein Ton heraus. Als ich mich umdrehte, wer das sein könnte, war niemand da. Ich erzählte es Doreen, und sie sagte, ich sei dumm, das Geräusch sei wahrscheinlich von den Bäumen zurückgeworfen worden und reine Einbildung gewesen. Ich hätte meinen eigenen Atem gehört oder vielleicht den Atem von einem Pferd auf der Weide, und es klang nur nah. Vielleicht hat sie recht, aber ich glaube es nicht. Seitdem fühle ich mich anders, als wäre ich markiert. Ich mache mir große Sorgen um Daddy. Vielleicht könntest Du bald zu uns in den Süden kommen? Ich weiß, er möchte Dich gern sehen, genau wie ich.

Deine,

M

EDITH [1997]

Wir sitzen mit Dennis und Amanda im Bus, irgendwo mitten in Queens. Die Gebäude sind niedrig, die Schilder chinesisch beschriftet. Alles wirkt flach und grau. Dennis hat uns nicht gesagt, wohin wir fahren. Es soll eine Überraschung werden. Amanda hat mich so lange mit Fragen gelöchert, bis ich im Bus nach hinten umgezogen bin und jetzt eingezwängt zwischen einem schlafenden Typen in einer bauschigen Jacke und einer dicken strickenden Frau sitze.

Welche Bücher hat dein Vater dir vorgelesen, als du klein warst? Welche Kosenamen hat er dir gegeben? Echt jetzt? Und Dennis hat nichts getan, um sie zum Schweigen zu bringen, nur aus dem Fenster geschaut, als wären wir gar nicht da, als wäre nicht er es, der *uns* ans Ende der Welt schleppt. Als ich Amanda sagte, sie soll sich verpissen, schien sie nur noch fröhlicher zu werden. Ich habe versucht, Unterstützung von Mae zu kriegen, aber zwischen uns läuft es gerade nicht gut. Sie liegt nur herum und liest Dennis' Bücher.

Der Kopf des Typen neben mir rollt mit dem Schaukeln des Busses auf meine Schulter und wieder zurück auf seine Brust. Vielleicht sollte ich bei ihm im Bus bleiben. Ihn bitten, mich zu sich nach Hause mitzunehmen. Vielleicht könnte ich auf seiner Couch schlafen. Oder wie wäre es mit Charlie, dem Nachbarn unter uns? Vielleicht könnte ich mir in seiner Werkstatt mein eigenes Zimmer bauen. Irgendwas Tragbares.

Vorne im Bus plappert Amanda immer noch.

Hatte Dennis mir vorgelesen, als ich klein war? Ich erinnere mich vage an Bilder von einem Tiger. Aber was ändert das? Und was geht sie das an? Vor ein paar Tagen habe ich sie erwischt, als sie über meine Schultern hinweg einen Brief von Mom lesen wollte. Viel Glück, Amanda. Nicht mal ich konnte ihn entziffern. Moms Hand ist inzwischen ein Seismograf. Schon bald wird sie keinen Stift mehr halten können. Nur ein Wort war leserlich, nämlich Maes Name. War ja klar.

Bei der nächsten Haltestelle stehen sie auf, und Dennis winkt mir, ihnen zu folgen. Draußen hängt der Himmel tief, und die Luft ist merkwürdig schwül, als könnte es gleich blitzen. Mae hat dunkle Augenringe und eine winzige Beule auf der Stirn. Von mir. Ich sehe, wie sie Dennis anlächelt, und das erinnert mich an das Foto, das ich fand. Das Foto von Mom.

Die schwüle Luft beschleunigt meinen Herzschlag. Amanda quasselt weiter, aber ich blende sie aus. Irgendetwas passiert gleich. Jeden Moment. Aber es passiert nichts. Wir laufen einfach weiter. Die Gebäude in der Umgebung werden hässlicher und baufälliger. Kein Backstein mehr, nur noch Kunststoffverkleidung. Auf der anderen Straßenseite steht ein Umzugswagen mit laufendem Motor. Möbel stehen auf dem Bürgersteig. Mae sieht es auch. Ich frage mich, ob sie ebenfalls an Drinnen/Draußen denkt – ein Spiel, das Mom manchmal mit uns gespielt hat und bei dem sie in einem Anfall von übermenschlicher Kraft sämtliche Wohnzimmermöbel auf den Rasen geschleppt hat und wir dann zu dritt auf der Samtcouch saßen, Füße auf dem Tisch, und durch die Äste der Eiche in den Himmel schauten.

»Weißt du noch …«, setze ich an, überlege es mir aber anders. Amanda giert zu sehr nach jedem Schnipsel, und Mae traue ich zu, die schöne Erinnerung zu ruinieren. Sie ist in der Stimmung dazu, das sehe ich an der Art, wie sie die Lippen zusammenpresst. Sie schafft es bestimmt, das Bild von uns dreien, aneinandergekuschelt und in die Sterne blickend, in einen weiteren Beweis für Moms Versagen umzukehren.

An einem Hügel erreichen wir den Eingang zu einem Park mit einem bronzefarbenen Schild, das keiner von uns liest. Amanda ist aufgedreht. Sie geht nicht, sondern hüpft, obwohl sie in den letzten paar Tagen auf unserer Couch flach gelegen hat. Ein unbefestigter Weg schlängelt sich von der Straße weg zu einem kleinen Hain. Splittrige grüne Bänke, Zigarettenkippen, Bierdosen. Ich kicke eine Dose zu Mae, aber sie kickt sie nicht zurück, kriegt es gar nicht mit. Als der Weg scharf nach rechts biegt, baut Dennis sich vor uns auf, damit wir nicht sehen, was hinter der Biegung liegt. Er wirkt plötzlich hellwach, ganz im Hier und Jetzt.

»Macht die Augen zu«, sagt er.

Ich lasse meine auf. Was kann er schon tun? Als Amanda mir die Augen zuhalten will und ich sie wegschubse, fordert Dennis uns auf, uns umzudrehen und rückwärtszugehen. Ich habe das Gefühl, als würde ich auf einer Schiffsplanke Richtung Wasser geführt.

Etwas beginnt in mir aufzuwallen, doch dann dreht Dennis mich um und es bleibt mir im Hals stecken. Wir stehen auf einer Lichtung. Vor uns leuchten Tausende grellgelber Blumen vor dem grauen, bedeckten Himmel. Das Licht kommt von irgendwoher und taucht den Boden in ein Gelb, wie ich es noch nie gesehen habe. Mir wird ganz schwindelig. Was hatte ich hier erwartet? Dennis sieht triumphierend aus. Mae ist glücklich. Amandas Blick wandert zwischen den beiden hin und her. Ich atme tief durch. Der Geruch nach Erde und das radioaktive Leuchten der gelben Blumen auf dem Hügel leiten die Gefühle, die sich auf dem Weg hierher in mir aufgestaut haben, irgendwie um. Ich will nicht weinen, aber ich kriege kaum Luft. Ja, dieser Ort ist überwältigend. Fantastisch. Wie kam Dennis auf die Idee, uns hierherzubringen? Warum ist mir so zumute?

»Geh«, sagt Dennis, »geh schon«, und schiebt mich vorwärts.

Ich renne zur Wiese und den Hügel hinunter. Ich zertrample die Blumen. Grashalme streifen meine Knöchel. Hinter mir höre ich Mae. Sie folgt mir, stürzt sich auf mich, und wir rollen durch das hohe Gras hügelabwärts. So wie früher, als wir klein waren. Die Blumen unter uns knicken um, harte Stängel und Blütenblätter. Zum ersten Mal seit Tagen berührt sie mich wieder. Ich bin so froh, dass sie bei mir ist und wieder mir gehört. Ich werde alles tun, was sie will, damit es so bleibt. Ich lache so heftig, dass es wehtut zu atmen. Sie zieht mich hoch, wir rennen zurück auf die Hügelkuppe. Dort nimmt sie meine andere Hand über Kreuz und fängt an, sich zu drehen. Wir halten uns fest und lehnen uns zurück. Die gelben Blumen verschwimmen, der Himmel ein grauer Kreis.

Gelb, gelb, gelb.

Wir fallen hin und lachen wie aus einem Mund. Der Himmel hängt so tief, er scheint fast greifbar. Wir strecken unsere Hände gleichzeitig nach ihm aus.

Dennis steht über uns. Mae bewegt ihre Hand vom Himmel zu seinem Hemdkragen und zieht ihn zu uns herunter. Er fällt. Wir wälzen uns zu dritt auf der Wiese. Ich spüre einen Fuß in meinem Bauch, einen Ellbogen in meinem Gesicht. Am Fuß des Hügels brechen wir zusammen. Dann setzen wir uns langsam auf, Beine und Arme noch immer ineinander verschlungen.

Amanda kriecht auf uns zu. Ein Regentropfen fällt auf meinen Arm. Amanda und Mae sehen zu Dennis hoch. Ich weiß nicht, warum er mich auch dabeihaben will. Er pickt ein Blütenblatt von meiner Wange und zieht mich an sich, drückt mich an seine Brust. Um Mae einen Gefallen zu tun, lasse ich es einen Moment lang zu, atme seinen Geruch nach Zigaretten und Schweiß ein, bevor ich mich von ihm löse. Er sieht mich an, und ich wende verlegen den Blick ab.

Ich erinnere mich: eine karierte Wolldecke, ein See, ein Eis, das auf meinem Arm schmilzt, Mom, die gemeinsam mit ihm Gedichte rezitiert. Das war vor Mae, als es nur mich gab. Etwas versetzt mir einen Stich, ich weiß nicht, ob vor Freude oder nicht, aber was immer es ist, es schmerzt und ich will es nicht.

Ich richte mich auf. Nein. Ich will es nicht. Ich will nicht, was Dennis mir anbietet.

In der Nähe ist ein großer flacher Stein. Amanda plappert unaufhörlich weiter. Dann sehe ich noch einen flachen Stein, und noch einen. Wie konnte mir bisher entgehen, dass wir auf einem Friedhof sind? Wir haben uns auf Gräbern gewälzt.

»… Das ist wie in der Szene, als Gregor Cassandra …«, sagt Amanda.

Ob Dennis sich gekränkt fühlt, weil ich mich von ihm gelöst habe? Er sieht nur noch Mae an. Ihr Kopf liegt in seinem Schoß. Die beiden starren einander an, und weil ich diesen Anblick nicht ertrage, spreche ich das Thema an, obwohl es vermutlich nicht der beste Zeitpunkt ist.

Ich unterbreche Amanda und sage: »Mae und ich müssen zurück nach New Orleans.«

»Nein«, sagt Mae.

»Doch«, sage ich. »Wir fahren noch diese Woche mit dem Bus nach Hause.«

»Ich geh nie wieder zurück«, sagt Mae und setzt sich auf. Ihr Gesicht ist schief, verträumt. »Lieber sterbe ich.«

Was soll ich dazu sagen? Mom war immer nur Mae wichtig, nicht ich. Inzwischen nieselt es. Amanda geht unter den Bäumen in Deckung. Dennis steht da und hilft Mae auf.

Der Regen wird stärker, läuft mir durchs Haar den Rücken hinunter. Dennis reicht mir seine Hand, aber ich ignoriere sie.

»Mae«, dränge ich weiter, »du weißt, wir müssen zu ihr. Mom braucht uns.«

Mae zuckt die Schultern. »Braucht uns wozu?« Sie geht zu Amanda unter den Baum.

»Um gesund zu werden«, rufe ich ihr hinterher.

»Mae und ich fahren nach Hause«, sage ich zu Dennis, der mir seine Hand noch immer entgegenstreckt. Wasser tropft ihm von der Stirn in die Augen. »Du hast nicht das Recht, uns von ihr fernzuhalten.«

Er kneift die Augen zusammen. »Ich halte euch nicht von ihr fern. Eurer Mutter geht es nicht gut.«

Ich stehe ohne seine Hilfe auf.

»Wegen dir geht es ihr nicht gut«, sage ich. Wegen wem sonst? Irgendwie hat er sie gebrochen. Sie verändert.

Dennis fährt sich entnervt übers Gesicht. »Was, glaubst du, habe ich getan? Was habe ich ihr deiner Meinung nach angetan?«

Ich folge ihm unter den Baum zu Mae und Amanda.

»Irgendwas hast du gemacht«, beharre ich. Er ist kurz davor, auszuflippen, das merke ich, und dann wird Mae mit eigenen Augen sehen, für wen sie da Partei ergreift.

»Was mit wem gemacht?«, fragt Amanda.

»Halt die Klappe«, sage ich zu ihr.

Mae starrt glasig auf die nassen Grashalme. Sie hört gar nicht zu. Was immer er Mom angetan hat, wird er auch ihr antun.

»Wir fahren zurück«, sage ich wieder zu ihr.

Ihr Gesicht zittert vor Wut. »Bist du taub?« Sie läuft von mir weg in den Regen und den Hügel hoch in Richtung Eingang.

Amanda steht da wie ein nasser Wackelkopf, ihr Blick wandert zwischen uns hin und her. »Was willst du eigentlich hier?«, schreie ich sie an, weil es leichter ist, sie anzuschreien als meine Schwester. Sie nickt, nickt ein zweites Mal und zieht sich zurück.

MAE

An diesem Nachmittag spürte ich zum ersten Mal ... ich weiß nicht, wie ich es genau beschreiben soll. Als mein Kopf in Dads Schoß lag, ballte sich das ganze Glück, das mir gefehlt hatte, in diesem einen Augenblick zusammen. Ich sah zu ihm hoch und war nicht mehr ich selbst. Ich war Mom, aber nicht, wie ich sie kannte. Sie stülpte mir nicht ihre Dunkelheit wie eine Tüte über den Kopf. Nein, es war anders. Ich wurde die Mom, die sie vor vielen Jahren war. Auch Dad spürte es, das merkte ich. Vielleicht hätte der Moment länger gedauert, wenn Edie nicht ständig geredet und Druck gemacht hätte. Sie wollte mich wieder zu der anderen Mutter zurückbringen. Der in der Nervenklinik, die mich gefesselt und geviertelt als Opfer brauchte.

KAPITEL 4

AUSZUG AUS FREEDOM FIGHTERS:
DAMALS UND HEUTE

INTERVIEWER Danke, dass Sie sich Zeit für das Gespräch nehmen. Ich war sehr aufgeregt, als ich herausfand, dass Sie das auf dem Polizeifoto sind. Ich bin ein großer Fan von Ihnen. Möchten Sie es sehen? Halten Sie es bitte an den Ecken.

DENNIS Oh, wow. Woher haben Sie das?

INTERVIEWER Ich fand es tatsächlich auf einer Auktions-Website im Internet. Eine ganze Schachtel voller Polizeifotos. Wissen Sie noch, wann es aufgenommen wurde?

DENNIS Muss ich nachdenken. Ich bin mehrmals verhaftet worden.

INTERVIEWER Die Fotos stammen von den Verhaftungen bei den Freedom Rides. Dieses ist auf den 15. Mai 1961 datiert. Opelousas, LA.

DENNIS Und die Fotos waren einfach übers Internet erhältlich?

INTERVIEWER Ja. Man findet da viele alte Dokumente. Erkennen Sie jemanden auf den anderen Fotos?

DENNIS Das Mädchen kommt mir bekannt vor, aber ich erinnere mich nicht an ihren Namen. Ich glaube, sie hat mit uns bei der Wählerregistrierung gearbeitet. Oh, und das ist Fred! Fred Jones. Sieht verdammt jung aus. Ich schätze, genau wie ich, obwohl ich mich auch heute noch so sehe. Und das ist Diane. Sie und Fred haben geheiratet.

INTERVIEWER Können Sie mir sagen, wie Sie zu den Freedom Rides gekommen sind?

DENNIS Klar. Fred und ich kannten uns von der Columbia

University. Wir studierten beide Englisch im Hauptfach und fanden uns von Anfang an sympathisch. Ich war vierundzwanzig, alt für einen Studenten, und Fred war einer der wenigen schwarzen Studenten an der Uni; wir passten beide nicht so recht rein. Dann hörten wir von den Boykotts, den Sit-ins in Greensboro und Nashville und so weiter. Wir nahmen an ein paar ähnlichen Veranstaltungen in New York teil, aber nichts Großes. Und dann begeisterte uns Freds Cousin für den Plan, mit dem Bus in den Süden zu fahren, um zu zeigen, was wir von Rassentrennung in öffentlichen Verkehrsmitteln halten.

INTERVIEWER Waren Sie vorher schon mal im Süden?

DENNIS Nein. Ich bin nie über DC hinausgekommen. Aber dadurch, dass ich nicht aus dem Süden kam, und natürlich weil ich weiß war, genoss ich einen gewissen Schutz, den andere nicht hatten. Ich konnte mich ein- und ausklinken, und das gab mir den Mut, den ich sonst vielleicht nicht gehabt hätte. Die wahrhaft Tapferen waren die Leute, die dort in einer ausweglosen Wirklichkeit leben mussten.

INTERVIEWER Und was ist auf der Fahrt passiert?

DENNIS Als wir die Grenze nach Louisiana passiert hatten, wurde der Bus von einem Mob gestoppt und angegriffen. Diejenigen von uns, die entkommen konnten, wurden von einem Mann namens Jackson McLean aufgenommen. Die Polizei kam später zu ihm nach Hause, um uns zu verhaften. Sie schlugen seine Tür ein, zertrampelten seinen Garten und jagten seiner Tochter eine Todesangst ein.

INTERVIEWER Ihrer Frau?

DENNIS Irgendwann, ja, wurde sie meine Frau.

INTERVIEWER War das Ihre erste Verhaftung?

DENNIS Nein, aber sie war anders.

INTERVIEWER Inwiefern?

DENNIS Wenn ich in New York bei Protestmärschen verhaftet wurde, nahm ich das nicht persönlich. Aber da unten im Süden wollten sie etwas klarstellen. Wir mussten uns ausziehen, sie ließen uns nackt im Flur auf und ab gehen, man wollte uns demütigen. Sie steckten uns in getrennte Zellen – Schwarze an einem Ende, Weiße am andern –, aber dadurch wurde unsere Entschlossenheit nur größer. Wir trieben die Wärter in den Wahnsinn, weil wir von beiden Seiten pausenlos »We Shall Overcome« sangen. Sie nahmen uns die Matratzen und Zahnbürsten weg, und als wir trotzdem weitersangen, montierten sie die Fliegengitter von den Fenstern, damit die Moskitos in die Zellen kamen. Aber wir machten weiter. Bis zu dem Augenblick, als Jackson McLean die Kaution für uns hinterlegte.

INTERVIEWER Hatten Sie Angst?

DENNIS Eine gute Frage. Ich weiß es nicht. Ich war so wütend und auf Gerechtigkeit aus, dass ich wahrscheinlich vor nichts Angst hatte. Ich war wie auf Autopilot. Erst danach, als ich darüber schrieb …

INTERVIEWER In *Yesterday's Bonfires*?

DENNIS Ja. Erst nachdem ich über diese Zeitspanne geschrieben hatte, fing ich langsam an, sie zu verarbeiten.

INTERVIEWER Dachten Sie damals, als Sie dabei waren, die Proteste könnten später gutes Schreibmaterial abgeben? War das ein Teil Ihrer Motivation?

DENNIS Ich weiß nicht, wer so was freiwillig zugeben würde, wenn dem so wäre. Ich war jung. Sicher, ich suchte das Abenteuer, das gehörte dazu. Aber es war nicht bloß eine Einlage, damit ich darüber schreiben und Preise gewinnen konnte. Ich glaubte zutiefst an das, was ich tat.

INTERVIEWER Vermissen Sie die Zeit?

DENNIS Es war eine schreckliche Zeit in der Geschichte. Aber wenn Sie mich fragen, ob ich gern ein Held war, der das Richtige tat und absolut überzeugt war, dass er für die richtige Sache einstand, ohne Zweifel, ohne Fragen, dann ja. Das vermisse ich. Ich vermisse meine Jugend und meine Selbstsicherheit, das Gefühl, vollgepumpt mit Adrenalin zu sein. Ich vermisse, von mutigen Freunden umgeben zu sein, denen die Sache genauso am Herzen lag wie mir. Ich vermisse, Leuten mein Leben anvertrauen zu können.

INTERVIEWER *Yesterday's Bonfires* ist das einzige Ihrer Bücher, das sich direkt mit sozialer Gerechtigkeit befasst.

DENNIS Sorry, war das eine Frage?

INTERVIEWER Halten Sie es für Ihre Aufgabe, das Thema soziale Gerechtigkeit in Ihren Büchern voranzutreiben?

DENNIS Sicher. Allerdings schreibe ich keine Propaganda, falls das hinter Ihrer Frage steckt.

INTERVIEWER Muss Propaganda immer schlecht sein? Könnte sie nicht auch etwas Positives haben, wenn sie einem guten Zweck dient?

DENNIS Ich halte Propaganda grundsätzlich für schlecht.

INTERVIEWER Darf ich fragen, ob es stimmt, dass *Yesterday's Bonfires* autobiografisch war?

DENNIS Ich halte es mit Flaubert: »*Madame Bovary, c'est moi*.«

INTERVIEWER Was?

DENNIS Ich stecke in allen Figuren. Das ergibt sich aus dem Schreibprozess. Es ist schizophren. Man führt Selbstgespräche. Robert hatte vielleicht biografische Züge, die denen von Fred ähneln, aber er war nicht Fred. Er war ich. Sie alle waren ich. In diesem Sinne, ja, ist das Buch zutiefst autobiografisch.

INTERVIEWER Und was ist mit Ihrer Frau? Welche Rolle spielt sie in *Yesterday's Bonfires* und in den anderen Büchern? Stimmen die Gerüchte, dass sie Ihnen beim Schreiben half?

DENNIS Sie war meine Muse.

INTERVIEWER Aber was heißt das? Ich meine, in der Praxis. War sie Ihre Co-Autorin? Ihre Lektorin?

DENNIS Nein, sie war meine Muse. Sie hat mich inspiriert.

INTERVIEWER Klingt romantisch. Und wie sieht es mit aktuellen Projekten aus? Woran arbeiten Sie im Augenblick?

DENNIS Ich spreche erst über Projekte, wenn sie fertig sind.

INTERVIEWER Auch kein Vorgeschmack?

DENNIS Nein.

INTERVIEWER Danke für Ihre Zeit.

DENNIS Gern geschehen.

FRED

Dennis fiel mir zum ersten Mal im College bei einer Lesung für ein Literaturmagazin auf, das ich herausgab. Es war das übliche Programm: eine Studentin vom Barnard College las eine Geschichte über ihre Katze, ein Typ vom ROTC las ein Sonett über seine Mutter, ich las eine Villanella und dann trat Dennis auf die Bühne, räusperte sich und MANN! er haute uns alle um. Mit einem Gedicht, wie er nach dem Tod seines Vaters versuchte, einen Baum zu fällen. Komisches Gedicht, surreal und traurig, so was hatten wir noch nicht gehört. Er trug es mit seiner dröhnenden Stimme vor und setzte sich wieder hin. Ich glaube, er war sich gar nicht der Veränderung im Raum bewusst, die entsteht, wenn jemand bei einer Lesung wirklich sehr, sehr gut ist.

Hinterher musste ich mich durch einen Pulk von Mädchen kämpfen, um mich ihm vorzustellen. Mann, dieser talentierte Arsch – die Mädchen standen in Trauben um ihn und er fand das ganz selbstverständlich. Nach der Lesung wurden wir Freunde. Wir blieben lange wach, tranken in einem Soul-Food-Laden, wo wir redeten und diskutierten, bis es draußen hell wurde. Dennis war dort meistens der einzige Weiße, aber das hat ihn kein bisschen gebremst – mit lauter Stimme ließ er sich fröhlich bis in die frühen Morgenstunden über Fragen aus dem Grundkurs in Philosophie aus, den wir belegen mussten: War der Mensch von Natur aus gut oder schlecht? Wurde er von Vernunft oder Verlangen gelenkt? Dennis wollte immer über Jung reden, und ich immer über Marx, aber bei Dostojewski konnten wir uns halbwegs treffen.

Wenn der Laden schloss, fuhr er meistens mit der U-Bahn nach Brooklyn, wo er bei seiner Mutter lebte, oder manchmal schlief er auf dem Fußboden in meinem Wohnheim. Die Wohnheime waren nicht nach Hautfarbe getrennt, aber unsere Freundschaft wurde von einigen mit hochgezogenen Brauen quittiert, vor allem in der Mensa, von den Studenten aus den Südstaaten. Offen sagten sie nichts, aber sie behielten uns im Auge. Dennis war nicht mein erster weißer Freund, aber er war der erste Weiße, der für mich wie ein echter Bruder war.

Als wir von den Freedom Rides hörten, meldeten wir uns. Ich glaubte an die Sache und musste einfach mitmachen, aber ich hatte Angst. Mir war klar, worauf ich mich einließ. Für mich war es nie ein Spiel. Ich wusste, dass ich mein Leben riskierte und dass mein Leben vielen Leuten nichts wert war. Aber welches Leben würde mich erwarten, wenn sich nichts ändern würde?

Nach den Verhaftungen blieben Dennis und ich im Süden und halfen bei der Wählerregistrierung. Dann fuhren wir zusammen zurück nach New York und schrieben uns wieder an der Columbia ein. Eine Zeit lang waren wir noch eng befreundet. Und irgendwann nicht mehr.

Bis heute tut mir mein Arm weh, wenn es regnet, und ich habe keine Tiefenwahrnehmung mehr, aber meinen Einsatz im Süden habe ich nie bereut. Ich lernte dort meine Frau kennen. Wegen unseres Protests führen unsere Kinder heute ein besseres Leben.

DIANE

Jeder in diesem Greyhound Bus sang mit. Ich bin unmusika-lisch, aber ich sang trotzdem. Fred dachte zuerst, ich singe ab-sichtlich falsch und albere nur herum. Tja, es war peinlich, aber so habe ich seine Aufmerksamkeit geweckt. Er bat Den-nis, den Platz mit mir zu tauschen, damit wir zusammensit-zen konnten. Wir unterhielten uns stundenlang. Als wir die Grenze nach Louisiana überquerten, hatten wir mehrere Ta-ge in diesem Bus verbracht. Draußen wurde es gerade dunkel. Es war heiß, ein Sommertag in Louisiana, man kann es sich vorstellen. Ich döste mit dem Kopf an Freds Schulter. Plötz-lich wachte ich auf, weil ich spürte, wie er sich anspannte. Der Bus wurde langsamer und hielt mitten auf der zweispuri-gen Straße an. Und dann hatte ich das Gefühl, als wäre ein Fahrstuhlschacht in mir, in dem ich nach unten falle. Mir war klar, dass ich keine Kontrolle über das hatte, was uns blühte.

Wenn Jackson McLean uns da nicht rausgeholt hätte, wür-de Fred heute wahrscheinlich nicht mehr leben oder nur vor sich hin vegetieren. Wie diese Männer immer wieder auf sei-nen Kopf eingetreten haben! Schrecklich. Ich denke nicht mehr oft daran, denn seitdem ist viel passiert, aber als ich die Polizeifotos bei der Buchpräsentation sah, kam alles wieder hoch. Es war seltsam, unsere Bilder in Plakatgröße in einer trendigen Kunstgalerie in Chelsea zu sehen. Wir sahen aus wie Models für eine Calvin-Klein-Werbung. Was verkaufen wir hier eigentlich? Genau das fragte ich mich ständig. Dieses Buch, schätze ich.

Vielleicht klinge ich wie ein alter Sonderling, was ich wahrscheinlich auch bin. Nein, es war ein toller Abend. Es war toll, nach so langer Zeit alle wiederzusehen. Sogar Ann Carter war da, sie ging am Stock und hoffte, es würde keinem auffallen. Ich schätze, wir waren alle alt geworden. Darum ging es schließlich bei der Show, oder? Lebende historische Relikte.

Ich weiß nicht, ob ich noch mal bereit wäre, für eine Sache zu sterben, abgesehen von meinen Kindern. Aber früher war ich dazu bereit, wir alle, und dieser gemeinsame Abend in New York auf der Party weckte das Gefühl, als wären wir wieder die Leute, die wir vor Jahrzehnten waren. Ich weiß noch, wie ich Fred auf der Taxifahrt zurück ins Hotel fragte, wir waren beide angeheitert und übermütig: »Fred, warum haben wir zu all den Leuten den Kontakt verloren? Früher waren wir so gute Freunde. Warum sehen wir Dennis nicht mehr? Was ist passiert? Wir standen uns alle so nah.«

Und Fred sagte: »Du weißt doch. Die Zeit. Man verliert sich aus den Augen.« Natürlich war es nicht nur die Zeit. Es war Dennis' verdammtes Buch. Es hatte Fred und mich verletzt. Es hatte viele Leute verletzt. Der Eindruck, dass Dennis uns ausgenutzt hatte und dann weitergezogen war, ließ sich schwer von der Hand weisen. Aber wer hat nicht schon mal etwas getan, was er bedauert. Und im Großen und Ganzen war es ein schöner Abend gewesen.

Der einzige Wermutstropfen war Freds Doktorandin Amanda. Fred behauptete, er hätte mir gesagt, dass sie kommt, aber daran hätte ich mich erinnert. Ich weiß nicht, ob Fred wirklich eine Affäre mit ihr hatte, aber ich glaube nicht eine Sekunde, dass sein Interesse an ihr väterlicher Natur war. Ich glaube, er hatte sie Dennis vorgestellt, um ein bisschen anzugeben, und das ging nach hinten los, denn sie ist den ganzen Abend nicht von Dennis' Seite gewichen. Sie war jung und weiß Gott aufmerksam, aber jeder, der nicht schwanzgesteuert durchs Leben ging, konnte sehen, dass irgendetwas nicht mit ihr stimmt. Sie war verwirrt. Nicht gerade die Person, die Dennis' Töchter um sich brauchten.

EDITH [1997]

Da ist Dennis: groß und kräftig, ohne Bart, jung, in Schwarz-weiß. Gutaussehend. Und da ist dieses ganze Böser-Junge-Ding (schließlich ist es ein Polizeifoto). Er sieht aus, als ob er sich für allwissend hält, als hätte er sogar die Polizisten im Griff.

Mae starrt das Bild immer noch an. Jedes Mal, wenn ich sie ansehe, kleben ihre Augen daran. Auch Amanda steht fasziniert davor. Richtig unheimlich.

»Hör auf«, sage ich zu Mae.

Ich zupfe sie am Arm, aber sie ignoriert mich. Und dann entdecke ich etwas in ihrem Gesicht, was mich abstößt. Keine Ahnung, wie ich es beschreiben soll, aber mir wird dabei ganz anders. Ich werfe einen Blick zu Amanda, ob auch sie es bemerkt. Vielleicht bin ich ja paranoid. Wahrscheinlich hätte ich den Joint mit Charlie nicht rauchen sollen, bevor ich herkam, aber er hatte es angeboten, und ich wollte nicht ablehnen. Wir hatten bei ihm den ganzen Nachmittag Holzlöffel geschmirgelt. Eigentlich wollte er auch vorbeikommen, aber er ist nicht aufgetaucht. Wahrscheinlich war er nur höflich. Je länger ich Mae betrachte, desto mieser fühle ich mich. Ich wende den Blick ab. Dennis spuckt Olivenkerne auf seine Cocktailserviette. Amanda beobachtet ihn wie ein Hund.

Eine Gruppe von Frauen hat sich um Mae versammelt. Sie erkennen in ihr »die von Marianne«. Sie begrapschen ihr Gesicht und ihr Haar, und Mae lässt es lächelnd zu. Von mir nehmen sie keine Notiz. Ich trete einen Schritt zurück und dann noch einen. Ich bin unsichtbar. Ich gehe rückwärts, bis ich auf eine Frau im Smoking stoße, die ein Tablett mit Champagnergläsern hält. Ich nehme eins. Die Kohlensäure prickelt mir in der Kehle. Als ich mir noch eins nehmen will, schiebt sie mich weg.

»Wegen dir werde ich noch gefeuert«, faucht sie und eilt davon.

Ein kleiner Rülpser. Stimmen werden vom Steinboden zurückgeworfen und hallen im Dachgebälk wider. Das vordere Fenster ist beschlagen. Ich presse meine Hand auf die Scheibe und betrachte den zurückbleibenden Abdruck. Truthahn.

Ich drehe mich wieder der Party zu. Ein Haufen »wohlmeinender« Frauen begafft mich. Sie hatten mich nach Mom gefragt, und ich habe ihnen gesagt, dass Dennis sie in eine Nervenklinik hat sperren lassen. Danach war die Unterhaltung schnell vorbei, und jetzt umarmen sie Dennis und werfen mir mitfühlende Blicke zu.

Scheiß auf alle. Eine Party feiern und sich Helden zu nennen für etwas, was sie vor tausend Jahren gemacht haben! Was haben sie in letzter Zeit Heroisches gemacht? Müll getrennt? Einen Scheißwal adoptiert?

Ich schreibe auf das beschlagene Fenster: »Scheißfotzen.« Dann drehe ich mich um, ob die Frauen es sehen, aber sie schauen jetzt in die andere Richtung. Ich suche Mae, entdecke sie aber nicht.

Seit der Szene auf dem Friedhof ignoriert sie mich. Gestern Abend war es so schlimm, dass ich ihre Hand hielt und weinte. Sie hatte nichts dagegen, aber ich merkte, dass sie nicht bei der Sache war. Sie hatte sich zurückgezogen. Wie damals, als wir klein waren und die Ärmel der anderen festhiel-

128

ten, um aus unseren T-Shirts zu schlüpfen. Ihre Hand war ein schlaffer Lappen, den ich halten durfte, aber sie war nicht darin, es hat ihr nichts bedeutet. Sie hatte sich von mir abgeschottet, ich war ihr nicht wichtig. Ich bin ein Nichts für sie.

Eine panische Angst breitet sich in meiner Brust aus. Nein. Ich unterdrücke sie. Ich hätte nicht kiffen sollen. Das war ein Fehler. Mir wird davon schwindelig. Ob es Charlie genauso geht? Ich lehne mich an die Fensterscheibe, aber das macht es nur noch schlimmer.

Als ich die Augen öffne, sehe ich auf der anderen Seite des Raums einen Mann, der mich angafft. Ein alter Sack mit schlechten Zähnen.

»PERVERSER« schreibe ich auf die Scheibe.

Durch die Buchstaben sehe ich Grüppchen von Leuten unten auf dem Gehsteig stehen und rauchen. Ein Taxi hält an. Eine dicke Frau und eine alte Dame steigen aus. Die alte Dame ist sehr klein und hat einen wirren Kranz aus weißem Haar wie eine Trollpuppe. Sie stützt sich auf die dicke Frau und hoppelt zum Eingang. Jemand fotografiert sie mit einem Blitz. Die Raucher beobachten sie, als wäre sie irgendwer Wichtiges. Die Frau scheint sie nicht wahrzunehmen und hoppelt einfach weiter auf das Gebäude zu.

Dann bleibt sie plötzlich stehen und schaut zum Fenster hoch. Unsere Blicke treffen sich, und sie lächelt.

Sie ist die Erste, die mich an diesem Abend wirklich wahrnimmt. Mit dem Ärmel wische ich schnell die Worte weg und trete zurück, um mich hinter der beschlagenen Scheibe zu verstecken.

MAE

Wahrscheinlich bin ich deswegen Fotografin geworden – wegen der tiefen Emotionen, die ein zweidimensionales Bild auslösen kann. Ich schaute in Dads schwarzweiße Augen und hatte das Gefühl, dass ich ihn total verstehe. Plötzlich war er der schönste Mensch für mich. Und dann sah ich ihn, wie er auf der Party war – alt –, und hatte unwillkürlich das Gefühl, als hätte meine Mutter die Orange gegessen und mir die Schale gegeben. Mir fiel auf, dass auch Amanda das Bild betrachtete, und ich fragte mich, ob sie wohl dasselbe empfand.

JANET

Diese Party riss bei mir eine alte Wunde auf. Danach lag ich mit meiner menopausalen Schlaflosigkeit wach und dachte an die Beleidigungen, die so lange zurücklagen. Dennis und dieses schreckliche Buch. »Claudine«, diese anhängliche Dumpfbacke. »Taktlos und dumm«, genau seine Worte. Und wie er mich dann beleidigt hat, als ich ihn zur Rede stellte, und meinte, ich bilde mir alles nur ein, ich sei es gar nicht wert, dass jemand über mich schreibt.

»Alle Figuren sind erfunden und facettenreich«, hatte er gesagt und dreisterweise auch noch angeboten, mein Exemplar zu signieren. Von wegen erfunden. Warum war ich dann so wiedererkennbar, dass mein Exmann mir im Haus nachlief und aus diesem Buch Stellen über mich zitierte?

Ich schlief mit Dennis und ich mochte ihn und ich wollte, dass er mich mochte. Ist das wirklich so erbärmlich? Nein. Das Erbärmliche, das wirklich Erbärmliche ist mein schlechter Geschmack bei Männern. Wäre mein Daddy nicht ein totales Arschloch gewesen, hätte ich wahrscheinlich erkannt, dass Dennis nichts taugt. Ich glaube, er war nicht fähig zu lieben. Nicht wirklich. Warum sonst eine Kindsbraut und keine ausgewachsene Frau? Das ist krank. Dieses kleine Mädchen folgte uns ständig durch Jacksons Haus. Selbst wenn ich darauf bestand, dass wir in den Wald gehen, um sie loszuwerden, spürte sie uns nach und stellte pausenlos Fragen oder wollte mir die Haare flechten.

Angeblich schrieb er ihr Briefe und versuchte, sie aufzubauen. Tja, wie das wohl funktioniert hat! Angeblich nicht besonders gut.

TELEFONAT ZWISCHEN
EDITH UND MARKUS

MARKUS Wo bist du? Ich versteh dich nicht.

EDITH Ich bin auf einer Party.

MARKUS Willst du mich dann vielleicht später anrufen?

EDITH Nein. Offensichtlich wollte ich dich jetzt anrufen, wenn ich jetzt anrufe.

MARKUS Okay ...

EDITH Vermisst du mich?

MARKUS Klar.

EDITH Was an mir vermisst du?

MARKUS Ich weiß nicht.

EDITH Weißt du noch, was du gesagt hast, nachdem du mich auf der Couch auf dem Dachboden gevögelt hast? Dass du –

MARKUS Edie, meine Eltern sind da.

EDITH Na und?

MARKUS Deshalb will ich im Augenblick nicht darüber reden.

EDITH Gut. Wenn deine Eltern da sind, kannst du sie ja fragen, ob Mae und ich eine Weile bei euch bleiben können.

MARKUS Was das angeht ...

EDITH Wie – »Was das angeht«? Hast du das vielleicht in einem Film aufgeschnappt?

MARKUS Ihr könnt hier nicht unterkommen. Das geht einfach nicht.

EDITH Weil du's nicht willst?

MARKUS Das kommt einfach nicht in Frage.

EDITH Wenn du eine andere hast, kein Problem, ist mir egal.

133

MARKUS Bist du nicht auf einer Party? Solltest du nicht lieber
wieder zurück –

EDITH Du bist genau wie Mae. Irgendwas stimmt nicht mit
dir. Du bist eiskalt. Du hast keine Ahnung, was es heißt, jemanden zu lieben oder dich um einen anderen zu kümmern außer dir selbst. Wenn ich nicht direkt vor dir stehe
und deinen Schwanz lutsche, existiere ich nicht für dich.

MARKUS Egal, Edie. Du hast meinen Schwanz ganze zwei
Mal gelutscht, und ich bin nicht mal gekommen.

EDITH Du bist ein Feigling und ein Lügner und ein mieser
Freund.

MARKUS Ich bin ein mieser Freund? Ich kann nicht fassen,
dass wir diese Unterhaltung führen. Immer geht es nur um
dich, dich, dich. Du brauchst dies, du brauchst jenes. Du
hast mich abserviert, wenn ich dich daran erinnern darf,
und dann soll ich so tun, als wäre nichts passiert? … Hallo?
Hallo?

134

TILLIE HOLLOWAY

Nachdem ich die Rolle der Cassandra in *Yesterday's Bonfires* bekam, veränderte sich mein Leben. Ich war damals mit meinem Agenten verheiratet. Wir waren sehr reich, und ich war todunglücklich. Mein Mann sorgte dafür, dass ich nur kleine Rollen bekam, und alles, was vielversprechend war, vereitelte er. Ich sollte mich von Politik fernhalten und hinter meinem weißen Lattenzaun bleiben. Er tobte, als ich die Rolle annahm und das Studio mich und die Besetzung für ein Wochenende nach New Orleans einfliegen ließ. Der Film sollte auf einer Tonbühne gedreht werden, aber man wollte, dass wir ein bisschen Lokalkolorit schnuppern. Das Studio arrangierte ein feuchtfröhliches Mittagessen mit Dennis Lomack und Marianne in einem der ältesten und schicksten Restaurants im French Quarter.

Den ganzen Tag lang war ich mit Schauspielern und professionellen Charmeuren umgeben, aber das waren bloß Nachahmer. Marianne und Dennis dagegen waren unschlagbar. Vor allem Marianne. Sie war … unwiderstehlich. Ob es an ihrer Stimme lag? Sie hatte eine tolle Stimme, tief und rau. Wenn man sie hörte, wollte man ihr ganz nah sein.

Ich erinnere mich noch, wie Dennis Hof hielt. Er erzählte jedem die Geschichte, wie das Restaurant seine Schildkrötensuppe machte – angeblich wurde sie in einem von Napoleons ureigenen Töpfen zubereitet und stand jahrhundertelang auf dem Herd. Ich hörte ihm zu, aber von Marianne konnte ich nicht die Augen lassen. Ob bewusst oder unbewusst, ich machte mir ihre Haltung zu eigen, öffnete die Lippen wie sie. Damals wollte ich nur wie sie sein. Unsere Blicke begegneten sich, und erst als sie mich dabei erwischte, wie ich sie nachahmte, wurde mir klar, was ich tat. Es war mir ungeheuer peinlich, aber Marianne war nett. Sie nahm meine Hand und hielt sie an ihre Wange.

»Manchmal weiß man nicht«, sagte sie, »wo man selbst aufhört und der andere anfängt. Sie sind Schauspielerin und verstehen das bestimmt.« Ich gab ihr recht.

Als ihr Mann einen Toast aussprechen wollte, stand sie auf, und erst da sah ich, dass sie hochschwanger war. In seinem Toast dankte Dennis dem Studio und dem Regisseur, sagte lachend, sie hätten seinen Segen und könnten sein Buch nehmen und daraus Origami oder Konfetti machen oder was immer sie damit vorhätten, worauf alle lachten, weil zu diesem Zeitpunkt schon reichlich Alkohol geflossen war.

Danach folgten noch viele Gänge. Ich war so auf Marianne fixiert, dass ich von den anderen nicht viel mitbekam. Sie hatte eine so lebhafte Art zu sprechen und zog einen in ihre Welt. Ich konnte nur so unbefangen reden, wenn jemand den Text für mich schrieb. Sie erzählte mir von ihrer Kindheit in Louisiana, wie sie durch die Sümpfe gestreift war, ihrem Vater beim Malen zugesehen hatte. Ihre Mutter war gestorben, als sie noch ein Baby war, deshalb standen sie und ihr Vater sich sehr nah. Ich fand es rührend, wie sie über ihn redete und auch wie sie sich mit ihrem Mann unterhielt. Offenbar hatten sie eine sehr enge Beziehung. In meiner Ehe gab es keinen Sex, unerträglich, und als ich sah, wie Dennis nicht die Hände von Marianne lassen konnte, dachte ich, so sollte eine Ehe sein. Jedenfalls war ich begeistert von ihr und freute mich über ihren Vorschlag, das Wochenende mit ihr zu verbringen. Sie versprach sogar, mir das Haus zu zeigen, in dem sie aufgewachsen war.

Als ich am nächsten Morgen wie verabredet bei ihr auftauchte und klingelte, machte niemand auf. Ich wusste, sie war zu Hause, weil ich durch das Milchglas ihre schwangere Gestalt die Treppe hochgehen sah. Das war ziemlich merkwürdig. Ich klopfte wieder, setzte mich vorne auf die Veranda und wartete. Ein paar Mal stand ich auf und klopfte, falls sie mich nicht gehört hatte und das Ganze ein Missverständnis war.

Ich war wirklich hartnäckig. Aber anders konnte ich nicht sein. Die Rolle war wichtig. »Ich hatte das Gefühl, als würde der Ruhm am gedeckten Tisch auf mich warten und langsam kalt werden«, um das Buch zu zitieren.

Irgendwann hielt Dennis Lomack vor dem Haus. Ich wollte wissen, ob ich Marianne irgendwie zu nahe getreten war. Am Abend zuvor hatte sie so hilfsbereit gewirkt.

»Sie ist ein unzuverlässiger Mensch«, sagte Dennis. In meiner Welt ist das ein ziemlich vernichtendes Urteil, aber ich glaube, er sprach nur eine Tatsache aus. Als er merkte, wie bestürzt ich war, versicherte er mir, dass die Rolle ohnehin nichts mit seiner Frau zu tun hatte. Sie war noch ein Kind gewesen, als die Ereignisse stattfanden. Die Drehbuchschreiber vereinigten lediglich sämtliche Figuren in Cassandra. »Sie können sie spielen, wie Sie möchten«, sagte er. Und das gab mir letztendlich die Freiheit, mehr von mir selbst in die Rolle einzubringen.

Der Film war in vielerlei Hinsicht albern, ein Produkt seiner Zeit und keineswegs ein Klassiker. Aber ich lernte dabei viel über die Bewegung. Nachdem ich in der Welt dieser mutigen jungen Männer und Frauen gelebt hatte, die für soziale Gerechtigkeit kämpften, konnte ich unmöglich wieder in mein lähmendes, privilegiertes Leben zurückkehren. Niemals. Ich nahm mir Ann Carter zum Vorbild und öffnete mein riesiges Haus, das ich in der Scheidungsvereinbarung erhielt, für obdachlose Mädchen. Einige hatten unvorstellbare Schrecken durchlebt. Wir wurden eine kleine Armee in den Hollywood Hills. Und später wandelte ich das Projekt mit Edies Hilfe in eine Stiftung um und gründete im ganzen Land ähnliche Häuser.

EDITH [1997]

»Ich würde dich gern malen.«

Der Perverse hat mich in die Enge getrieben. Mir ist unbegreiflich, wie ich hier gelandet bin. Ich bin immer noch stinksauer auf Markus. Dieser Arsch. Dieser Arsch, Arsch, Arsch. Ich war auf dem Weg zu Mae, aber sie hat sich davongestohlen. Und jetzt blockiert mir der Typ mit seinem Arm den Weg. Seine Finger sind in meinem Haar. »Vielleicht könntest du mir irgendwann Modell sitzen. Ich male Frauenköpfe auf Tierkörpern.«

»Oh, Xander, lass das. Das ist Dennis' Tochter.« Die Frau neben Xander rettet mich. »Dennis«, ruft sie durch eine Gruppe von Leuten. »Deine Tochter soll Xander Modell sitzen. Xander hat deine Tochter entdeckt. Mein betrunkener Mann ist ein richtiger Vasco da Gama!«

Dennis erscheint neben mir, mit Amanda im Schlepptau. Seine Lippen sind fettig von den Vorspeisen. Er küsst die Frau auf die Wange und hinterlässt einen glänzenden Fleck, den Amanda einen Tick zu lang anstarrt.

»Meine Tochter? Entdeckt? Mein großer Engel? Mein unberührter Kontinent? Entdeckt?«

Die Frau legt kreischend den Kopf zurück und zeigt dabei jedem ihre rottigen Backenzähne.

»Dein Vater«, sagt sie und legt ihm eine Hand auf die Schulter, um sich zu stützen, »hatte schon immer ein Gespür für Worte.« Sie fängt an, mir von den guten alten Zeiten in Louisiana zu erzählen. Amanda rückt näher an Dennis ran.

Und dann rauscht eine blonde Frau in den Raum. Ich kenne sie. War sie nicht eine Freundin von Mom? Sie sieht aus wie eine Puppe. Winzig, markant.

Alle sehen mich an, als hätte ich etwas gesagt.

»Was ist?«, frage ich.

Sie lachen wieder. Hässlich und verrückt.

Ich zwänge mich am Perversen vorbei zu der Frau. Woher kenne ich sie? Eine Gruppe von Mädchen folgt ihr auf dem Fuß, was ihr den Anschein einer Nonne oder einer Lehrerin verleiht. Aber für beides ist sie zu schön. Die Mädchen sehen derb aus. Sie sind hübsch angezogen, aber ihre Kleider sind zu neu, als gehörten sie ihnen gar nicht. Wie eine Herde folgen sie der Frau durch den Raum. Wer ist sie? Eine Rattenfängerin? Vielleicht sollte ich mich ihnen anschließen.

»Kennen Sie meine Mutter?«, frage ich sie.

»Wieso, mein Schätzchen. Wer ist deine Mutter?«

Ich komme mir vor wie damals, als ich klein war und Mom mich im Supermarkt vergaß.

Ein Schatten huscht über das Gesicht der Frau. Sie winkt jemandem über meine Schulter hinweg zu. Dennis' Freund gibt allen Mädchen die Hand. Einige sind so schüchtern, dass sie nicht zu ihm aufblicken.

Oh. Die Frau hält mich wahrscheinlich für eine echte Idiotin. Natürlich kenne ich sie nicht. Sie ist die Schauspielerin, die in den 80ern in dem Film mitspielte, der auf einem Buch von Dennis basiert.

»Entschuldigung«, sage ich. »Ich hab Sie verwechselt.«

Hinter mir lachen einige Mädchen. Die Schauspielerin drückt meine Schulter, lächelt mich an und sieht mir in die

Augen. Wahrscheinlich beglückwünscht sie sich, wie gut sie Augenkontakt herstellt. Die Alte kann mich mal, genau wie die anderen. Der Druck in meinem Kopf nimmt zu. Meine Mutter: ihr lila Gesicht, das wirre Haar, die über dem Boden zuckenden Füße. Eine gelbe Pfütze auf dem Linoleum.

Dennis zieht mich weg. Er tut mir an den Handgelenken weh. »Du tust mir weh.« Ich höre nicht, was ich sage, aber ich spüre, wie mein Mund sich bewegt. Meine Ohren klingeln. Die Leute haben sich umgedreht und sehen uns an. Selbst wenn ich ändern wollte, was gerade passiert, könnte ich es nicht. Ich spüre es kommen. Mae wendet den Blick von mir ab. Sie wird mich nie wieder ansehen.

Und dann Dunkelheit.

MAE

Edies Anfall war beängstigend und peinlich. Ihr Körper verkrampfte sich. Ihre Stimme war ein hässliches Krächzen. Ihre Augen traten vor, als würden sie von innen herausgedrückt. Noch vor Kurzem hätte ich ihr eine Kompresse mit gefrorenen Erbsen gemacht und sie flüsternd getröstet, aber diesmal hielt ich mich zurück.

Dad versuchte sie festzuhalten, während sie um sich trat und schlug, und die Schauspielerin Tillie Holloway und ihre Mädchen hoben Edie auf und trugen sie in den Garderobenraum.

Seit Wochen hatte sich eine ungute Energie um meine Schwester aufgebaut, und ich wollte, dass es endlich aufhört. Ich wünschte sie nach Metairie zurück, dass sie schon dort und weg wäre. Es ist schrecklich zuzugeben, wie kalt ich war, aber ich wünschte mir nichts sehnlicher, als mein neues Leben mit Dad ohne Einmischung von Edie oder Amanda beginnen zu können.

Und ich bekam meinen Willen! Es war nur ein Wort von mir vor seinen Freunden nötig, und schon war auch Amanda verschwunden. Ich hatte nicht gedacht, dass es so einfach wäre. Wahrscheinlich hatte Dennis schon eine Ausrede gesucht, um sie loszuwerden. Ich weiß noch, dass ich durch das Galeriefenster beobachtete, wie er sie in ein Taxi setzte, und ich dachte: Jetzt beginnt das Leben, das wirkliche Leben.

AMANDA

Natürlich traf es mich wie ein Schock, besonders wenn man bedenkt, wie gut alles gelaufen war und was für eine großartige Zeit wir zusammen erlebt hatten. Es war ein Fehler, dass Mae sich einmischte. Am Ende profitierte niemand davon. Ich glaube, die Frau meines Doktorvaters hatte auch ihre Finger im Spiel. Wer weiß, was sie Dennis erzählte, und da er in einem sehr verletzlichen Zustand war, werfe ich ihm nicht vor, dass er ihr glaubte. Vielleicht hätte ich es ihm vorgeworfen, wenn sich die Sache zwischen uns anders entwickelt hätte, aber letztendlich hat mein Weggehen unsere Beziehung gestärkt und mir die Chance geboten, Dennis meine Zuneigung zu beweisen.

EDITH [1997]

Der Raum wirkt überfüllt. Gesichter und Mäntel.

»Hier, trink einen Schluck Wasser. Dann geht es dir besser.« Die alte Frau, die ich vorhin durch das Fenster gesehen habe, hält mir jetzt zittrig ein Glas an die Lippen. Ich halte es fest, betrachte ihren Kranz aus weißem Haar. Die Schauspielerin und die Mädchen gehen nacheinander rückwärts aus dem Raum.

»Schämst du dich?«, fragt die alte Frau, nachdem sie weg sind.

Wofür? Mist. Das zittrige Gefühl ist wieder da. Ich versuche, mich etwas aufzurichten, aber es geht nicht.

»Du musst dich nicht schämen. Sieh mich an.« Ich betrachte ihre Füße, die nicht bis zum Boden reichen. Sie hält mein Kinn in ihren weichen Händen.

»Scham ist sinnlos, es sei denn, sie motiviert dich dazu, es besser zu machen. Und das ist meistens nicht der Fall. Scham frisst nur deine Energie. Trink.«

Ich trinke einen Schluck.

»Wahrscheinlich bist du vom vielen Weinen dehydriert«, sagt sie.

Meine Wangen brennen unter ihren kalten Händen.

»Weißt du, wer ich bin?«

Weiß ich nicht.

»Ich bin Ann Carter. Du bist mir schon am Anfang aufgefallen, ich hab gesehen, wie du schmutzige Sachen auf die Scheibe geschrieben hast.«

Ich will protestieren, aber sie unterbricht mich.

»Das warst du, Edith. Streite es nicht ab. Du bekommst keinen Ärger. Mich hat das an etwas erinnert, was dein Großvater vor langer Zeit mal gesagt hat.«

»Sie haben meinen Großvater gekannt?«

»Ja. Er war ein guter Freund von mir. Ein lieber Freund. Und er hat mir erzählt, er hätte eine Idee, wie er all die Politiker, Lobbyisten und Journalisten, die ihn ignorierten, seine Anrufe nicht beantworteten oder seine Briefe nicht lasen, auf sich aufmerksam machen könne. Er wollte sie heimsuchen, indem er Nachrichten auf ihre beschlagenen Badezimmerspiegel schrieb. Dann wären alle gezwungen, ihm entweder zuzuhören oder kalt zu baden. Ich hatte lange nicht mehr daran gedacht.«

Die Frau lacht über ihre Geschichte, und ihr Lachen klingt irgendwie vertraut.

»Ich hab ihn nie kennengelernt.«

»Ich weiß«, sagt sie. »Er ist zu früh gestorben. Geht es dir besser? Dein Gesicht hat wieder ein bisschen Farbe. Tapfer sein ist sehr schwer, aber feige sein ist noch schwerer. Glaub mir. Komm. Leg deinen Kopf in meinen Schoß. Ich erzähle dir eine Geschichte. Mach die Augen zu.«

Sie streichelt mir die Schläfen. Es ist schön, berührt zu werden. Nach dem Desaster im Ausstellungsraum der Galerie fühle ich mich ausgelaugt, und ihre Worte bauen mich langsam wieder auf.

»Als ich ein paar Jahre älter war als du, bin ich von zu Hause weggezogen. Ich war wie du – beliebt, die Jungs mochten mich. Ich war nicht so schön wie du, aber ganz hübsch. Eine Debütantin, mit allem Drum und Dran. Im Ballsaal des Hotels wurde ich mit einem großen Fest in die Gesellschaft eingeführt. Meine Eltern waren einverstanden, dass ich studiere, aber danach sollte ich wieder zurückkommen, heiraten und Bridge spielen, vielleicht in einen Blumenklub eintreten. Stattdessen brannte ich nach Louisiana durch. Ich dachte mir, es wird nur eine Stippvisite, aber dann ging ich in das Büro einer Zeitung und bekam einen Job als Stenografin.

Wenn man aufwächst und nur von Ungerechtigkeit umgeben ist, fällt sie einem nicht auf, selbst wenn man es möchte. Erst als dein Großvater mich auf vieles hinwies, konnte ich zulassen, dass die vagen Gefühle in mir endlich Form annahmen und zu benennen waren.

Wenn ich bei der Zeitung zum Beispiel den Polizeibericht abtippte, galt die Regel, dass es sich bei einer weißen Person um Mr oder Mrs handelte, bei einer schwarzen dagegen wurde nur der Name ohne Anrede genannt.«

»Verrückt«, sage ich und überlege, warum ich das noch nicht wusste.

»Ja. Verrückt. Am Anfang fand ich das nicht schlimm. Ich nahm es wie jede beliebige Grammatikregel hin. Aber nachdem ich deinen Großvater getroffen hatte, unterliefen mir immer häufiger Tippfehler.

Oder ich saß mit den anderen Stenografinnen zum Mittagessen in der Kantine, die sich gegenüber dem Gerichtsgebäude befand, und wir lachten und scherzten, und plötzlich blieb mein Blick an den Worten *Gleichheit, Freiheit, Gerechtigkeit* hängen, die über dem Gerichtseingang eingraviert waren, und dann verging mir irgendwie der Appetit. Ich hielt diese Worte noch nicht bewusst für Lügen, weil ich mit der unbewussten Annahme aufwuchs, ein weißes Leben wäre mehr wert als ein schwarzes. Für mich war es selbstverständlich, dass ein Weißer, der durch die Gerichtstür ging, für einen Mord an einem

Schwarzen nur zwei Monate bekam, während im umgekehrten Fall der Täter mit Sicherheit auf dem elektrischen Stuhl landete. Oder dass ein Schwarzer höchstens ein Jahr bekam, wenn er einen anderen Schwarzen ermordete, aber wenn er eine weiße Frau auch nur falsch anschaute, war er erledigt. Ich dachte nicht bewusst über diese Missverhältnisse nach, weil mein Verstand mein ganzes Leben lang darauf konditioniert war, wegzusehen, obwohl ich die Ungerechtigkeit von alldem in meinem tiefsten Inneren gespürt habe.«

Was die Frau mir erzählt, macht mir Angst. Wie kann man etwas nicht erkennen, was sich direkt vor einem abspielt?

»Mein Erwachen hat sich langsam vollzogen. Es ist nicht über Nacht passiert, obwohl es von außen wahrscheinlich so aussah, denn eines Morgens kam ich nicht mehr aus dem Bett. Ich zog mir die Decke über den Kopf und lag stundenlang wie eine Leiche da. Und es stimmt, ein Teil von mir war schließlich gestorben. Ich lag da und dachte: Was jetzt? Was soll ich jetzt tun? Dein Großvater kam vorbei, um nach mir zu sehen, während die Vermieterin in der Tür stand und uns beobachtete. Er hatte vor Kurzem etwas Ähnliches durchlebt. Für alle Weißen in den Südstaaten ist das wie eine Initiation, entweder man öffnet die Augen und stellt sich den Konsequenzen, was ein fortlaufender Prozess ist, oder man schaut weiter weg, was vielleicht bequemer, aber auch unendlich viel schwieriger ist.«

Ich frage mich, ob auch mir diese Initiation bevorsteht, und denke an das vage Gefühl von Ungerechtigkeit und Scham, das unter allem pulsiert. Dann verdränge ich den Gedanken schnell und konzentriere mich wieder auf die Geschichte der alten Frau.

»Dein Großvater hat mich überredet, mit ihm auf eine Party zu gehen, und dort lernte ich Lydia Van Horn kennen. Hat dir deine Mutter von ihr erzählt?«

Mit geschlossenen Augen schüttle ich den Kopf.

»Lydia gehörte nicht zu den Leuten, die ich zu Hause gekannt hätte. Sie war weiß, aber arm. Sie arbeitete als Näherin und lebte bei der Familie ihrer Schwester am anderen Ende der Stadt. Sie hatte ein rundliches, junges Gesicht, aber vorzeitig ergrautes Haar, und ein freundliches Wesen. Und sie war sehr aufmerksam. Ich konnte all diese Entdeckungen vor ihren Augen machen, ohne dass sie über mich urteilte. Aber dein Großvater konnte sie nicht ausstehen. Sie war der Grund für einen unserer ersten Streits. Ich war so froh, eine Freundin zu haben, dass ich die kleinen Ungereimtheiten bei ihr gern übersah. Dein Großvater hielt es für falsch, dass ich meine Einsamkeit so überstürzt mit dieser Freundschaft ausgleichen wollte.«

Ich öffne die Augen und sehe sie an. »Warum?«

»Es ist unbequem, einsam zu sein, aber es ist ein notwendiger Schritt beim Erwachen einer Person.«

Ach ja? Mir scheint das eher so, als gäbe man einem hungrigen Menschen nichts zu essen. Die Frau verlagert ihr Gewicht unter mir und fährt fort.

»Lydia besuchte mich in meinem gemieteten Zimmer, und dann saßen wir auf meinem Bett und tranken Tee oder Sherry. Sie zog nie ihre Schuhe aus – wahrscheinlich, weil ihre Strümpfe Löcher hatten. Sie war keine besonders gute Näherin. Sie war auf dem Land aufgewachsen, und manchmal überredete ich sie, mir davon zu erzählen. Oder ich erzählte von meiner Familie. Oft haben wir auch nur geschwiegen. Wir haben unser Zusammensein genossen, Karten gespielt, und irgendwann ist sie hastig aufgebrochen, um die Straßenbahn zu ihrer Schwester zu erwischen. Hast du von Willie McGee gehört?«

Ich zucke die Schultern. »Der Name kommt mir bekannt vor.«

»Heute steht er in den Geschichtsbüchern. McGee war ein Schwarzer aus Laurel, Mississippi, den man zu Unrecht der Vergewaltigung beschuldigt und zum Tod verurteilt hatte. Er war kaum älter als du. Im Grunde war es ein Lynchmord, schlicht und einfach, nur dass er mit Hilfe des Rechtssystems ausgeführt wurde. Damals wurden schreckliche Dinge getan, um die ›Tugend‹ der weißen Südstaatlerinnen zu schützen. Und als ich als weiße Südstaatlerin von Willie McGee hörte, fühlte ich mich persönlich verantwortlich.

Die Männer bei meiner Arbeit rissen Witze über den Fall, als handle es sich um eine Lappalie – unsere Zeitung berichtete nicht einmal darüber. Wenn ich etwas sagen wollte, lachten sie mich aus, aber statt mich zu schämen, spürte ich eine unterschwellige Wut. Und als ich mit Lydia in meinem Zimmer saß und ihr beim Sockenstopfen zusah, verwandelte sich diese Wut in einen Plan.

›Lydia‹, sagte ich. ›Wir müssen gegen diese Hinrichtung protestieren.‹ Wir trommelten ein paar Frauen zusammen, um nach Laurel zu fahren, und dein Großvater und ein paar andere bezahlten uns das Busgeld.

Es war eine lange Fahrt, aber die Zeit verging wie im Flug. Ich fühlte mich diesen Frauen auf eine Weise verbunden, die neu für mich war. Da man das Urteil angeblich zum Schutz von weißen Südstaatlerinnen gefällt hatte, gingen wir davon aus, dass man uns zuhören würde, wenn wir in Laurel wären und erklärten, dass wir diesen Schutz nicht brauchten. Es klingt seltsam, ich weiß, aber so naiv war ich mit dreiundzwanzig.«

Ich versuche, mir Ann Carter jung vorzustellen, aber es gelingt mir nicht. Kein Bild.

»Wir marschierten vom Busbahnhof direkt zum Gefängnis, riefen im Sprechchor ›Nicht in unserem Namen‹ und hielten Schilder hoch, die wir am Abend zuvor bis tief in die Nacht gemalt hatten. Passanten blieben stehen und starrten uns an, manche beschimpften uns. Ein Journalist fotografierte uns sogar, wie er wahrscheinlich auch die ausgebrochenen Schweine eines Farmers fotografiert hätte, die das Gericht stürmten.«

Ich lache leise, aber sie fährt fort.

»Lydia war bei uns, hielt wie alle ein Schild hoch und sang mit. Sie war nicht so klug oder laut wie einige der Mädchen, aber ich weiß noch, wie glücklich ich mich schätzte, sie an meiner Seite zu haben, weil sie so überzeugt wirkte. Als Südstaatlerinnen waren wir alle zum Schüchternsein sozialisiert. Vor Männern in Anzügen und Polizeiuniformen zu stehen und sie anzubrüllen fiel uns nicht leicht. Aber der Klang unserer gemeinsam erhobenen Stimmen, ganz gleich wie verlegen, war aufregend. Wir versuchten Hausfrauen, die beim Einkaufen waren, zu überreden, sich uns anzuschließen, was natürlich keine machte.

Irgendwann verhaftete der Sheriff uns wegen Ruhestörung und steckte uns alle sechs in eine Zelle. Wenn man von Kindesbeinen an glaubt, dass verhaftet zu werden etwas Beschämendes ist, lässt sich das nicht leicht verdrängen. Vor allem die Verheirateten unter uns bereuten, dass sie mitgekommen waren. Aber Lydias Gesicht zeigte keine Regung. Während die anderen weinten und miteinander stritten, stand sie an die Wand gelehnt da und schwieg. Ich weiß noch, wie ich zu ihr ging und sie umarmte, weil ich dachte, sie wäre beunruhigt. Es fühlte sich unnatürlich an, wie wenn man einen Briefkasten umarmt. Mir wurde klar, dass ich sie noch nie umarmt hatte.«

Ich öffne die Augen und betrachte das Gesicht der alten

Frau. Ihre Haut sieht samtweich aus. Sie starrt ins Leere wie eine Blinde. Wahrscheinlich gibt es auch von ihr ein Polizeifoto, vielleicht sogar viele, genug, um eine weitere Ausstellung zu bestücken.

»Der Sheriff hielt uns nur ein paar Stunden fest, um uns bösen Mädchen eine Lektion zu erteilen, dann begleitete er uns zurück zum Busbahnhof. Auf der Rückfahrt fragten einige Frauen: Was haben wir erreicht, abgesehen davon, dass wir uns blamiert haben? Wir haben Willie McGee nicht vor der Hinrichtung gerettet. Ich gab zu bedenken, dass wir immerhin die Wahrheit ausgesprochen hatten und man nie genau sagen kann, welche Folgen sich daraus ergeben.

Kurz nach unserer Rückkehr stellte mich dein Großvater seinem Freund Carl vor, den ich heiratete. Ich war nicht mehr so oft mit Lydia zusammen. Wir entfremdeten uns, und irgendwann besuchte sie mich gar nicht mehr. Carl und ich zogen wegen seiner Arbeit nach Tennessee, und dann sah ich Lydia erst viele Jahre später beim Prozess gegen deinen Großvater wieder.«

Der Prozess. Der Prozess, über den Mom nie spricht.

»Als Lydia in den Zeugenstand gerufen wurde, erkannte ich sie nicht. Ihr Haar war schwarz gefärbt, aber vielleicht war das schon immer ihre echte Haarfarbe gewesen. Ihre Haltung war anders. Sie trug keine Brille. Sie sagte schreckliche, hässliche Dinge und hatte kein Problem, uns dabei anzusehen. Lydia Van Horn war auch nicht ihr richtiger Name.

Ich versuchte zu begreifen, warum sie uns verriet. Einige behaupteten, wegen Geld – sie war verschuldet und hatte, wie sich herausstellte, einen kranken Sohn zu versorgen –, aber sie trat so skrupellos auf, dass es meiner Ansicht nach ideologische Gründe gehabt haben musste. Das ist reine Spekulation, denn eigentlich kannte ich sie gar nicht. Ich hatte geglaubt, sie wäre wie ich, und ich war so in allem verfangen, dass ich meinen Irrtum nicht bemerkt hatte. Die Anklagepunkte gegen deinen Großvater waren Volksverhetzung, Unruhestiftung und Betätigung als kommunistischer Spion, weil er unter seinem Namen Grundstücke in weißen Wohnvierteln gekauft und die Verträge anschließend schwarzen Familien überschrieben hatte. Die Jury hätte den Unterschied zwischen ›Kommunismus‹ und ›Rheumatismus‹ in hundert Jahren nicht begriffen. Das Ganze war Angstmache und Unsinn, allen voran propagiert von meiner lieben Lydia, dem FBI-Maulwurf.«

Mom hat mir nie etwas davon erzählt.

»Drei Monate nach Prozessbeginn gab das Herz deines Großvaters auf. Es war zu viel für ihn.«

»So ist er gestorben?«, frage ich.

»Ja. Er war empfindlich, aber er war auch standhaft. Er hätte sich davonmachen können. Weißt du, dein Vater hat ihm angeboten, ihn und deine Mutter in Kanada unterzubringen, aber Jackson wollte nichts davon wissen. Er sagte, sein Schweiß und sein Blut steckten in dieser Stadt und er würde sie nur in einem Sarg verlassen. Und das tat er.«

»Wegen Lydia?«

»Ja, wenigstens teilweise.«

»Was ist aus ihr geworden?«

»Vor ein paar Jahren beschloss ich, ihr einen Brief zu schreiben. Ich weiß nicht, ob sie meine Vergebung gebraucht hat, aber ich musste sie ihr geben. Es hat mich große Überwindung gekostet, ihr zu schreiben, und du kannst dir vielleicht vorstellen, wie mir zumute war, als der Umschlag ungeöffnet zurückkkam.«

»Sie hat ihn zurückgeschickt?«

»Sie war gestorben.«

Die Frau verstummt und blickt zu mir herab. Ich hätte Lydia nicht verziehen.

»Glauben Sie, mein Großvater hätte fliehen sollen?« Wenn er es getan hätte, würde er vielleicht noch leben und Mom wäre dann vielleicht nicht im Krankenhaus.

»Nein.« Sie zuckt die Schultern. »Die meiste Zeit im Leben gibt es kein ›hätte-sollen‹. Man tut, was man tun kann.«

Ich setze mich auf und streife dabei einen feuchten Wintermantel.

»Hör zu«, sagt sie. »Du hast viele Gründe, um wütend zu sein, das ist dein gutes Recht. Aber Wut zehrt an deinen Kräften. Wenn du wütend bist, bist du hilflos. Aber du bist nicht hilflos. Was also willst du?«

»Ich will zu meiner Mutter«, sage ich. »Ich will nach Hause.«

»Dann geh«, sagt die Frau. »Geh heute Abend, wenn du musst. Gib mir meine Handtasche.«

Ich reiche ihr die Ledertasche mit den Fransen, die auf dem Fußboden vor ihren Füßen liegt.

»Hier.« Sie leert ihre Geldbörse aus, ohne das Geld zu zählen. »Nimm es für die Busfahrt.«

Ich bin baff. Sie faltet meine Finger um die Scheine.

»Geh. Sag deiner Mutter … grüße sie ganz lieb von mir. Ich weiß, sie ist wieder in der Klinik. Wenn es meiner Tochter besser ginge, würde ich deine Mutter besuchen. Wo wir gerade davon sprechen, ich sollte wieder zu Franny gehen. Hilf mir auf. Danke.«

Sie humpelt aus dem Garderobenraum. Die Tür schwingt hinter ihr zu.

TEIL II

KAPITEL 5

PSYCHIATRISCHE NOTIZEN ZU MARIANNE MCLEAN

Datum: 14. April 1997

Patientenbezogene Daten

NAME Marianne Louise McLean
ETHNIE kaukasisch
GESCHLECHT weiblich
ALTER 45 Jahre
GRÖSSE 165 cm
GEWICHT 47,6 kg
HAARFARBE schwarz
AUGEN grau
KÖRPERLICHE MERKMALE Lange ~~elegante~~ Finger. ~~Katzenartige Bewegungen.~~
FAMILIENSTAND geschieden
BERUF Dichterin (?)/ Mutter/ keinen

Hauptbeschwerde

Einlieferung der Patientin durch das Chalmers Hospital nach Suizidversuch (Erstickung). Zustand der Patientin ist instabil. Aufenthalt der Patientin auf unbestimmte Zeit gemäß dem Wunsch ihrer gesetzlichen Vertreterin Doreen Williams.

Anamnese

Die Patientin wurde bereits einmal vor zwölf Jahren mit Verdacht auf schwere postpartale Depression und Psychose stationär aufgenommen. Bipolare Störung und Borderline-Persönlichkeitsstörung sind aufgrund von dissoziativen Anfällen, instabilem Selbstgefühl, Abspaltung hinsichtlich der Gefühle gegenüber ihrem geschiedenen Mann und hypomanischen und depressiven Zuständen die wahrscheinliche Diagnose.

Der Tod ihres Vaters = prägendes Trauma. Ihr Vater war ein »Heiliger«, ein »Held«, der »einzige Champion.« Kurz gesagt, eine heilige Kuh, welche die Patientin nur ungern im Gespräch analysieren oder betrachten möchte. Selbst der kleinste Versuch des Therapeuten, hier tiefer zu gehen, stieß auf unverhältnismäßige Feindseligkeit.

Die weiteren Traumata, die im Mittelpunkt der Selbstmordgedanken der Patientin stehen, scheinen folgende zu sein: die gescheiterte Ehe, ihr Scheitern als Mutter und vielleicht ihr Scheitern (?) als Künstlerin.

~~Größenwahn. Glaubt, dass eine Reihe von Bestseller-Romanen über sie geschrieben wurde.~~ (Dies wurde als zutreffend bestätigt. Erstaunlicherweise jedoch wertet sie dies nicht als große Ehre, sondern empfindet die Rolle als »Muse« eher als belastend.)

Ihrer eigenen Arbeit gegenüber zeigt sie eine geringschätzige Haltung. Sie sagte, ihr Mann habe sie ermutigt, sich hinsichtlich der künstlerischen Beurteilung auf ihn zu verlassen. Dabei war er »großzügig, aber nur, weil von [ihr] nie die Gefahr ausging, dass [sie] ihn in den Schatten stellte und [sie] weder besonders gut noch schlecht war«. Ich glaube, eine Person mit ihrem künstlerischen Temperament braucht ein kreatives

Ventil, um sich selbst auszudrücken. Wir haben darüber gesprochen, aber sie ist weiterhin ~~schwierig~~ nicht bereit zu kooperieren und weigert sich, an künstlerischen und handwerklichen Aktivitäten teilzunehmen.

Behandlung

Tägliche Gesprächstherapie. Außerdem 2× täglich 5 mg Haloperidol. Zu Beginn der Behandlung kam es zu mehreren ungewöhnlichen Vorfällen, die wir als mögliche Nebenwirkungen einstuften. Zweimal während einer Therapiesitzung wurden ihre Augen glasig und fokussierten nicht, so als wäre sie in Trance. Ihr Puls war bei der Messung sehr hoch, lag bei 120 Schlägen pro Minute, und dennoch war sie emotionslos, blass und in sich gekehrt, obwohl ihre Hände zitterten. Beide Male, als dies passierte, schlief sie unmittelbar danach ein, wie nach einem Krampfanfall. Als sie aufwachte, wollte sie nur widerstrebend darüber sprechen, was passiert war, aber sie wirkte verwirrt und glaubte, in New York zu sein. Es ist möglich, dass sie in dem Moment visuelle und auditive Halluzinationen erlebte. Aus diesem Grund passen wir gerade die Dosis an und geben zusätzlich 25 mg Olanzapin.

Eine äußerst interessante ~~Frau~~ Patientin.

MARIANNE MCLEANS TAGEBUCH [1985]

sie zwingen mich hier, idiotische arbeitsblätter auszufüllen. was ist mit mir los? das gefühl von watte im kopf. (ich denke an daddy, in dessen nase und ohr ein wattebausch steckt. ach! er hatte wirklich oft infektionen).

sie sagen, keine sorge! das wattegefühl kommt vom koma. ich soll ein paar tage warten & es geht vorbei. ich denke, nein, wie immer, ich habe mich nicht klar ausgedrückt: ich will mehr watte. ich will ausgestopft sein wie ein tier. aber das machen sie nicht in dieser klinik.

der therapeut ist ein idiot. ich habe ihm von dem baumstumpf erzählt –

davon, wie ich mit den mädchen in den wald ging, in der nähe, wo früher unser haus war (daddys atelier plattgemacht unter einem parkplatz für einen scheißsupermarkt – es gibt keine würde, keine gerechtigkeit…). wir machten einen spaziergang, obwohl ich das auto eigentlich nicht hatte verlassen wollen. wir machten einen spaziergang & dann schlug ich mit einem stock auf einen modrigen baumstumpf. es gab einen dumpfen schlag & ich weiß nicht, warum, aber das geräusch brachte mich völlig aus der fassung. ich spürte es bis ins herz. die mädchen waren wie kleine äffchen. sie suchten sich auch stöcke & bohrten damit in der erde herum. mae hatte husten mit auswurf. dieser husten gab mir das gefühl, dass ihr inneres der modrige baumstumpf war & dass ich *sie* geschlagen hatte. es ist schrecklich. es ist schrecklich, dass man

160

immer krampfhaft versucht, die konturen von dingen festzuhalten, obwohl sie einem entgleiten.

der therapeut wusste natürlich nicht, was er von der geschichte halten sollte. es ist in ordnung, wenn man seiner
wut ausdruck verleiht, sagte er. schlagen sie ruhig zu! eine gute idee! er hielt mir seine hand hin, damit ich sie schlage.

das schlimmste ist, dass dennis als einziger ahnt, wovon ich
rede. es bringt mich zur weißglut, ihn immer als leinwand
zwischen mir & der welt zu wissen. mein übersetzer! mein
apoll!

»wie ist es, wenn man mit einem mann verheiratet ist, der
frauen so gut versteht?«, haben mich die leute oft gefragt.

es ist unerträglich. unerträglich. er ist ein dieb. ständig be-
stiehlt er mich, auch wenn ich nicht genau sagen kann, was er
stiehlt. & er ist ein lügner. & weswegen genau er lügt, kann
ich auch nicht sagen. aber deshalb ist es nicht weniger wahr.

& dass ich es, mit 16, hätte vorhersehen können – schließlich war ich es, die auf den namen cassandra kam. apoll
spuckt mir in den mund & jetzt glaubt mir niemand. & diese
dicken krokodilstränen, die ihm über die wangen laufen, wenn
er mir die luft abschnürt. zu meinem eigenen besten! während er mich gründlich ausquetscht.

wörtlich? fragt doreen.

wörtlich, nicht wörtlich, was ändert das schon? sogar wenn
er nicht da ist, spüre ich seinen atem auf meinem gesicht.

EDITH [1997]

Die Wohnung fühlt sich an wie ein Insektenpanzer. Leer und fremd. Charlie ist los, um sich ein Auto zu leihen. Dennis und Mae sind noch bei der Party. Alle haben sich eifrig an den Händen gehalten und gesungen, als ich mit dem dicken Geldbündel im Hosenbund wieder aus der Garderobe erschien. Ich zog die Schlüssel aus Dennis' Tasche, als er gerade einen Toast aussprach, schützte Kopfschmerzen vor und zeigte zur Tür. Als ich Mae ins Ohr flüsterte, dass ich endgültig gehe, versuchte sie nicht mal, ihre Freude zu verbergen. Etwas Glattes schwamm hinter ihren Augen und verlieh ihnen einen Schimmer.

Ich hole meine Reisetasche aus dem Schrank und packe Kleider aus der Schublade hinein. Na gut, Mae. Du hast deinen Willen. Du bist schon immer aalglatt gewesen, und jetzt bist du mich los. Aber nimm dich in Acht. Für Leute wie dich ist Freiheit nicht gut. Wer hält dich fest, wenn ich weg bin? Hast du nicht Angst, dass du davontreibst? Dennis hat keine Ahnung, wie er mit dir umgehen soll. Mom hat gesagt, er mag seine Vögelchen mit gebrochenen Flügeln, aber sie hat sich geirrt. *Seine* Flügel sind gebrochen. Jetzt verstehe ich das, weil die Wut mich reingewaschen hat. Sie hat mich durchströmt und alles mitgenommen, und jetzt sehe ich die Dinge so, wie sie sind. Die Frau in der Garderobe, meine gute Fee, hatte Recht. Ich bin nicht hilflos.

Bis auf den Pullover ist alles gepackt. Er ist weich und grün,

162

aus Kaschmir, ein Geschenk von Tante Rose bei einem ihrer ersten Besuche. Ich brauche ihn nicht und werde ihn für Mae zurücklassen.

Ihr Bett ist durcheinander, die Decke verknäuelt. Ein Pfirsichkern in einem Glas, eingeklemmt zwischen Matratze und Wand. Schwarze Flecken, Fliegen, schweben am Rand. Da ist ein schwacher süßer Geruch, von dem ich Gänsehaut kriege. Ein Sexgeruch. Aber als ich wieder einatme, ist er weg. Vielleicht war es nur Einbildung. Ich breite den Pullover auf ihrem Bett aus, als wäre er ein Mensch.

Jemand klopft ans Fenster. Ich erschrecke. Die glühende Spitze von Charlies Zigarette. Er ist startklar. Ich gebe meinem Spiegelbild in der Scheibe zu verstehen, dass ich noch eine Minute brauche, werfe meine Schuhe in die Tasche und ziehe den Reißverschluss zu. Habe ich alles? Ich gehe ins Wohnzimmer und sehe unter der Couch nach, dann in die Küche und ein Blick unter den Tisch. Zum Schluss gehe ich in Dennis' Zimmer, obwohl, was könnte ich dort vergessen haben?

Seine Schreibmaschine steht da. Vielleicht sollte ich ihm eine Nachricht hinterlassen. Ich entriegle den Deckel und spanne ein leeres Blatt ein.

Lieber Dennis,

schreibe ich, und die Tasten klappern wie verrückt.

Das ist mein erster Brief an Dich, zumindest der erste, den Du zu sehen kriegst, und ich schreibe, um Dir zu sagen, dass ich nach Hause fahre.

Nach jeder vollen Zeile ziehe ich den Hebelarm, und der Wagen gleitet mit einem *Ping* zurück auf die linke Seite.

Ich bin sicher, das überrascht Dich nicht, weil ich seit meiner Ankunft hier von nichts anderem geredet habe. Ich weiß, ich weiß, »Mom geht es nicht gut«. Dein Refrain. Dazu sage ich nur: Ach nee. Natürlich geht es ihr nicht gut. Genau darum muss ich nach Hause und mich um sie kümmern.

Wenn ich in den vergangenen Jahren an Dennis dachte, habe ich ihn mir allmächtig und herzlos vorgestellt, aber jetzt begreife ich, dass da kein Zauberer hinterm Vorhang steht und vermutlich noch nicht mal ein Vorhang vorhanden ist. Ich verspüre den Drang, etwas Nettes zu sagen, deshalb tippe ich:

Ich weiß, Du hast versucht, die verlorene Zeit wiedergutzumachen, und obwohl es Dir nicht gelungen ist, war es immer noch besser als nichts, DAD. Na bitte, ich habe es ausgesprochen. Mehr kriegst Du nicht von mir.

Kümmere Dich bitte um Mae.

Und um zu etwas Erfreulicherem überzugehen, ein kurzer Schluss.

Womit habt Ihr damals so gern Eure Briefe unterschrieben? Nie aufhören anzufangen? Gott schütze Dich? Mahola? Auf Wiedersehen? Friede, Friede und ewige Liebe?

Ende der Durchsage?

Ich tippe rasch meinen Namen, damit Dad und Mae nicht nach Hause kommen und mich hier finden.

Edith.

Ich öffne das Fenster und reiche Charlie meine Tasche, schnappe mir Kronos, bevor er abhaut, und streichle ihn kurz.

»Wiedersehen, Katze«, sage ich und schließe das Fenster.

Charlie lässt seine Zigarette fallen, und sechs Stockwerke tiefer landet die Glut sprühend auf dem Asphalt. Durch die Streben der Feuerleiter sehe ich den Pick-up Truck.

Unsere Füße hallen auf den Metallstufen. Wir gehen an den zugezogenen Vorhängen und Rollos der Nachbarn vorbei, 5C, 4C, 3C, 2C. Die Nachtluft. Die Nachtluft der Stadt.

Danke, Ms Ann Carter. Von unten sehen Dennis' Fenster ganz klein aus.

Charlie wirft meine Tasche hinten auf die Ladefläche.

»B-b-bist du startklar?«, fragt er. Ich nicke.

In der Fahrerkabine riecht es nach Lagerfeuer. Er legt den Rückwärtsgang ein und schwingt einen Arm über den Sitz. Der Truck säuft ab. Er startet ihn wieder, und wir schlingern auf die Straße.

CHARLIE

Mein Job als Aushilfslehrer war vorbei, und der Filmstudent interessierte sich nicht mehr für unser Projekt. Ich war oft allein in der Wohnung, darum war ich froh, als Edie am Fenster auftauchte. Sie sagte, dass sie meine Werkstatt benutzen will. Ich zeigte ihr ein paar Sachen – wie man die Tischsäge und die Schleifmaschine benutzt. Sie kam ein paar Tage hintereinander vorbei. Mit der Zeit freute ich mich auf sie. Am Tag der Party rauchten wir auf der Feuertreppe einen Joint, und ich war zum ersten Mal seit langem wieder glücklich.

Ich war früh bei der Galerie, wollte aber nicht übereifrig erscheinen und machte deshalb noch einen Spaziergang durchs Viertel, um die Zeit totzuschlagen. Als ich schließlich den Mut hatte, reinzugehen, kam ich fast zu spät. Ich erwischte Edie, die gerade zum Port Authority Busbahnhof wollte. Ich weiß noch, dass mich das Gefühl überkam, das man kurz vor einem Sprung empfindet, und ich bot ihr an, sie nach Louisiana zu fahren. Warum nicht? Ich musste aus der Stadt raus. Ich liebte New York, aber ich brauchte eine Pause. Ich borgte mir den Truck von einem Freund. Er war mit dem Rucksack in Europa unterwegs und wüsste gar nicht, dass sein Auto weg war.

Etwas an Edie nahm mir meine Befangenheit. Mein Sprachfehler macht mich oft schüchtern. Die Leute wenden den Blick von mir ab, als wäre ich behindert, aber Edie nicht. Sie sah mir offen ins Gesicht, wie Kinder es tun. Das soll nicht heißen, dass sie einem Kind glich. Ich dachte nie: Ich schütte mein Herz einem Kind aus. Auf der Fahrt erzählte ich ihr alles. Ich erzählte ihr, dass ich, wenn ich durch stillgelegte U-Bahn-Tunnel kroch oder am Gitter der Williamsburg Bridge hochkletterte, die Stadt als großes pulsierendes Gebilde empfand, das mir gehörte und das ich lieben konnte, auch wenn die Bewohner es geschafft hatten, mich zu enttäuschen. Wenn ich in Chinatown von Dach zu Dach sprang, dachte ich nicht an meine sterbende Großmutter oder an meinen gefühlskalten Bruder. Ich saß oben auf dem Gerüst von St. John the Divine und beobachtete, wie die Lichter in den Wohnungen in einem Rhythmus an- und ausgingen, der den Leuten selbst gar nicht bewusst war. Sie alle waren nur Zellen in diesem großen, schönen Organismus und ahnten es nicht. Die Stadt hatte mich geliebt und war immer nett zu mir gewesen, auch wenn die Menschen es nicht waren.

»Ich bin nett zu dir«, hatte Edie hinterher gesagt. Sie hatte die Knie hochgezogen, ihre Wange draufgelegt und mich angesehen. Es kostete mich einige Mühe, nicht einfach von der Straße abzubiegen. Es war wie in *Yesterday's Bonfires*, als Cassandra und Gregor im Garten ihres Vaters zusammen im Zelt sind und eine Verbindung spüren, ohne sich zu berühren. Ich fuhr weiter und bemühte mich, das laute Pochen meines Herzens zu überspielen.

MAE

Wir blieben auf der Party, bis nur noch ich, Dad und eine Assistentin da waren, die später die Galerie abschließen wollte. Dad war, im Nachhinein gesehen, ziemlich betrunken, obwohl ich es damals nicht mitbekam. Ich war vierzehn und nicht sehr weltgewandt. Die Assistentin legte eine Platte von Sam Cooke auf und tanzte für ihn, doch als Dad sah, dass ich an der Wand lehnte und zuschaute, winkte er mich zu sich. »Bring it on home to me« lief gerade, und Dad und ich wiegten uns eng umschlungen im Tanz. Der Song an sich troff schon vor Nostalgie, aber unter den wachsamen Augen der Polizeifotos wurde er noch schmalziger. Dad sang mit, also sang ich auch mit. Ich habe eine ziemlich gute Singstimme, und das überraschte ihn, denn er hatte mich noch nie singen gehört.

Die Assistentin versuchte mehrmals, mit uns zu tanzen, aber Dad ignorierte sie, und eine Zeit lang tanzte sie allein neben uns. Als sie es endlich kapierte, machte sie sämtliche Lichter an und fing an zu fegen, und als die LP durchgelaufen war, schaltete sie den Plattenspieler aus und fegte uns zur Tür hinaus.

Auf der Taxifahrt zurück waren wir zu zweit, keine Edie mehr, keine Amanda mehr. Wir schwiegen. Dad saß da wie ein trauriger Bär, summte und schaute aus dem Fenster. Was immer in Gang gesetzt worden war, fühlte sich allmählich wirklich an. Ich hielt seine Hand. Ich wusste, dass Edie nicht da seien würde, wenn wir nach Hause kamen, aber ich sagte nichts.

Als wir in der Wohnung waren und Dad feststellte, dass Edie weg war, war er am Boden zerstört. Es ist dumm, ich weiß, aber ich hatte erwartet, er würde sich genauso freuen wie ich. Er hob mehrmals den Telefonhörer ab und legte wieder auf, weil er nicht wusste, wen er anrufen sollte. Dann fragte er mich nach dem Namen des Jungen, mit dem sie immer telefonierte. Markus, sagte ich. Nachname? Conti. Dad rief die Auskunft an, ließ sich die Nummer dreimal durchgeben und spähte mit einem Auge auf die notierten Zahlen.

»Mist. Mist. Mist. Ich bin betrunken«, sagte er, nachdem er aufgelegt hatte. Er wischte sich den Mund an der Schulter ab, stand auf, ging zur Küchenspüle und hielt den Kopf unter den Wasserhahn. Als er zurückkam, lief ihm das Wasser über Gesicht und Bart und tropfte aufs Hemd. Es war sehr spät. Als er bei Markus anrief, weckte er natürlich die ganze Familie. Dad verhaspelte sich ein bisschen, konnte sie aber schließlich bitten, sich zu melden, wenn sie etwas hörten.

Er lief eine Weile auf und ab, blieb dann stehen und sah mich mit seinem nassen Gesicht an.

»Hast du Bescheid gewusst?«, fragte er.

Ich verneinte, aber er merkte, dass ich log.

»Ob sie mit dem Bus gefahren ist?«, fragte er.

Ich nickte mit abgewandtem Blick.

»Geh ins Bett«, sagte er und machte sich auf den Weg, um sie am Port Authority zu suchen. Ich war die ganze Nacht besorgt, er könnte sie finden und wieder zurückbringen, und war erleichtert, als ich ihn am nächsten Morgen allein und übernächtigt am Küchentisch sitzen sah.

Als es an der Tür klopfte, fuhr er hoch, vermutlich in der Hoffnung, Edie würde zurückkommen, aber es waren die kleine alte Frau von der Party, Ann Carter, und ihre riesige Tochter. Die Tochter war groß und kräftig und sah verquollen aus. Irgendwas stimmte nicht mit ihr.

Dad umarmte beide, bot ihnen Kaffee an und entschuldigte sich für seinen Zustand. Er erklärte, dass Edie weg war.

»Ich weiß«, sagte die alte Frau und trank einen Schluck Kaffee. »Ich habe ihr das Geld für die Fahrkarte gegeben.«

Dad ging an die Decke. Sie stritten sich. Ihre Tochter stand auf, schlurfte zur Tür und wartete.

»Ma, wir müssen los«, sagte sie und rüttelte am Griff, aber die alte Frau tat, als hätte sie ihre Tochter nicht gehört.

»Also wirklich, Dennis«, sagte sie. »Du warst im ganzen Land unterwegs, als du in Edies Alter warst, und komm mir nicht mit dem Quatsch, wie viel sicherer damals alles war. Du weißt, das stimmt nicht. Marianne war nur ein Jahr älter als Edie, als sie dich geheiratet hat.«

»Ich meine es ernst, Ma. Ich halte es keine Sekunde mehr aus«, sagte die Tochter und zeigte dabei ihre kleinen, gelben Zähne.

Die Frau stand auf und sagte: »Frances, beruhige dich. Atme tief durch. Wir gehen gleich.« Dann umarmte sie Dads Taille.

Dad war außer sich. Als die beiden weg waren, schimpfte er den ganzen Nachmittag: »… Ann Carter gibt elterliche Ratschläge, ausgerechnet sie … Arme Franny, überall gezeichnet und sieht aus wie eine vollgesogene Zecke … Wer weiß, ob man das nicht hätte verhindern können …«

Trotz seiner Wut merkte ich, dass sein Entschluss, Edie zurückzuholen, langsam bröckelte. Er akzeptierte, dass sie weg war und er nicht das Recht hatte, sich nach seiner jahrelangen Abwesenheit jetzt um sie zu kümmern.

Am Abend lag ich wach im Bett und hörte, wie Dad im an-

deren Zimmer immer betrunkener wurde und Gläser um-
stieß. Irgendwann döste ich ein und wachte etwas später auf,
als er im Dunkeln über mir stand. Weil ich im oberen Bett
schlief, war sein Gesicht knapp über mir. Ich spürte seinen
Atem. Er war warm und roch nach Alkohol, fast zitrusartig.
Dad streichelte mein Gesicht und mein Haar. Ich stellte mich
schlafend, denn er sollte nicht aufhören. Vermutlich war ihm
eingefallen, dass er wenigstens mich noch hatte.

FRED

Meine Freundschaft mit Dennis zerbrach langsam.

Es fing mit seiner Beziehung zu Marianne an. In der Geschichte gibt es eine lange Tradition von Männern, die jüngere Frauen heiraten: schön und gut. Außerdem war es die Zeit der freien Liebe. Aber wäre Jackson McLean noch am Leben gewesen, wären Marianne und Dennis nie zusammengekommen! Marianne war ein Kind. Dennis protzte, er würde sich um sie kümmern, aber in Wirklichkeit plünderte er sie für sein eigenes Werk aus. Genau wie er mich und den Kampf um die Bürgerrechte benutzt hatte, und ich glaube nicht, dass sein Werk so gut war, um das Ausschlachten unseres Leids zu rechtfertigen.

Als Marianne nach New York zog, fing Dennis ernsthaft zu schreiben an. Je mehr er schrieb, umso verstörter und unsicherer wirkte sie. Er war ein emotionaler Vampir. Er brauchte sie in einem gewissen Zustand, damit sie seine Muse sein konnte.

Ich hatte die Idee von einer literarischen Karriere schnell aufgegeben. Als Kritiker bin ich viel besser, zumal dort auch mein eigentliches Interesse liegt. Es war kein Neid, der einen Keil zwischen uns trieb. Es war sein Buch *Yesterday's Bonfires*.

Dennis brachte mir das Manuskript frisch aus der Schreibmaschine vorbei. Während ich am Küchentisch saß und las, warteten er und Marianne im Wohnzimmer. Irgendwo in der Mitte des Buches wurde es draußen dunkel, und Diane kam herein und schaltete das Licht ein. Ich glaube, es war Diane. Könnte auch Marianne gewesen sein. Ich hatte gar nicht gemerkt, dass ich fast im Dunkeln las, die Nase dicht vor der Seite und mit zitternden Händen. Die Panik in mir erzeugte einen regelrechten Tunnelblick. Ich konnte nur weiterlesen.

Das Manuskript enthielt ein oberflächlich getarntes und wenig schmeichelhaftes Portrait von mir: *Robert*. So sieht er mich also!, dachte ich. Als naiven Clown, über dessen Entrée in die Welt er schreiben wollte. Ereignisse, Persönliches, das ich ihm im Vertrauen offenbart hatte, wurden Absatz für Absatz ordentlich getippt ausgebreitet. Es war unglaublich verletzend. Er schrieb über meine Affäre mit Dianes Freundin, einer Organisatorin in Tennessee, von der Diane nichts gewusst hatte. Er zitierte wenig schmeichelhafte Bemerkungen von mir, die ich in der Hitze des Gefechts über unsere Freunde und Kollegen geäußert hatte, und wie ich das Engagement für die Sache bei bestimmten Leuten ungerechterweise in Frage gestellt hatte. Aber da standen auch Dinge, die von den meisten vermutlich gar nicht als Geheimnis empfunden wurden, für mich aber eine Missachtung darstellten – die Beschreibung zum Beispiel, wie ich zum ersten Mal eine Pflaume aß. Ich war Studienanfänger am College, und Dennis hatte mir meine erste Pflaume geschenkt, über die ich mich sehr freute. Dass er diese schlichte Szene einbaute und so verdrehte, dass sie in sein Narrativ passte – die Pflaume als offensichtliches Symbol für mein sexuelles Erwachen –, Mann, ich weiß, es klingt blöd, aber das macht mich noch heute stinksauer! Als ich zur letzten Manuskriptseite kam, war ich nur schockiert.

Nach der Veröffentlichung des Buches galt seine Version der Bewegung als Evangelium. Er wurde berühmt. Jeder ging davon aus, ich müsse dankbar sein, meinen Namen in der

Danksagung erwähnt zu sehen. Vielen Dank, Dennis, dass du mir einen Platz auf deiner Arche der Unsterblichkeit aufgehoben hast! Und damit kein Missverständnis entsteht: Ich verfolgte seine Karriere aus der Ferne weiter und lud ihn als Gastdozent an der Uni ein. Ich benutzte ihn, wie er mich benutzte. Er war ein begabter Scheißkerl, aber seine Bücher waren so beschränkt und brutal wie er, und in jeder Seite steckte Mariannes Blut.

AMANDA

Alles, was ich im Leben erreicht habe, ist meiner Ausdauer, Entschlossenheit und harter Arbeit zu verdanken. Meine Beziehung mit Dennis war keine Ausnahme. Ich bin der Typ Mensch, der auch Astronaut hätte werden können, wenn ich es gewollt hätte.

Ich hatte ein Zimmer in einem Inn nicht weit vom Times Square. Dort wohnten geschiedene Väter und Prostituierte – die Sorte von Leuten, die wöchentlich zahlt. Ein zwielichtiger Osteopath schrieb mir ein Attest, in dem stand, dass ich an den psychischen Folgen und den Komplikationen der Fehlgeburt litt, und damit konnte ich mich von der Uni beurlauben lassen, ohne dass ich mein Stipendium verlor.

Aber ich war nicht tatenlos. Ich machte Termine für Interviews und Treffen mit Dennis' Freunden, angeblich für meine Doktorarbeit. Ich knüpfte eine Beziehung zu seiner Schwester Rose. Mein Eindruck war, dass sie schon lange darauf gewartet hatte, jemandem ihre Meinung zu verschiedenen Ereignissen in Dennis' Leben zu offenbaren.

Ich wollte alles wissen, aber vor allem interessierte mich, was Dennis in einer Frau suchte. Ich war sicher, dass ich all diese Eigenschaften verkörpern könnte. Dass er mich anziehend fand, wusste ich schon, das war also kein Problem. Wegen meines Eingriffs hatten wir zwar nicht miteinander geschlafen, aber wir waren uns nahegekommen.

Wenn ich tagsüber Leute interviewt und Dennis' frühere

Lieblingsorte besucht hatte, war ich oft erschöpft, fand aber keine Ruhe. Ich war den Stadtlärm nicht gewöhnt – besonders in dem Inn herrschte wegen der Prostituierten ein reges Nachtleben –, und weil ich tagsüber so konzentriert und angespannt war, konnte ich abends nur schwer einschlafen. Um müde zu werden, fuhr ich mit der U-Bahn oder tigerte in den Gängen auf und ab. Manchmal hatten die Prostituierten Gras, das sie mit mir teilten, und das war schön, weil es mir beim Einschlafen half.

Da ich mit meinem Stipendium in New York nicht sehr weit kam, musste ich das Zimmer über Barrys Kreditkarte laufen lassen. Irgendwann weigerte sich Barry, das Zimmer weiterzuzahlen, wenn er mich nicht besuchen dürfe. Also kam er über ein langes Wochenende, und ich ging pflichtschuldig mit ihm in die Oper und ins Met, und wir »liebten uns«, wie er es nannte, und danach hielt ich ihn, während er schluchzte. Dieser Besuch zeigte mir, dass ich mich von den anderen Bewohnern des Inns nicht groß unterschied. Als Barry ins Taxi stieg, um zum Flughafen zu fahren, winkte ich ihm auf dem Gehsteig zu und war heilfroh, ihn endlich los zu sein. Eine Woche später starb mein Onkel und hinterließ mir eine kleine Erbschaft, danach brach ich jeden Kontakt zu Barry ab. Ich hätte in ein besseres Hotel oder gar in eine kleine Wohnung ziehen können, doch das schien nicht nötig zu sein.

EDITH [1997]

Auf beiden Seiten der Straße stehen dicht an dicht Bäume. Im Licht der Scheinwerfer tauchen sie kurz auf, verflachen wieder und verschwinden im Dunkel. Über lange Strecken sind wir die Einzigen auf der Straße.

Charlie erzählt mir von einer Frau, die er in einem verlassenen U-Bahn-Tunnel traf.

»Sie hatte da unten eine ganze Wohnung. Eine C-c-couch. Ein Bett. Einen Kühlschrank. Ein Bücherregal. Sie hatte mehr Möbel als ich und das Stromnetz angezapft. Es war praktisch ein Zimmer unter der 7th Avenue.«

Ich wende den Blick vom Fenster und sehe ihn an.

»War sie schön?«, frage ich. Eine Meerjungfrau im Untergrund. Mit Dreck im langen Haar. Meine Mutter.

»Die o-o-obdachlose Frau?« Er sieht mich an.

War meine Frage komisch?

»Du hast eben gesagt, sie war nicht obdachlos, dass sie eine Wohnung in einem Tunnel hatte.«

Er nickt und sagt dann nach einer Weile: »Nein, sie war n-n-nicht schön.«

»Ich hab nur versucht, sie mir vorzustellen«, sage ich leise und schalte das Radio ein, um meine Verlegenheit zu überspielen. Ich gehe die Sender durch, rückwärts und vorwärts, aber weil ich nichts finde, lasse ich das Rauschen und drehe es runter, bis es ganz leise ist, dann lehne ich mich zurück.

Er lächelt. »Du magst Rauschen?«

»Ja.«

»Wieso?«

»Keine Ahnung … Es erinnert mich an meine Zeit als kleines Kind.« Ich betrachte sein Profil. »Meine Mom hat Mae und mich immer vor den kaputten Fernseher gesetzt.«

»Weißes Rauschen ist s-s-sehr beruhigend. Klingt wie das Innere in einem Mutterleib.«

»Nein.«

»N-n-nein?«

»Nein. Ich meine, es ist vielleicht beruhigend, aber deswegen hat sie uns nicht vor den Fernseher gesetzt.«

»Warum dann?« Er gähnt mit geschlossenem Mund. Seine Nasenflügel beben.

»Wir mussten uns den Schnee auf dem Bildschirm anschauen und ihr sagen, was wir sehen.«

»Ein Spiel?«

»Ja.« Für Mom war es das. Mae würde es nicht so sehen. Und ich schätze, manchmal war es auch nicht sehr lustig. Ich habe Charlie noch nichts von der Nervenklinik erzählt und nur von »Klinik« gesprochen. Ob er es immer noch als Spiel bezeichnen würde, wenn er das wüsste?

»Und was habt ihr so gesehen?«

»Nichts, nur Schnee. Aber ich hab Sachen erfunden und Filmszenen beschrieben, die ich bei anderen Leuten gesehen hatte.« Mir war klar, dass Mom etwas wollte, und ich wollte es ihr geben. Ich habe es versucht und bin gescheitert. »Aber meine Schwester hat Dinge gesehen.«

»Und welche?«

»Traumbilder. Seltsames Zeug.«

»Woher willst du wissen, dass sie sich nicht auch w-w-was ausgedacht hat?«

»Keine Ahnung. Aber sie fiel in Trance. Man konnte sie kneifen, und sie hat nichts gemerkt. Außerdem war es ziemlich langweilig, was sie gesehen hat. Eine Schlange, die einen Baum hochkriecht. Ein Junge im Ruderboot. Wenn sie sich was ausgedacht hätte, wäre es bestimmt viel dramatischer gewesen. *Ein Mann mit einem Messer!* Solche Sachen. Warum einen Jungen in einem Boot erfinden?«

»S-s-solche Sachen hat sie auf dem Bildschirm gesehen?«

»Ja. Verrückt, oder?« Ich bin mir nicht sicher, was ich von Charlie hören will. Vermutlich wünsche ich mir Bestätigung von ihm, aber wenn er »ja« sagen würde, würde es mir auch nicht passen. Seit wir in New York sind, hat Mae sich seltsam verhalten, aber irgendwie nicht äußerlich, nicht auf eine Weise, die ich jemandem erklären könnte. Wenn ich es versuchen würde, würde man wahrscheinlich mich für verrückt halten.

Charlie zuckt die Schultern. »Klingt k-kreativ. Meine Eltern haben sich nie Spiele ausgedacht. Wenn unser Fernseher kaputt war, wurde er repariert. Sie haben es nicht als Gelegenheit gesehen, um meine K-k-kreativität zu fördern. Sie hatten keinen Sinn für Hu-humor. Sie waren nicht unglücklich, nur sehr praktisch.«

Ich schätze, genau das hat Mom gemacht, unsere Kreativität gefördert. Ich gähne. Die Uhr auf dem Armaturenbrett zeigt 3.52 Uhr. Es war ein langer Tag.

»Wie in diesen M-Magic-Eye-Büchern«, fährt Charlie fort.

»Was?« Ich rolle eine Jacke zusammen und benutze sie als Kissen.

»Du weißt schon. Diese B-b-bilderbücher, die aussehen wie abstrakte Kunst, aber wenn du sie anstarrst, bis dein Blick verschwimmt, oder wenn du dich auf einen bestimmten Punkt konzentrierst, taucht ein 3-D-Bild auf. Ein L-l-löwenkopf oder ein Haus oder w-w-was immer. Hast du noch nie ein Magic-Eye-Buch gesehen?«

Ich schließe die Augen. »Nein, noch nie gehört.«

»Ja, das g-g-gefällt mir«, sagt er nach einer Weile laut, aber eher zu sich selbst.

Ich döse ein. Mein Körper wird schwerer, aber mein Verstand leichter.

»Das mit deiner Mutter kann ich mir vorstellen«, höre ich ihn durch den nebligen Schlaf sagen.

Ich stehe mitten in der Küche, und das Wasser läuft aus der Spüle über. Woher will Charlie wissen, was meine Mutter tun würde oder nicht? Ich schlafe. Das Pfeifen des Wasserkessels weckt mich. Draußen ist es dunkel. Ich bin allein. Ein Zug fährt vorbei. Wir parken am Rand einer leeren Weide. Charlie ist nicht auf dem Fahrersitz. Er hat mich hier zurückgelassen. Der Zug ist sehr nah, vielleicht ist er auf einen Waggon aufgesprungen. Hatte er mir das nicht mal erzählt? Nach dem Tod seiner Mutter ist er wie ein Hobo auf Zügen nach Ohio gefahren. Ich drehe die Scheibe nach unten und spähe durch die Dunkelheit auf die Weide. Die Luft fühlt sich still und feucht an. Als ich mich umdrehe, liegt Charlie ausgestreckt auf der Ladefläche und schläft.

MAE

Ich hatte gehofft, Edies Abreise würde Dad und mich zusammenschweißen, doch so war es nicht. Er war distanziert und in Gedanken oft woanders.

Es war schwer, das nicht persönlich zu nehmen, aber vermutlich waren andere Gründe im Spiel, die wenig mit mir oder Edie zu tun hatten. Er stand unter großem Druck, sein nächstes Buch zu schreiben. Ich folgte ihm zu einem Treffen mit seinem Lektor in einem Restaurant in der Upper East Side, und als er mich erwischte, durfte ich ihn begleiten, vielleicht weil er hoffte, ich könnte als Ablenkung dienen. Der Lektor war ein älterer Herr mit grauem Schnurrbart, der mich während der Vorspeise nach meinen Hobbys und Interessen fragte, doch kaum war der Hauptgang serviert, wechselte er in den Geschäftsmodus und gab Dad unmissverständlich zu verstehen, dass der Vertrag null und nichtig wäre, wenn er den Abgabetermin des Manuskripts noch einmal verschieben und Dad den Vorschuss zurückzahlen müsse.

Auf dem Rückweg vom Restaurant war Dad schweigsam. Es war ungewöhnlich warm für die Jahreszeit, deshalb gingen wir durch den Central Park, in dem es von Inlineskatern und Leuten mit Hunden wimmelte. Ich konnte es nicht ertragen, ihn so aufgewühlt zu sehen, und flehte ihn an, den Vorschuss zurückzuzahlen, wenn er das wollte. Ich sagte, dass ich gern im Central Park unter einem Fels leben würde, solange er bei mir wäre. Was bildete sich dieser alte Knacker ein, dass er uns Vorschriften machte? Wir brauchten das Geld von diesem blöden Wichser nicht. Dad lächelte matt, zerzauste mir das Haar und kaufte uns beiden ein Eis. In Wirklichkeit brauchten wir das Geld dringend, weil unter anderem Moms Klinikkosten bezahlt werden mussten. Bisher hatte ich nicht gewusst, dass Dad uns in Louisiana finanziert hatte. Mom hatte es nie erwähnt, und ich hatte mir nie Gedanken darüber gemacht, woher unser Geld kam.

Kurz nach dem Treffen mit dem Lektor fing Dad an zu schreiben. Er schrieb den ganzen Tag und oft bis in die Nacht. Die Schreibmaschine, die er benutzte, war ziemlich laut. Nachts lag ich im Bett und horchte, wie er auf die Tasten hämmerte. An den Geräuschen versuchte ich herauszuhören, was er schrieb.

Er ließ nie eine Seite in der Maschine. Morgens, wenn er noch schlief, schlich ich in sein Zimmer und sah nach. Manchmal legte ich mich neben ihn und betrachtete sein Gesicht. Wenn ich die Augen zusammenkniff und das Licht schummrig genug war, erkannte ich den Mann auf dem Polizeifoto. Um die Mundwinkel und Wangenknochen fanden sich Spuren seines früheren Gesichts. Wenn ich dieses Spiel leid war, kitzelte ich ihn mit meiner Zopfspitze an der Nase, bis er aufwachte, dann machte ich uns Kaffee, saß mit ihm am Küchentisch und wartete darauf, dass er etwas Nettes zu mir sagte, dass er mich zur Kenntnis nahm und mich liebte.

RIVKA

Ich war in meinem Hinterzimmer und sah mir die Lieferung von einem neuen Künstler an, einem Taubstummen, der großartige Esslandschaften malte. Das Thema der Ausstellung war »Der bodenlose Hunger«, etwas, was in jedem von uns existiert. Ich sah gedankenverloren zu, wie mein Assistent die Leinwände auspackte, und war deshalb erschrocken, als plötzlich eine fremde Frau neben mir stand.

»Sie dürfen hier nicht rein«, sagte ich zu ihr.

»Rivka Procházková«, erwiderte sie. »Ich hatte gehofft, wir könnten kurz miteinander sprechen.«

Ich erstarrte. Ihre Stimme, ihre Bestimmtheit – ich erinnere mich noch heute an das Gefühl, das sie in mir auslöste. Eis im Herz. Ich dachte: Das ist der Moment, den ich immer gefürchtet habe. Meine Tochter hat mich gefunden. Als Teenager hatte ich sie in einem Waisenhaus abgegeben.

Ich hatte mir lange gewünscht, meine Tochter würde auftauchen, damit es vorbei und erledigt wäre. Damit ich nicht jedes Mal, wenn eine Frau in einem bestimmten Alter mich ansah, fast in Ohnmacht fiel. Irgendwann wurde mir klar, dass ich mir das Auftauchen meiner Tochter aus anderen, sentimentaleren Gründen wünschte. Und dann dachte ich schließlich so oft an sie, dass ich beschloss, sie aufzuspüren, und das war eine sehr traurige Geschichte. Aber sie hat nichts mit der Frau in der Galerie zu tun. Diese Frau war nicht meine Tochter. Sie schrieb ein Buch über Dennis. Angeblich war sie Studentin, oder sagte sie Journalistin? Ich versuchte immer noch ruhig zu atmen, während sie ihr Anliegen erklärte.

Ihre Fragen nach Dennis waren persönlicher Art. Ich weiß nicht, warum ich ihr so brav antwortete. Wahrscheinlich hatte ich aufgrund des anfänglichen Missverständnisses das Gefühl, ich sei ihr etwas schuldig. Sie wollte wissen, wie Dennis und ich uns kennengelernt hatten, und ich erzählte ihr von der Preisverleihung, bei der wir an einem Tisch gesessen hatten. Sie wollte wissen, ob ich hinter ihm her war, was ich bejahte. Dann fragte sie, wie er als Liebhaber gewesen sei, und ich sagte, gut, sehr gut. Ich hatte viele Liebhaber gehabt, aber Dennis gehörte zu den denkwürdigen.

»Und wieso?«, fragte sie.

Ich sagte, die meisten Leute glaubten, ein guter Liebhaber zu sein heiße Erleichterung vom bodenlosen Hunger, wie vorübergehend auch immer, aber Dennis begriff, dass genau das Gegenteil der Fall war und wir der Hunger werden mussten. Meine Antwort gefiel ihr nicht. War ihr zu abstrakt. Dann fragte sie nach seinen sexuellen Vorlieben. Ich sagte, da müsse sie ihn selbst fragen. Ob ich auf den Knien zu ihm gekrochen war, wollte sie wissen. Ob er mir ins Gesicht gepinkelt hatte? Ihre Hartnäckigkeit überraschte mich. Ich gab ihr zu verstehen, dass ich nichts mehr zu sagen hätte. Mein Assistent begleitete sie nach draußen, schloss die Tür ab und führte mich in den hinteren Raum, wo er mich auf dem Fußboden zwischen den frisch eingetroffenen Leinwänden vögelte. Er ist ein Mann, der es mag, wenn ich über meine Beziehungen mit anderen Männern spreche.

MAE

Während Dad Tag und Nacht tippte und Seiten zerknüllte, langweilte ich mich zu Tode. Ich spielte mit der Katze, choreografierte einen Tanz zum Rhythmus der Schreibmaschine, schlug ein Buch in der Mitte auf und fing an zu lesen. Aber nichts konnte mich wirklich ablenken, weil ich vollkommen auf ihn fixiert war – ich konnte mich auf nichts anderes konzentrieren.

Tagsüber waren meine Highlights die Mahlzeiten, für die Dad sein Zimmer verließ. Er nahm mich entweder zum Thai an der Ecke mit oder zum Griechen auf der anderen Straßenseite. Aber er war oft geistesabwesend, und es verletzte meine Gefühle, dass er die Realität seines Buches dem Zusammensein mit mir vorzog. Als Edie noch da war, hatte er sich nicht so verhalten.

Nach einem Essen im Thai-Restaurant, bei dem er nicht ein Wort von sich gab, hielt ich es schließlich nicht mehr aus. »Du liebst sie mehr als mich«, sagte ich, während er über unsere leeren Teller hinweg ins Nichts starrte.

»Wen?«, fragte er, blinzelte mehrmals und war kurz wieder bei mir.

Ich hatte Edie gemeint, merkte aber, dass er an jemand anderen dachte.

Ich war empört, schmollte und strafte ihn den ganzen Nachmittag mit Schweigen, aber ich glaube, er merkte es gar nicht. Wenn er auf dem Weg zum Bad oder in die Küche an mir vorbeiging, schaute er mich an, ohne mich wirklich wahrzunehmen. Vielleicht war es Mom ähnlich ergangen, als sie mit ihm zusammen war. Ich konnte nachvollziehen, dass sein Verhalten einen in den Wahnsinn treiben konnte. Um seine Aufmerksamkeit zu gewinnen, machte ich dumme Sachen. Beim Gemüseschnippeln für unseren Salat schnitt ich mir absichtlich in den Finger. Er legte mir einen Verband an, aber egal. Der Reiz von was immer ihn beschäftigte, war stärker als die von mir inszenierten Szenen. Es war, als lebte er in einer Unterwasserhöhle und ich plantschte in der Badewanne. Wenn ich bei ihm sein wollte, musste ich in die Höhle hinabsteigen. Und genau das tat ich irgendwann.

EDITH [1997]

Als ich aufwache, fahren wir durch die Berge. Sie sind wunderschön. Mann, wie gut es mir geht. Ich habe das Gefühl, als wäre gestern ein Kokon, aus dem ich heute als mein wahres Ich geschlüpft bin. Offenbar habe ich lange geschlafen, denn durch die Windschutzscheibe fällt gelbes Licht. Nachmittagslicht. Das beste Licht, laut Mom. In ein paar Stunden bin ich bei ihr.

Ich beobachte Charlie beim Fahren. Sein Mund ist leicht geöffnet, das Haar hängt ihm in die Stirn, die Wimpern im Sonnenlicht wie kleine Heiligenscheine. Er wirkt so normal, wenn er nicht stottert, so gutaussehend. Ich muss daran denken, wie seine Lippen und sein Kinn beim Sprechen zittern. Mae hat recht, das ist abstoßend, aber irgendwie auch faszinierend. Ich stelle mir seinen zitternden Mund auf meinem vor. Seine Zunge, die sich um meine schlingt.

»Guten M-morgen«, sagt er. Er hat gemerkt, dass ich ihn beobachte.

Ich gähne und strecke mich. Gähne wieder. Als ich sehe, wie er mit zusammengekniffenen Augen auf die Straße blickt, lehne ich mich über den Fahrersitz und ziehe die Sonnenblende nach unten, worauf er mich ansieht, als hätte noch nie jemand etwas so Nettes für ihn getan. Ich trinke einen Schluck lauwarmen Kaffee aus seinem Pappbecher. Die Uhr zeigt 17.47.

»Wo sind wir?«, frage ich.

»West Virginia. Bist du h-h-hungrig?«

Die Werbetafeln entlang der Straße blockieren die Sicht auf die Berge. Sie zeigen den verbleibenden Abstand zu einem Diner an, in dem es den ganzen Tag Frühstück gibt. Die Eier glänzen, das Würstchen glänzt, die Pfannkuchen sehen aus, als könnte man mit dem Gesicht nach unten ein Nickerchen in ihnen machen. Wir beschließen, dort anzuhalten. Mir ist schwummrig. Ich brauche etwas zu essen.

Die Luft auf dem Parkplatz ist warm und riecht herrlich. Ich packe Charlie an seinem karierten Flanellärmel.

»Spürst du das?«, frage ich und halte mein Gesicht in den Wind.

»W-w-was?«

Wir haben den Frühling hinter uns gelassen und befinden uns im Sommer. »Die Luft. Sie hat schon was Südliches.«

Charlie lacht. »Du r-r-riechst dein Zuhause. Wie dieser Hund, der immer den Weg zurückf-f-findet.«

»Nennst du mich etwa einen Hund?«, frage ich und schüttle ihn lachend am Ärmel. »Nennst du mich einen verdammten Hund?«

Unser Lachen folgt uns ins Diner, durchdringt das Summen der Neonlichter und der kratzenden Bestecke. Ich bitte um die Nische mit dem malerischen Ausblick auf die Berge und lasse seinen Ärmel erst los, als wir sitzen.

»Hier riecht es wie im Schwimmbad«, sage ich.

»Sie haben gerade den B-b-boden gewischt.« Charlie zeigt auf einen Eimer und einen Mopp, der in einer Ecke des Raums an der Wand lehnt.

Die dicke Kellnerin bringt uns Wasser. Die dünne diskutiert durch das kleine Fenster mit irgendwem in der Küche.

»Was nimmst du?«, frage ich und schlage die zusammengeklebten laminierten Seiten der Speisekarte auf. Alle Gerichte sind mit Foto abgebildet.

Charlie zeigt auf das Bild von einem Wackelpuddingsalat, und ich muss lachen, weil ich das Spiel kenne – wer findet das ekligste Gericht auf der Speisekarte? »Die h-h-hiesige Spezialität«, liest er vor.

Ich überfliege die Vorspeisen und zeige auf ein graues Stück Fleisch auf einem Spaghetti-Nest. Durch die verwaschenen Druckfarben sieht das Ganze besonders gruselig aus. »Ich nehme das Tatortfoto«, sage ich.

Er kriegt sich nicht mehr ein. Wir lachen länger, als es vermutlich angebracht ist, denn so lustig ist das gar nicht. Als ich das Bild wieder betrachte, muss ich noch lauter lachen. Nein, es ist ziemlich lustig. Charlie legt die Speisekarte beiseite, damit wir sie nicht mehr studieren können. Er atmet tief durch, trinkt einen Schluck Wasser, kaut auf dem Eis und grinst.

Und dann sehen wir uns über den Tisch hinweg an, lächeln und schweigen. Zwei Minuten vergehen, vielleicht auch mehr. Ich wende den Blick ab. Etwas in seinem Gesicht wirkt so offen, dass es mir peinlich ist. Ein Gefühl durchbohrt mich von der Kehle bis zwischen die Beine. Unser Eiswasser in den achteckigen Plastikgläsern wirft lange Schatten auf die Tischplatte. Kleine schwarzweiße Ozeane.

»W-w-was denkst du?« Er bricht das Schweigen als Erster.

»Ich schätze … dass ich glücklich bin.« Ich sehe ihn an, aber nicht seine Augen.

Er nickt. »Das Glück war wie ein Bulle, und sie versuchten sich daran festzuhalten«, flüstert Charlie.

»Was?«

»D-d-das ist ein Zitat aus dem Buch deines Vaters«, sagt er. »T-t-tut mir leid, ich dachte, du kennst es.«

»Oh, nein«, sage ich. »Ich hab noch nie was von ihm gelesen.«

Über wessen Glück hatte Dennis geschrieben? Seines und Moms? Das Glücksrodeo. Ich würde sagen, er und Mom haben es nicht besonders gut beherrscht. Sie sind beide runtergefallen und dann? Hat das Glück sie zertrampelt? *C'est la vie!* Was für eine merkwürdige Metapher. Ich überlege, was *Bulle* auf Französisch heißt. *Vache*? Nein. Das heißt *Kuh*. Das Glück gleicht einer Kuh. Die Kellnerin gleicht einer Kuh. Ihr Bauch, halbiert durch die Schürze, sieht aus wie ein Euter. Sie leckt die Spitze ihres Bleistifts an und nimmt unsere Bestellung auf. Wir nehmen beide nicht das, was wir vorher ausgesucht hatten.

Als sie weg ist, zündet Charlie sich eine Zigarette an. Ich gebe ihm ein Zeichen, dass er sie mir geben soll.

Er zögert. »I-i-ich wusste nicht, dass du rauchst.«

Meine Hand streift seine Finger, als ich die Zigarette nehme.

»Tu ich auch nicht«, sage ich und stecke mir die Zigarette in den Mundwinkel, ohne zu ziehen. Dann versuche ich, einen Rauchkringel zu machen. Mom hat mir das mal gezeigt, aber ich muss husten.

»Alles in O-o-ordnung?«, fragt Charlie, holt sich die Zigarette zurück und schiebt mir mein Wasserglas zu.

Ich nicke, immer noch hustend. Ein altes Paar in einer Nische auf der anderen Seite des Restaurants beobachtet uns. Aus der Nase der Frau ragen Schläuche, die mit einer Sauerstoffflasche verbunden sind. Ich winke und huste, winke und huste. Trinke einen Schluck Wasser, hole tief Luft.

»Das war peinlich«, sage ich, als ich endlich nicht mehr huste. Charlie muss mich für eine echte Idiotin halten.

»Wahrscheinlich ist es besser, gar nicht erst anzufangen«, sagt er mit der Kippe im Mund. Mit Zigarette sieht er anders aus. Sexy. Fast ein bisschen cool.

Die Bedienung stellt einen Monsterstapel Pfannkuchen vor mir ab. »Möchten Sie noch etwas?«, fragt sie Charlie.

Er gießt sich scharfe Sauce über die Eier und tunkt den Toast in das Eigelb. Eine Zeit lang essen wir schweigend und betrachten den Berg vor dem Fenster. Im Gegensatz zu der blauvioletten Bergkette in der Ferne ist dieser Berg mit hellgrünem Gras bewachsen und erinnert an einen sehr schwierigen Golfplatz.

»Und«, sage ich nach mehreren Happen Pfannkuchen, »was ist mit dir? Was denkst du gerade?«

Dass du auch glücklich bist? Dass du mich toll findest, obwohl ich mich mit einer Zigarette zur Idiotin mache?

Er kaut langsam, schluckt und steckt sich dann die Zigarette in den Mund, bevor er antwortet. »An die Sprengung der Bergspitze«, sagt er.

Was?

Er behält die Zigarette beim Sprechen im Mund. »Siehst du das Gras da oben?« Er zeigt mit der Gabel, deren Zinken mit Eigelb verklebt sind. »Eigentlich dürfte es da oben nicht so aussehen. Eine Kohlegesellschaft, wahrscheinlich Massey, hat den Berggipfel weggesprengt, um an die Kohle zu kommen, die Oberfläche in eine Mondlandschaft verwandelt und das Wasser und die Luft mit Chemikalien verschmutzt. Im Innern des Bergs ist ein großer giftiger Teich mit den Abwässern, ein sogenannter Schlammteich. Die Wahrscheinlichkeit, dass die Leute hier in der Gegend, vor allem die Kinder, Krebs, Asthma und alle möglichen schrecklichen Krankheiten kriegen, ist dreißigmal höher als anderswo. Später hat die Kohlegesellschaft die Sauerei ›verschönert‹ und mit Gras bepflanzt …«

Das ist es! Charlie hat nicht gestottert. Er braucht eine Zigarette im Mund. Vielleicht raucht er deshalb. Oder vielleicht liegt es an seiner Wut über den Berg. Als könnte er sein Stottern überwinden, wenn er über etwas Wichtiges spricht.

»Was ist?«, fragt er.

Ich zucke die Schultern.

»Du schaust m-m-mich so komisch an.« Da ist es wieder. Er drückt die Zigarette aus und greift über den Tisch nach meiner Hand. »Also, willst du gehen?«

»Wohin?«

»Zu dem Schlammteich. Ein kleines A-a-abenteuer.«

»Ja, klar.«

Seine Hand ist warm und schwielig. Ich möchte, dass Charlie mein Gesicht und meinen Körper mit seinen großen, seltsamen Händen berührt und mich küsst. Er würde nach scharfer Sauce, Zigaretten und Kaffee schmecken. Er ist viel verlässlicher, als Markus es je war. Die Sache mit Markus war lächerlich. Ich kann nicht fassen, dass sie mich so mitgenommen hat.

Charlie lässt meine Hand los und greift nach seiner Brieftasche, als die Bedienung die Rechnung bringt. Ich biete an, zu zahlen, aber er lässt mich nicht.

Und dann steht er auf, als wäre eben nichts zwischen uns gewesen. Er geht voraus, ohne zu merken, dass ich zögere und mir wünsche, der Augenblick wäre noch nicht zu Ende.

Neben einem Tisch mit ein paar Kirchendamen bleibe ich stehen. Ob Charlie merkt, dass ich zurückgefallen bin, und sich umdreht? Dreh dich um und sieh mich an, Charlie. Ob ich ihn teste? Vielleicht. Er geht weiter. Verhalte ich mich wie ein kleines Kind? Wahrscheinlich.

Eine der Frauen trägt einen blaugrünen Strohhut, stellt energisch den Salzstreuer ab und sagt zu der anderen: »Nancy Douglas ist eine Schlampe.« An der Tür dreht Charlie sich um und wartet auf mich. Ich laufe schnell weiter und lande fast in seinen Armen. Aber leider nur fast.

MAE

Nach einer Weile wurde das Hämmern von Dads Schreibmaschine langsamer und verstummte. Dad saß in seinem Zimmer, und als er sah, dass ich ihn auf der Couch beobachtete, stand er auf und schloss die Tür. Hin und wieder schlug er ein paar Tasten an, aber nicht vergleichbar mit dem Geklapper, an das ich mich gewöhnt hatte.

Einmal hörte ich, wie er buchstäblich mit dem Kopf auf den Schreibtisch knallte. Der Lärm weckte mich, und ich wusste sofort, was es war. Keine Ahnung, warum, ich erkannte einfach das Geräusch, und tatsächlich hatte er am nächsten Tag eine lila Beule auf dem Wangenknochen, einen großen Fleck, und als ich ihn anfassen wollte, schlug er meine Hand weg, ohne zu überlegen, dass diese Hand jemandem gehörte, der ihm wichtig war.

Rose rief morgens oft an und wollte Pläne mit uns schmieden, aber Dad dachte sich immer Ausreden aus, weil er sie nicht sehen wollte. Er erzählte ihr nicht, dass Edie nicht mehr bei ihm wohnte. Wahrscheinlich schämte er sich.

Ich erinnere mich noch an ein Telefonat zwischen den beiden, als wir zusammen frühstückten.

»Das ist nicht gut«, hörte ich Rose' blecherne Stimme aus dem Hörer. »Die Mädchen sollten in der Schule sein. Sie müssen mit Leuten in ihrem Alter verkehren. Du hast eine Verantwortung.«

Ich hasste Leute in meinem Alter. Sie waren nur grausam

zu mir oder bestenfalls gleichgültig. Ich kniff Dad in den Arm und sah ihn flehentlich an, den Mund voll unzerkauter Cornflakes. Mich in die Schule zu schicken wäre ein großer Verrat gewesen.

Offenbar tat ich ihm leid, denn er senkte die Stimme, als könnte ich ihn nicht hören, und sagte: »Natürlich, Rose. Aber es ist eine heikle Situation. Das verstehst du doch. Im Herbst gehen sie wieder zur Schule.«

Wenn Dad es darauf anlegte, war Rose leicht zu entwaffnen. »Dann wenigstens ein Abendkurs an der Uni«, sagte sie.

»Ein Kurs an der Uni. Gute Idee!«, sagte Dad und zwinkerte mir zu. Ich senkte den Blick auf meine Milchschale, zuckte die Schultern und bemühte mich, neutral und liebenswürdig zu erscheinen, obwohl ich nicht begeistert war, dass er mich loswerden wollte, und sei es nur für ein paar Abende in der Woche.

Ich hatte gehofft, die Sache mit der Schule wäre vergessen, doch als er später nach einem weiteren quälenden Nachmittag, an dem er nichts geschrieben hatte, zum Abendessen aus seinem Zimmer kam, fragte er mich, was ich gern lernen möchte.

»Nichts«, war die ehrliche Antwort, aber ich sagte: »Fotografie.« Der Gedanke kam mir ziemlich spontan. Als wir noch unsere Spaziergänge machten, hatte Dad Edie und mich einmal in die Buchhandlung The Strand mitgenommen (18 Meilen Bücher!) und mir eine Monografie von Garry Winograds Tierfotografien gekauft.

Dad wirkte zufrieden mit meiner Antwort. Er winkte mich in sein Zimmer, das ich seit Tagen nicht hatte betreten dürfen. Es war ein einziges Chaos. Verknäulte Farbbänder. Überquellende Aschenbecher. Zerknüllte und zerrissene Seiten auf dem Fußboden. Ein säuerlicher Geruch. Ich setzte mich auf sein Bett und sah zu, wie er die Schachteln in seinem Schrank durchwühlte, bis er das Gesuchte fand: Grandpa Jacksons alte Kamera – eine Leica 35 mm, die ich noch heute benutze.

Dad zeigte mir, wie man den Belichtungsmesser einstellte, aber als ich ihn fotografieren wollte, reagierte er gereizt, meinte, ich würde ihn ablenken, und schickte mich zurück ins Wohnzimmer, um die Katze zu fotografieren.

EDITH [1997]

Charlie holt eine Karte heraus und fährt mit dem Finger eine Strecke entlang, bevor er den Motor startet. Ich lausche meinem Atem und beobachte, wie er sich konzentriert, als wäre er voller elektrischer Funken.

»Nicht weit von hier«, sagt er, »führt ein Weg zu dem Schlammteich. Ich war mal mit einem K-k-kumpel dort.«

Ich stelle mir einen matschigen Sumpf vor wie bei uns zu Hause, verborgen irgendwo im Inneren dieses grasbewachsenen Golfplatzes auf dem Berggipfel. Ich stelle mir vor, wie Charlie und ich Händchen haltend darin versinken, langsam, ganz langsam. Wie der warme, giftige Schlamm uns an den Beinen hochkriecht. So entstehen Fossilien.

Eine Zeit lang fahren wir unter riesigen Metallschütten eine schmale Straße hoch. Sie erinnern an kaputte Fahrgeschäfte in einem Vergnügungspark, Metallrutschen oder halb abgebaute Achterbahnen. Die anfangs asphaltierte Straße weicht einem Schotterweg, den wir irgendwann verlassen, um zwischen zwei Kiefern zu parken. Die Luft ist schattig und blau. Ein Geräusch wie Rumbakugeln. Grillen oder Laubfrösche?

»Ist es nicht zu dunkel, um etwas zu sehen?«, frage ich.

Charlie schüttelt den Kopf und reicht mir eine Taschenlampe. »Im Dunkeln ist es b-besser.«

Ich schalte die Taschenlampe ein, aber er legt seine Hand über das Licht und sagt: »Noch nicht.«

Wir klettern über einen Maschendrahtzaun und gehen in

dem schwachen grauen Licht schweigend einen unbefestigten Weg entlang, Charlie ein paar Schritte vor mir. Irgendwann macht der Weg eine Biegung, die Bäume lichten sich,
und wir haben einen Ausblick auf die Straße unten, wo sich
die letzten Sonnenstrahlen in den Windschutzscheiben der
vorbeifahrenden Autos spiegeln.

Wir gelangen an einen weiteren Zaun, am oberen Ende ist
Stacheldraht befestigt. Vielleicht sollten wir umkehren, wenn
wir hier unerwünscht sind. Aber Charlie zögert nicht, und
ich sage nichts. Mit ein paar flinken Bewegungen klettert er
über den Zaun, legt seine Jacke über den Stacheldraht und
hält sie fest, damit ich mich nicht verletze. Sobald ich auf
der anderen Seite bin, nimmt er die Jacke vorsichtig weg, um
sie nicht zu zerreißen. Seine Bewegungen sind so schnell, prä-
zise und kontrolliert – wieso nicht auch sein Mund?

Es ist schon dunkel, als wir eine kleine Lichtung mit ge-
parkten Kränen und Traktoren erreichen. Ihre Umrisse erinnern an Dinosaurier. Im Zickzack gehen wir zwischen ihnen
durch und folgen dann einer unbefestigten Straße in den
Wald. Als in der Ferne die Scheinwerfer eines bergab fahren-
den Autos aufleuchten, zieht mich Charlie hinter einen großen Fels.

»Was machen sie, wenn –« setze ich an, aber er schüttelt
den Kopf und legt mir sicherheitshalber eine Hand auf den
Mund. Was machen sie, wenn sie uns hier erwischen? Hat
er denn gar keine Angst?

Ich spüre seinen Atem auf meiner Wange und glaube schon,
dass er mich gleich küsst, aber das tut er nicht. Kaum ist das
Auto vorbei, richtet er sich auf und wir gehen weiter. Obwohl
es inzwischen vollkommen dunkel ist, will er nicht, dass wir
die Taschenlampen benutzen. Wir stolpern fast über den drit-

198

ten Zaun, hüfthoch und aus Holz. Das Holz ist alt und moosbewachsen, vergammelt. Wahrscheinlich wurde der Zaun vor langer Zeit errichtet und dann vergessen.

BRIEF VON JACKSON MCLEAN
AN DENNIS LOMACK

4. Januar 1969

Lieber Dennis,

ich hoffe, Du bist wohlauf und Dein Studium an der Columbia geht voran. Hier ist die Stimmung ziemlich aufgeheizt. Vermutlich hast Du von Ann erfahren, was man mir vorwirft. Ich habe mich bemüht, Marianne so gut es geht vor der Sache zu schützen, aber einiges bekommt sie natürlich mit. Und zu allem Übel lässt mich meine Gesundheit im Stich.

Was den Prozess angeht – ich habe wirklich nicht erwartet, dass ich auf »allem, was uns heilig ist«, herumtrampeln kann und damit ungeschoren davonkomme. Die Gegenreaktion war unvermeidlich. Wenn man in eine Richtung schiebt, schwingt das Pendel mit gleicher Kraft zurück, und ich stehe nun mal im Weg. Ich wünschte, ich könnte sagen, dass ich Anns sturen Optimismus teile, aber das tu ich nicht. Wenn der Prozess mich nicht umbringt, dann meine Krankheit.

Es fällt mir schwer, diesen Brief zu schreiben, weil ich Dich als Mann sehr bewundere. Für mich bist Du ein Freund und ein anständiger Mensch. Aber ich glaube, Du verstehst, warum ich Dich gebeten habe, nicht zu kommen. Die Wahrheit ist – und Du kannst es abstreiten, solange Du willst, aber warum einen sterbenden Mann anlügen? –, dass ich schon seit einiger Zeit beobachte, wie sich zwischen Dir und meiner Tochter etwas entwickelt.

Ich will Dich mit meinen Zeilen nicht verletzen. Du verdienst es, glücklich zu sein, aber nicht mit meiner Marianne. Sie ist empfindlich, und ich kenne Dich inzwischen gut genug, um sagen zu können, dass Du ihr schaden wirst. Es interessiert mich nicht, ob es unabsichtlich und versehentlich geschieht. Du wirst ihr wehtun, und ich will Dich nicht in ihrer Nähe wissen. Hast Du verstanden? Ich hätte Dich nie dazu ermutigen sollen, ihr zu schreiben. Sie ist ein Kind. Sie sieht zu Dir auf und schläft mit Deinen Briefen unter dem Kopfkissen und bildet sich vermutlich ein, dass sie in Dich verliebt ist, aber was weiß sie schon? Ihre Gefühle werden sich verändern. In zwei Jahren bist Du eine blasse Erinnerung.

Ich bitte Dich aufzuhören, ihr diese Briefe zu schreiben, diese schrecklichen, unterschwellig verführerischen Briefe. Warum machst Du das? Damit Du es abstreiten kannst, wenn ich Dich erwische? Soll ich glauben, dass Dein Interesse reiner Natur ist? Dass ich mich irre? Für wen hältst Du mich, Dennis?

Betrachte das als den Wunsch eines sterbenden Mannes.

Dein,
Jackson McLean

EDITH [1997]

Charlie und ich kriechen über den Grashügel bis zum Abgrund. Von hier sehen wir den teerschwarzen Teich in der Dunkelheit unter uns glitzern. Auf dem öligen Schimmer ist ein gelber Fleck – der gespiegelte Mond.

Charlie zieht sein T-Shirt über Mund und Nase und gibt mir zu verstehen, es ihm am besten gleichzutun. Der Geruch macht mich schwindelig, Filzstifte und tote Tiere, die Gedärme der Erde. Mein Mund schmeckt metallisch.

Charlie nimmt meine Hand und drückt sie. In der Dunkelheit sehe ich nur sein Profil, das nach unten blickt. »Fast vier Milliarden Liter krebserregender Schlamm«, flüstert er durch sein Shirt.

Er zählt noch mehr Fakten auf, aber sie interessieren mich nicht. Der Teich ist wunderschön. Wie aus einem alptraumhaften Märchen. Er verkörpert alles Böse und Schreckliche und Falsche, geborgen und glitzernd.

Wir bleiben nicht lange, weil die Dämpfe viel zu giftig sind. Auf dem Rückweg zum Truck denke ich ununterbrochen an Mom, an den Teich in ihr, an den gebrochenen Damm und den giftigen Schlamm, der sich in ihre Adern ergießt. Was würde Mae wohl von alldem halten, wenn sie hier wäre?

Ich weiß es. Sie würde sagen, dass ich nichts begreife und dass sie Moms Schlammbecken war.

»Alles in Ordnung?« Charlies Stimme dringt von weit vorne zu mir. »Wir müssen weitergehen. Hast du gehört? Wir müssen weiter.«

KAPITEL 6

EDITH [1997]

Die Nachtluft ist warm und feucht. Ich rolle das Fenster ganz auf und lasse mir den Wind durch mein verfilztes Haar wehen. Ich bin zu Hause. Endlich zu Hause. Schon die Luft lässt meinen Körper ganz leicht werden.

»Die nächste Ausfahrt«, sage ich und klopfe Charlie auf die Schulter. Er setzt den Blinker. Es war ein langer Tag auf der Straße. Ab und zu reißt er die Augen auf, als bekäme er keine Luft, vermutlich eine Technik, um wachzubleiben. Er ist die ganze Strecke gefahren, weil ich nur Automatik beherrsche. Auf dem dunklen Parkplatz einer Tankstelle hatte ich unter seiner Anleitung versucht, mit Gangschaltung zu fahren, aber es lief nicht besonders gut.

»F-f-fahren wir zu dir nach Hause?« Seine Frage endet in einem Gähnen.

»Ins Krankenhaus.«

Ich weiß, es ist spät und das Krankenhaus ist wahrscheinlich nicht für Besucher geöffnet, aber ich möchte kurz das Gefühl haben, ihr nahe zu sein. Es wäre hartherzig, den weiten Weg hierher zu fahren und sie dann nicht sofort zu besuchen.

Ich beobachte Charlies Gesicht, als wir an dem Schild *St. Vincent's* vorbeifahren und vor dem Gebäude halten. Kein Anflug von Erkennen oder Wertung. Ich habe ihm nicht erzählt, dass es eine psychiatrische Klinik ist, und äußerlich ist sie nicht als solche zu erkennen. Im Süden Louisianas gibt es viele alte düstere Bauten, aber dieses gehört nicht dazu. Es ist neueren Datums, unscheinbar, sechs Stockwerke mit einem eingezäunten Garten. Ich war schon tausendmal daran vorbeigefahren und hatte es immer für einen Büropark oder ein Community College gehalten.

Der Parkplatz ist weitgehend leer, nur in einem abgetrennten Bereich stehen ein paar Autos, vermutlich gehören sie Ärzten und Schwestern.

»Die Lichter sind an«, sage ich hoffnungsvoll, als Charlie vor dem Haupteingang hält.

»In Krankenhäusern brennt i-i-immer Licht«, sagt er.

Ich steige aus, während Charlie im Auto wartet. Der Haupteingang ist verschlossen. Ich sehe nur einen leeren Raum, wahrscheinlich ein Wartezimmer, Sofas, Tische, eine Rezeption, wo normalerweise eine Schwester oder irgendwer sitzt. Am Ende des Zimmers führt eine offene Tür zu einem langen, hell erleuchteten Flur, in dem auf halber Höhe ein Wachmann sitzt und Zeitung liest. Ich klopfe und winke, aber die Glasscheibe ist zu dick und schluckt das Geräusch. Der Wachmann blickt nicht auf.

Ich gehe an der Seite des Gebäudes entlang, bis ich eine Hecke erreiche, die um einen hohen schmiedeeisernen Zaun wächst. Ich muss an die Zäune denken, über die wir in West Virginia geklettert sind, aber bei diesem versuche ich es nicht.

Der Zaun führt um den Patientenflügel der Klinik. Die Fenster sind quadratisch, zehn auf jeder Etage. Es sind Fenster wie in Bürotürmen, solche, die sich nicht öffnen lassen. Natürlich nicht. Was denn sonst! Schließlich ist es eine Nervenklinik. In den Zimmern, wo die Rollos hochgezogen sind, ist nichts zu sehen – Deckenplatten und Neonlichter.

In welchem dieser Zimmer liegt Mom? Ob sie überhaupt auf dieser Seite des Gebäudes ist? Ich versuche mich auf jedes

206

Fenster zu konzentrieren und nachzuspüren, ob eines davon mir ein vertrautes Gefühl vermittelt.

Wie albern. Mae würde so etwas machen. Wenn sie hier wäre, würde sie auf ein Fenster zeigen und sagen: »Das da! Ich weiß es genau!«, als hätte sie in ihrem Gehirn ein Zielsuchgerät, das mir fehlt. Aber echt, Mae, und natürlich habe ich ihr das nie gesagt, aber wenn du immer so »im Einklang schwingst« und alles weißt, warum warst du dann verdammt noch mal oben, als Mom sich in der Küche ein altes Springseil um den Hals geschlungen hat?

Eine Hand auf meiner Schulter. Mann! Es ist Charlie. Ich hatte ihn nicht aussteigen hören.

»Ist alles in Ordnung?«, fragt er. »Ich w-w-wollte dich nicht erschrecken.«

Ob ich schon lange hier stehe?

»Ein Pfleger hat mir gesagt, dass die Besuchszeit morgen um 10.00 Uhr beginnt. Ich hab ihn bei seiner R-r-raucherpause erwischt.«

Ich will noch nicht gehen. Charlie steht da und sieht mich an. Ich lächle. Ich lächle, damit er aufhört, mich so anzusehen.

Ein dumpfer Schlag. Als würde ein Vogel gegen eine Scheibe fliegen. Und dann wieder. Das Geräusch kommt aus dem obersten Stockwerk. Das Gesicht einer Frau knallt immer wieder gegen das Fenster. Mein Lächeln erstirbt, und Charlie zieht mich von der Hecke weg. Zwei Schwestern eilen zu der Frau und lassen die Jalousien herunter.

Einen Moment lang dachte ich, die Frau wäre Mom. Aber sie war es nicht. Das war nicht Mom, sondern irgendeine Verrückte. Charlie führt mich seitwärts gehend zum Truck zurück, weil ich nicht den Blick von den Fenstern abwenden kann.

Im vierten Stock meine ich zu sehen, wie die Jalousie auseinandergezogen wird und ein Schatten sich bewegt. Ich bleibe stehen.

Charlie lässt meinen Arm los.

»W-w-was ist?«, fragt er, dreht sich um und späht in die Richtung, in die ich sehe.

Das ist Mom. Irgendwie bin ich mir sicher.

»Nichts«, sage ich und steige in den Truck.

»Morgen früh k-k-kommen wir zurück«, sagt er und startet den Motor.

MAE

An einem Abend holte Dad mich zu spät von meinem Foto-kurs ab. Ich wartete ewig vor dem Gebäude. Als er endlich kam, war etwas an seinem Gesicht, das mir Angst machte. Es war dunkler als sonst. Seine Haut, seine Augen und sogar der Bart hatten etwas Düsteres, das ich noch nie gesehen hatte.

Er sagte, sein Abgabetermin rücke näher und er hätte nichts, was er dem Verlag geben könnte. Was er geschrieben hätte, sei absoluter Mist. Die Kopie einer Kopie einer Kopie von seinem ersten Buch. Die Kritiker würden sich gar nicht erst die Mühe machen, es zu verreißen. Es wäre das Zeitungs-papier nicht wert. Dad gab auf.

Er hatte noch nie mit mir über seine Arbeit gesprochen, und ich fand es aufregend, dass er mir seine Ängste anver-traute.

»Scheiß auf die Kritiker«, sagte ich und fand mich ziemlich kühn, aber er schien mich nicht zu hören.

Er hätte mich nie darum gebeten, das zu tun, was ich dann tat, aber ich wusste, dass es notwendig war.

Ich schwang die Kamera über meine Schulter und sagte mit einer Stimme, die mir selbst fremd war: *Ich will noch nicht nach Hause, bring mich woanders hin*. Es war keine Frage. Es war ein Befehl.

Die Straßenlampen waren eingeschaltet, obwohl es noch hell war. Auf der anderen Seite der Gebäude ging die Sonne unter. Dad sah mich seltsam an. Ich wollte nicht auf sein Zögern, seine Ausflüchte warten. Ich nahm seine Hand und zog ihn hinter mir her.

War es Berechnung? Ich weiß nicht. Ich glaube nicht, dass ich mir dessen bewusst war und mir dachte: von hinten, mit meinem langen Haar auf dem Rücken, meinem neuen Gang und der geborgten Stimme, bin ich das Ebenbild meiner Mutter.

Ich führte uns vorbei an den Mietshäusern im East Village Richtung Downtown. Woher hatte ich gewusst, zu welchem Haus ich gehen musste? Woher hatte ich gewusst, in welchem er mit ihr gelebt hatte? Auf welchem Dach sie sich zum ersten Mal geküsst hatten? Woher hatte ich gewusst, dass jemand Papier ins Schloss gesteckt hatte, sodass die Tür offen war und wir die Treppen hochsteigen konnten, fünf Stockwerke und dann noch eins, bis wir auf dem Teerpappedach unter einem orangefarbenen Himmel standen?

Ich wusste es einfach.

Ein Skeptiker würde vielleicht sagen, dass Dad mich wie einen Einkaufswagen oder einen Kinderwagen gesteuert hatte, obwohl ich vor ihm herging. Dass Hunde nicht zählen können, dass ich unbewusst auf seine leichten Bewegungen reagierte, auf das Anspannen und Zucken seiner warmen Hand. Aber ich glaube, das stimmt nicht. Ich glaube ganz ehrlich, dass meine Mutter in ihrem Krankenhauszimmer saß und ihre Gedanken mit meinen verschmolz. Ich war da, aber da war noch jemand, irgendjemand, der genau wusste, wohin er gehen und was er tun musste.

Oben auf dem Dach standen Dad und ich uns gegenüber. Mit dem Handgelenk schob ich sein schwarzes Haar zurück, wie Mom es getan hätte. Er starrte mich mit diesem traurigen, elenden Blick an. Die Sonne war ein blutiges Gestirn, das hinter uns am Himmel hing.

Es kann sein, dass ich bis zu diesem Punkt eine Rolle gespielt hatte, aber ich kann mit Bestimmtheit sagen, dass ich alles, was auf dem Dach passierte, nicht unter Kontrolle hatte. Die Worte, die aus meinem Mund kamen, waren nicht meine eigenen.

»Marianne«, sagte Dad und packte mein Handgelenk. Und als er das sagte, dämmerte ihm vermutlich der Irrsinn der Situation, denn er schauderte. Er ließ meine Hand los und wich vor mir zurück, als wäre ich ein schwarzes Loch, das ihn in sich hinabzog. Seine eigene Tochter. Als ich ihn umarmen wollte, stieß er mich so fest von sich, dass ich stürzte und mir das Knie aufschürfte.

Er ließ mich auf dem Dach zurück, und ich wurde wieder ich selbst. Ich schämte mich so sehr, dass ich mich nicht rühren konnte. Ich dachte: Endlich hat er gesehen, wie krank und widerlich ich bin. Das war Moms Strafe dafür, dass ich ihn ihr vorzog.

Es war dunkel, als ich nach unten kam, wo Dad in einem Taxi bei laufender Uhr saß. Ich stieg ein, und wir fuhren schweigend nach Hause. Ich fühlte mich gedemütigt, konnte ihn nicht ansehen und ging ohne ein Wort sofort ins Bett. In meinen Kleidern lag ich starr da und dachte, dass ich meine einzige Chance, glücklich zu sein, verspielt hatte.

Und dann hörte ich, wie er anfing zu tippen. Das Hämmern der Schreibmaschinentasten bis in die frühen Morgenstunden war das schönste Geräusch, das ich je gehört hatte.

Am nächsten Tag war Dad lieb und fürsorglich, und wir taten so, als wäre nichts Ungewöhnliches vorgefallen, als wäre alles wieder so wie vor Edies Verschwinden. Er nahm mich sogar mit ins Film Forum, um einen Fellini-Film zu sehen, und ich legte meinen Kopf auf seine Schulter und alles war gut.

AMANDA

Ich brachte Rose öfter Mittagessen in ihre schäbige Anwalts-
kanzlei in Queens. Als Pflichtverteidigerin bestand ihre Klien-
tel aus Vergewaltigern, Gangmitgliedern und kleinen Drogen-
dealern. Das Wartezimmer war voll und roch nach Katzenpisse.
Rose' Standardmiene war mürrisch, doch sobald sie mich sah,
veränderte sich schlagartig ihre Haltung. Wenn ihr Gesicht
entspannt war, glich sie sogar ein wenig ihrem Bruder. Sie redete unglaublich gern über Dennis. Als Junge, sagte sie, sei er
kränklich und fantasievoll gewesen, ein unverbesserlicher Lügner, der, obwohl der Jüngste, immer die spannendsten Gute-
nachtgeschichten erzählte. Sie lud mich zu sich nach Long
Island ein, wo sie angeblich diverse Artefakte besaß, die mit
Dennis zu tun hatten. Ich fuhr mit dem Zug zu ihrem großen
viktorianischen Haus auf dem Gelände der Montauk Academy, eines Elite-Internats, wo ihr Mann Direktor war. Sie ser-
vierte mir Kaffee und führte mich in ein Zimmer, dessen Ein-
richtung an eine Museumsausstellung erinnerte.

Zu bestaunen war Dennis' allererstes Buch, das er mit acht
geschrieben und selbst illustriert hatte. Eine Abenteuerge-
schichte über einen Mann, der ein Geist wird und dann seine
Geliebte verfolgt – thematisch übereinstimmend mit seinem
späteren Werk. Daneben auf dem Regal stand, vergessen und
verstaubt, der schmale Band seiner Märchenübersetzungen. Es
war eine seltene Ausgabe. Ich kannte nur die Kopie von Professor Jones. Für mich hatte das Buch eine sentimentale Di-

mension, weil es mir den Zutritt zu Dennis' Leben ermöglicht hatte. Ich hatte darauf gesetzt, dass meine Themenwahl obskur genug war, um sein Interesse zu wecken und mich vom Gros der anderen Doktoranden zu unterscheiden, die mit ihm über *Yesterday's Bonfires* reden wollten.

Als Rose sah, dass ich länger vor dem Buch verweilte, bot sie an, es mir zu leihen. Sie wollte meine volle Aufmerksamkeit, wenn sie sich über Dennis' Exfrau beklagte. Sie hatte seine Ehe mit Marianne nicht gebilligt und scheute sich nicht, es auszusprechen.

Sie zeigte mir ein Foto von Dennis und Marianne in New York, das die beiden auf den Stufen eines Gerichtsgebäudes zeigte. Da es ein ziemlich lapidarer Schnappschuss war – kein weißes Kleid, kein Smoking –, dauerte es einen Augenblick, bis mir dämmerte, dass es ihre Hochzeit war. Marianne trug eine Art indischen Hippiekaftan, er Jeans und ein Tweedjackett. Das Einzige, was darauf hinwies, dass es sich um ein Hochzeitsfoto handelte, war der unscharfe Blumenstrauß, den Marianne gerade in Richtung Kamera warf.

Mir ist der gediegene, erwachsene Dennis bei weitem lieber als dieses bartlose Wesen mit diesem nackten und widerlich ernsten Gesichtsausdruck, den ich fast peinlich fand. Der Blick, mit dem er Marianne auf diesem Foto ansah, ließ meine Hände zittern, und ich schüttete Kaffee vorne auf mein Kleid.

Meine Eifersucht wurde noch größer, als ich auf der Rückfahrt im Zug die Anmerkungen an den Seitenrändern des Buches entdeckte, die vermutlich von Marianne stammten. Die Handschrift war weiblich – eng und ordentlich:

die hexe & ich lagen am fluss.
ich hielt sie an den haaren fest, damit sie nicht wegflog.

ich flüsterte:
»ich habe alles getan, was du wolltest. oder etwa nicht?
                              warum hast du mich immer,
warum hast du mich immer gehasst?
ich habe nichts & niemanden geliebt außer dir.
aus dem kleinsten sandkorn, das du mir gabst,
habe ich ein schloss gebaut.
die kleinste feder
habe ich in eine vogelschar verwandelt.
den kleinsten blick
habe ich in ein kind verwandelt.
All das habe ich dir gegeben.«

»aber das alles habe ich nicht gewollt«, sagte die hexe.

Der Text ging auf der nächsten Seite weiter:

»aber was willst du dann?«, fragte ich. »ich gebe dir alles,
                              was du willst.«

die hexe verwandelte sich in eine ameise & kroch in mein ohr.
sie bohrte tunnel durch mein gehirn & meinen rachen, durch
meine eingeweide & in meinen schwanz. sie bohrte sich durch
jedes organ & blutgefäß. als letztes verspeiste sie mein herz.

»jetzt sind wir quitt«, sagte sie mit ihrer winzigen ameisen-
                              stimme.

Ihre Behauptung, dass sie Dennis ausgehöhlt hatte, machte mich stinksauer. Ich hätte alles gegeben, um von ihm »festgehalten« zu werden. Und ihre Entscheidung, diese »Gedichte« aus Dennis' Perspektive zu schreiben, war nervig – unterwürfig und anmaßend zugleich.

Als ich mir am Abend in meinem Zimmer den Kaffeefleck vom Kleid schrubbte, dachte ich daran, mein Projekt aufzugeben. Ich bin schon immer ein eifersüchtiger Mensch gewesen, deshalb empfand ich das Herumschnüffeln in Dennis' Liebesleben als unangenehm. Aber ich sagte mir, dass es wichtig war, gut informiert und vorbereitet zu sein, weil ich vermutlich nur noch eine Gelegenheit bekommen würde, mit ihm zusammen zu sein, und die durfte ich nicht vermasseln.

EDITH [1997]

Ich gebe Charlie eine nächtliche Führung durch meine menschenleere Stadt.

»Liegt alles auf dem Weg«, lüge ich und dirigiere ihn zur Old Metairie Rd. Als wir an meiner Highschool vorbeikommen, bitte ich ihn, langsamer zu fahren. Ich zeige auf den angrenzenden Sportplatz, den die Schüler zum Trockensex aufsuchen, und beobachte sein Gesicht, als ich »Trockensex« sage, aber er gähnt bloß. Ich lasse ihn an meinem Lieblingsplattenladen vorbeifahren, der natürlich geschlossen ist, das Metallgitter ist vor den Fenstern. Dann fahren wir zu dem verlassenen Haus am Lake Pontchartrain, wo man vom splittrigen Bootsanleger direkt ins Wasser springen kann.

»Lust auf ein kurzes Bad?«, frage ich. Wir könnten nackt im kalten See schwimmen, uns im Mondschein zum ersten Mal küssen und Wasser treten.

»Nein, Edie. Ich b-b-bin müde. Lass uns nach Hause fahren.« Er hält meine Hand und legt den Gang ein. Es ist süß, wie er »nach Hause« sagt und nicht »zu dir«. Ihm ist noch nicht klar, dass das unsere letzte gemeinsame Nacht ist. Hier draußen gibt es keinen Platz für uns. Er passt nicht in mein Leben, wenn ich mich um Mom kümmere, und wenn er merkt, wie ich mit meinen Freunden umgehe, wird er einsehen, dass ich nur so getan hatte, als wäre ich interessant und erwachsen.

Er fährt den Crescent Blvd. entlang. Wir nähern uns unweigerlich dem Ende unserer Geschichte, biegen in meine Straße ein. Alles unverändert. Bei den Lewis' flackert blaues Licht oben im Schlafzimmer, sie sehen fern. Die anderen Häuser sind dunkel. Untypisch für New Orleans. Die Leute verwandeln sich in der Nacht.

Ich lasse Charlie an unserem Haus vorbeifahren. Ich kann noch nicht zurück. Ich bin noch nicht so weit. Dennis hatte es furchtbar eilig gehabt, uns aus dem Chaos herauszuholen, das wir dort wahrscheinlich hinterlassen haben. Eine Schale mit verfaultem Obst auf dem Küchentisch, das Brotmesser auf dem Fußboden, wo ich es neben einer Pissepfütze hatte fallen lassen. Nein. Ich will noch eine Nacht, die mir gehört. Ist das schlimm? Morgen gehe ich nach Hause und kümmere mich um alles. Aber heute Nacht will ich mich nicht damit belasten.

Gespielt verzweifelt suche ich den Hausschlüssel. »Tut mir leid, wahrscheinlich hab ich ihn vergessen«, sage ich und beschreibe ihm den Weg zu einem Motel in der Nähe der Klinik.

»Echt? Hast du k-keinen Ersatzschlüssel versteckt?« Er wirkt leicht verärgert über die ganze Fahrerei, die vielen Umwege, aber mehr sagt er nicht. Ich ignoriere seine Frage, strecke den Kopf aus dem Fenster, schließe die Augen und lasse mir den warmen Wind ins Gesicht wehen.

BRIEF VON DENNIS LOMACK
AN MARIANNE LOUISE LOMACK [1985]

Liebe M –

die Schlüssel liegen auf dem Küchentresen. Doreen sagt, morgen werden sie Dich entlassen. Ich habe ihr versprochen, dass ich weg bin, wenn Du nach Hause kommst. Ich würde gern bleiben, aber ich sehe ein, dass ich alles Gute aus Dir sauge, und ich weiß nicht, ob es je wiederkommt. Edie ist so klein und besorgt. Mae weint unaufhörlich, weil Dein Zustand Deine Milch vergiftet. Sie erstickt förmlich an Deinem Unglück. (Was wäre gewesen, wenn die Mädchen Dich gefunden hätten und nicht Doreen? Denkst Du denn nicht über solche Dinge nach? Nein, tust Du nicht. Natürlich nicht.)

Und warum genau dieses ganze Drama? Wegen des blöden Briefs?

Erstens: Ich habe Dich mehr als alles geliebt, ehrlich. Zweitens: Wahrscheinlich hätte ich versucht, Dir fernzubleiben, aber Du erinnerst Dich vielleicht, dass Du zu mir gekommen bist. DU hast tropfnass vor MEINER Tür gestanden, nicht umgekehrt. Du warst den ganzen Weg von Port Authority im Regen gelaufen. Und ich erinnere mich noch an Dein verfilztes Haar und diesen albernen winzigen Koffer. Was kann ein Mensch in einen so kleinen Koffer packen? Drittens: Was wusste er denn schon? Genau das dachte ich. Was wusste Dein Vater wirklich? Du hast ihn immer wie einen Seher-Gott-Heiligen-Propheten verherrlicht. Aber ganz ehrlich, was wusste er von unserem Glück?

Ich habe Dich geliebt, Marianne. Ich liebe Dich immer noch. Du hast mir vorgeworfen, ich würde nicht Dich lieben, sondern das Gefühl, das Du in mir auslöst. Was für eine absurde Unterscheidung! Und sie trifft auch nicht zu. Die meiste Zeit fühle ich mich Deinetwegen schrecklich! Trotzdem kann ich mir nicht vorstellen, ohne Dich überhaupt etwas zu fühlen. Ich kann mir nicht vorstellen, von Dir getrennt zu sein. Aber ich muss es mir gar nicht vorstellen, weil ich tatsächlich gehe. Du hast recht, ich weiß nicht, wie ich mit Dir zusammen sein kann, ohne alles zu wollen, ohne Dich töten und Dich verschlingen und dann zurück ins Leben holen zu wollen, um dann über Dich zu schreiben und es wieder zu tun. Ist das keine Liebe?

Aber auch das ist Liebe: Du bist mich los. Versprochen. Du bist frei. Ich werde nicht anrufen. Ich werde nicht schreiben. Ich werde mich Dir nicht nähern. Du sagst, nur so kannst Du wieder gesund werden, also gut. Ich bin weg.

Ich liebe Dich,
Dennis

MAE

In jenem Frühling war Dad das Einzige, was für mich zählte. Ich wollte ihm nur gefallen. Ich wollte ständig seine Aufmerksamkeit. Wenn seine Gedanken bei Mom waren – und das waren sie oft –, dann *wurde* ich eben Marianne. Ich hätte der Logik, der Physik, dem Zeit-Raum-Kontinuum abgeschworen, allem, was nötig war, um seine Aufmerksamkeit zu bekommen und zu halten.

Nach dem Vorfall auf dem Dach durfte ich bei ihm sitzen, wenn er arbeitete. Manchmal redete er mit mir, tief in Gedanken versunken, und ich antwortete ihm als Mom. Ich ging zu ihm, zündete ihm seine Zigarette an und saß auf seinem Schoß, bis er wieder anfing zu tippen, dann verschwand ich für ihn und existierte nur noch im Klang der Tasten. Wenn Dad mich nicht ansah oder an mich dachte, hatte ich das Gefühl, es gäbe mich nicht.

Eines Nachmittags ging er mit mir zur Pferderennbahn in Yonkers, und da wir die Wohnung nur selten verließen, wusste ich, es war ein wichtiger Ausflug. Er bat mich nie, Marianne zu werden, doch als wir auf der Tribüne saßen, zog er einen schwarzen Samtbeutel aus der Tasche und gab ihn mir. Im Inneren war ein vergoldetes Fernglas. Ich spüre noch heute das Gewicht in meinen Händen und das Gefühl, wie ich schrumpfte und Mom sich in mir breitmachte, als ich es hielt.

Dad schaute kaum auf die Rennbahn. Er beobachtete, wie ich die Pferde durch das Fernglas beobachtete. Ich mochte

Pferde noch nie, aber das spielte keine Rolle, weil ich die Rennen nicht durch meine Augen sah, sondern durch Moms, und deshalb fand ich die Pferde schön und die Rennen aufregend. Ich spürte, wie Mom mich zu einer kleinen Schecke namens Eagle's Dream führte. Allein der Name schien einem ihrer Gedichte zu entstammen. Als Eagle's Dream entgegen der 20:1 Wetten als Erster in die Zielgerade einlief, jubelten Dad und ich, umarmten uns, rot vor Aufregung. Ich gewann 200 Dollar. Es war überwältigend, in aller Öffentlichkeit mit ihm auf dieser unsichtbaren Bühne zu sein, umgeben von all den Zigarre rauchenden Männern und den Wettscheine verkaufenden Frauen als ahnungslose Komparsen in unserem Stück. Ich glaube, Dad sah den Gewinn als ein Zeichen, als göttliche Erlaubnis für das, was er von mir verlangte. Danach machten wir mehrere ähnliche Ausflüge.

Ich merkte, wenn ich Mom gut wiedergab, weil sein Gesicht oder seine Hände dann auf eine Weise bebten, die andere nicht wahrnahmen. Er vermisste Mom sehr, und dass er in diesen flüchtigen Augenblicken ihre Nähe spürte, war wichtig für ihn und seine Arbeit. Nach solchen Szenen kamen wir nach Hause, und er tippte den ganzen Abend bis tief in die Nacht, während ich mir das Gesicht wusch, meinen Pyjama anzog und erschöpft wieder meine Rolle als »Mae« annahm.

Ich hatte ein unglaubliches Talent dafür, Dads Muse zu sein. Und ich brauchte nicht viel Fantasie, um mir vorzumachen, dass seine Gefühle für Mom mir galten, weil ich ihre Zweitbesetzung war.

EDITH [1997]

Das Motel, in dem Charlie und ich absteigen, heißt The Aquarius. Markus und ich hatten mal gesehen, wie unser Physiklehrer mit der Schulsekretärin dorthin fuhr. Wir witzelten, dass wir uns auch dort einmieten könnten, machten es aber natürlich nicht. Ich hatte keinen gefälschten Ausweis, und Markus war ein Feigling.

Charlie besorgt uns ein Zimmer im ersten Stock. Es sieht aus wie im Film – dunkelgrüne Tagesdecke, Korbmöbel, ein Glasaschenbecher auf dem Fernseher. Ich ziehe mich bis auf die Unterwäsche aus und schlüpfe unter die Bettdecke. Charlie tut so, als würde er mich nicht beobachten, zieht sich langsam die Stiefel aus und starrt das Bild über dem Bett an.

»Wie ist das B-b-bett?« Er fragt mich das erst, als ich vollständig unter der Decke liege.

»Gut.« Ich strecke mich aus wie ein Seestern. »Bequem.« Ich hüpfe ein bisschen, und die Federn quietschen.

»Bist du müde?«, frage ich.

»Mhm«, sagt Charlie. Er dreht sich von mir weg und zieht sich bis auf die Boxershorts aus. Sein Rücken ist blass und muskulös. Ich würde ihm gern sagen, dass er aussieht wie eine Marmorstatue. Es stimmt – ganz weiß und unbehaart –, aber ich bin zu schüchtern, um es laut auszusprechen.

Er knipst das Licht mit dem Schalter auf seiner Bettseite aus. Das Zimmer wird dunkel, doch dann gewöhnen sich meine Augen an das grünliche Licht, das vom Parkplatz hereinfällt – von den Straßenlaternen und dem Neonschild des Motels. Charlie liegt so weit wie möglich von mir weg auf dem Rücken.

Er dreht sich zu mir um, Hand unter der Wange.

»Tut mir leid, dass wir keine getrennten Betten kriegen konnten«, flüstert er.

Ich zucke die Schultern. Mir nicht.

»Ist alles in Ordnung?«, flüstert er. Wenn er flüstert, stottert er nicht.

Ich zucke wieder die Schultern. Er streckt die Hand nach mir aus, zieht sie dann wieder zurück und sagt: »Gute Nacht.«

Für »gute Nacht« bin ich noch nicht bereit. Als ich merke, wie Charlie sein Gewicht verlagert und die Augen schließt, fängt mein Herz an zu rasen. Das kann es nicht gewesen sein. Ich stelle mich auf das Bett, mache ein paar wacklige Schritte in seine Richtung, bis meine Beine über seinem Kopf aufragen. Ich begutachte das Gemälde, das er vorhin betrachtet hat, fahre mit den Fingern über die unebene Leinwand. Selbst im Dunkeln kann ich sagen, dass es ein Segelschiff auf einem Ozean ist. Zu Hause in Moms Zimmer hängt ein großes Bild vom Meer, das mein Großvater gemalt hat. Schon komisch, dass ich das echte Meer vor dem Besuch bei Dennis nie gesehen hatte.

Ich blicke auf Charlies Gesicht hinab. Ob er schläft? Nein, er hat nur die Augen zu. Mit dem großen Zeh stupse ich ihn an der Schulter.

»Was ist?«, flüstert er. Ich stupse ihn noch mal. »Was denn?« Er lächelt und legt mit geschlossenen Augen seine Hand um meinen Fuß.

»Ähm … Bist du schon mal gesegelt?«, frage ich, weil mir nicht anderes einfällt und ich nicht will, dass er einschläft.

Er lässt meinen Fuß nicht los, streichelt mit dem Daumen meinen Spann. Ich halte die Luft an und hoffe, er hört nicht auf.

»Mmhm«, sagt er schließlich, »bin ich.« Und als mir nichts dazu einfällt, sagt er: »Wir sollten ein bisschen schlafen.«

Vor Enttäuschung schnürt sich mir die Kehle zu. Ist das sein Ernst? Ich bleibe weiter im Dunkeln stehen. Ich will, dass er mich wieder berührt. 1...2...3...4...5...6. Er bewegt sich und blickt hoch. Das Weiß seiner Augen schimmert wie ein Messer. Ich stelle meinen Fuß auf seinen Hals, spüre seinen Puls. Ist er schnell? Wird Charlie mich anfassen? Ich spüre, wie er schluckt. Wir halten beide ganz still, das Gefühl, das sich auf der langen Autofahrt zwischen uns aufgebaut hat... Oder bilde ich es mir nur ein? Nein. Seine Hand gleitet langsam mein Bein hoch.

Ein seltsames Krächzen dringt aus meiner Kehle, irgendwie abgetrennt von mir. Vielleicht sollte ich verlegen sein, aber das bin ich nicht. Seine Hand hält auf meinem Oberschenkel inne, und ich trete fester auf seinen Hals. Er leckt sich die Lippen. Ich bin versucht, ihn zum Weitermachen aufzufordern, aber er liegt ganz ruhig da. Und dann wölbt er plötzlich den Rücken, packt mich an den Hüften und zieht mich auf sein Gesicht hinab. Er küsst mich durch meinen Slip, fest, mit den Zähnen, saugt durch den Stoff. Seine Hand gleitet unter das Gummiband, er steckt einen Finger rein. Ich lehne die Stirn gegen das Kopfteil aus Peddigrohr. Was er da macht, fühlt sich unglaublich gut an, sein heißer Atem zwischen meinen Beinen, sein Finger, der immer schneller kreist. Mich hat noch nie jemand zuvor geleckt, nicht wirklich, definitiv nicht so.

Charlie schiebt mich aufs Bett und legt sich auf mich. Sein

Mund schmeckt nach Pfefferminz und Zigaretten und noch etwas anderem. Nach mir? Ich komme mir vor wie eine Kannibalin.

»Bist du sicher, dass –«, setzt Charlie an.

»Ja«, unterbreche ich ihn und stecke ihm meine Zunge in den Mund, bevor er es sich anders überlegt. Ich greife nach unten, nehme seinen Schwanz in die Hand und bin überrascht. Ich hätte nicht damit gerechnet, dass er so groß ist. So dick und schwer. Markus war immer irgendwie auf halbmast und wabbelig. Charlies Schwanz ist ein Knüppel. Ich drücke ihn und beobachte sein Gesicht. Er schließt die Augen, aber nicht ganz, die weißen Augäpfel flackern. Es fühlt sich gewaltig an, ihn so zu halten, wie an einer Leine. So ist das also mit einem Mann. Ich erinnere mich an die Stelle in Dennis' Buch, die Stelle, die Mae mir vorgelesen hat.

Charlies Augen weiten sich, und er sagt: »Nicht so fest.« Keine Spur von Stottern. Im Dunkeln sieht sein Gesicht anders aus. Ich kenne ihn gar nicht. Er ist ein Fremder, der mir meinen feuchten Slip auszieht. Der andere Charlie ist im Badezimmer eingeschlossen, und das hier ist sein Doppelgänger, der seine Schwanzspitze sanft in mich schiebt. Er schnappt nach Luft, wieder verwandelt, eine weitere unbekannte Maske mit nach hinten gerollten Augen und zusammengebissenen Zähnen. Ich spüre, wie ich mich strecke und sein Schwanz tiefer in mich eindringt. Er spießt mich auf, denke ich, als er schließlich gegen etwas stößt. Meine Lunge? Genauso möchte ich sterben, Tod durch Schwanz, Kopf vollkommen leer. Er wölbt seine Hände über meine Brüste. Seine Hände sind rau, wie Handschuhe. Das gefällt mir nicht, aber als ich versuche, sie wegzuschieben, kneift er mich fest in die Brustwarzen, und ich hätte es nie geglaubt, aber es fühlt sich gut an.

Der Schmerz durchfährt mich und verwandelt sich in etwas anderes. Warum hat das noch nie jemand mit mir gemacht? Plötzlich stöhnt Charlie und zieht sich ein wenig heraus.

»Nein, lass ihn drin«, versuche ich zu sagen, aber mein Mund zittert, und heraus kommt ein stummes Stottern. Ob das ein Orgasmus ist? Ich spüre Nadelstiche im Gesicht, als wäre es eingeschlafen. Ich ringe nach Luft, aber Charlie steckt mir seine Finger in den Mund, schiebt sie in Richtung Kehle und stößt zu. Unsere Knochen krachen aufeinander. Und wieder. Ich würge und ziehe mich zusammen. Nichts existiert.

Er nimmt seine Hand aus meinem Mund, wischt sich die Speichelfäden an der Brust ab, wischt meinen Bauch mit dem Bettzipfel ab. Ich kann mich nicht rühren. Ich bin schlaff, aber er ist gründlich, als räumte er den Tisch ab. Langsam spüre ich wieder mein Gesicht. Er steht auf, um seine Zigaretten aus der Hosentasche und einen Aschenbecher zu holen, legt sich wieder zu mir und zieht mich an seine Brust. Meine Wange liegt auf meinem eigenen Speichel. Ich höre das Feuerzeug klicken, das Inhalieren von Rauch.

»Das Glück ist wie ein Bulle«, sagt er beim Ausatmen.

Ich blicke zu ihm hoch, und er bläst den Rauch seitlich aus dem Mund.

»Bist du glücklich?«, frage ich.

»Ja.« Er küsst mich auf den Kopf.

Ich würde ihn gern fragen, ob er deswegen nicht stottert, aber eigentlich will ich sein Stottern nicht ansprechen. Vielleicht habe ich ihn geheilt. Oder vielleicht hat er die ganze Zeit nur so getan, und das Häschen an Krücken ist in Wirklichkeit ein Wolf.

»Was ist?«

»Was soll denn sein?«

»Du hast gelächelt.«

Ich nicke. Ich fühle mich leicht, als könnte ich davonschweben, wäre da nicht sein Arm.

Er drückt die Zigarette aus und stellt den Aschenbecher auf den Nachttisch. Ich betrachte seine Hand, dieselbe Hand, die eben noch in meinem Mund war, und die Muskeln in mir zittern. Das Nachbeben.

»Gute Nacht«, sagt er, schließt die Augen und gleitet nach unten auf sein Kissen.

Ich könnte ihm jetzt von meiner Mutter erzählen, denn wahrscheinlich ist er zu müde, um Fragen zu stellen.

»Das St. Vincent's ist eine Nervenklinik«, sage ich leise, falls er schon schläft.

Er reagiert nicht. Ein leichtes Pfeifen in seinem Atem.

An der Decke sind 127 Platten. Sieben davon sind fleckig. Ich zähle wieder, 129. Beim dritten Zählgang verliere ich das Interesse. Ich kann bestimmt noch nicht einschlafen.

Ich stehe auf, ziehe sein Flanellhemd an und stelle mich ans Fenster. Die Straße ist leer, die Luft feucht. Der Nebel wirft einen Nimbus aus grünem Licht um das Neonschild. Wenn ich die Augen zusammenkneife, sehe ich vielleicht die Straße, an der die Klinik liegt. Was, wenn ich Mom morgen besuche und sie sich verändert hat? Was, wenn sie eine Fremde geworden ist? Wie albern. Mom wird nie eine Fremde sein. Sie wird sich riesig über meinen Besuch freuen und erleichtert sein. Im Saum des Vorhangs sind Brandlöcher von Zigaretten. Offenbar hat jemand, genau wie ich, hier gestanden und aus dem Fenster gesehen.

»Ich weiß«, sagt Charlie. Es dauert einen Augenblick, bis mir dämmert, dass er über das St. Vincent's Bescheid weiß. Kurz darauf setzt er sich auf und streckt die Hand nach mir

228

aus, also gehe ich wieder ins Bett und lege mich in das warme Nest, das er unter der Decke geschaffen hat. Als es draußen hell wird, schlafe ich ein.

CHARLIE

Wegen meines Stotterns fühle ich mich oft von meinem Körper verraten, aber bei Edie hatte ich alles unter Kontrolle. Das Gefühl, an meiner eigenen Zunge zu ersticken, verschwand. Ich fühlte mich stark, weil ich ihr geben konnte, was sie brauchte.

Die meisten Frauen in meinem Alter behandeln mich, als wäre ich ihr kranker Pudel. Das macht mich wahnsinnig. Meine ganze Wut konzentriert sich dann darauf, sie zu ficken, was sie insgeheim wahrscheinlich auch wollen, sie wollen so gefickt werden, weil sie das für »leidenschaftlich« halten. Ist es aber nicht. Es ist einfach nur grob. Leidenschaft ist, was Edie und ich miteinander hatten.

Am Morgen nach unserer ersten gemeinsamen Nacht wartete ich in einem Diner auf sie, während sie ihre Mutter besuchte. Ich bestellte ein so großes Frühstück, dass die Bedienung mehrmals laufen musste, um alles an meinen Tisch zu bringen. Ich war bestens gelaunt. In der Nische neben mir saß ein Pärchen. Pfleger oder Ärzte, keine Ahnung, die gerade eine Schicht hinter sich hatten. Sie trugen noch ihre Kittel und wirkten müde, aber auch glücklich. Sie fütterten sich gegenseitig mit Torte, und ich dachte, irgendwann könnten Edie und ich das sein. Warum nicht?

Manchmal frage ich mich noch heute, warum nicht, obwohl ich die Antwort natürlich kenne. Für mich wird Edie für immer so sein, wie sie mit sechzehn war, in meinem Truck, die Füße auf dem Armaturenbrett, der Wind in ihrem wehenden Haar.

ROSE

Denny ließ mich fast eine Stunde vor dem Guggenheim warten. Wir hatten vor, uns die Balthus-Ausstellung anzusehen, und normalerweise war er sehr pünktlich. Am Anfang machte ich mir keine Sorgen, vielleicht fuhr er mit der U-Bahn und sie war irgendwo steckengeblieben, das kam vor. Als er dann aber in diesem Zustand erschien, zerzaust und ungekämmt, mit nur einer seiner Töchter im Schlepptau, war mir klar, dass etwas nicht stimmte.

Wo war Edie? Was war passiert? Ich bestürmte ihn sofort mit Fragen. Er erklärte mir seelenruhig, dass sie nicht mehr bei ihm wohnte.

Wo war sie jetzt? Seine Gelassenheit kam mir unangemessen vor. *Seit wann war sie weg?*

Er erzählte, dass sie nach Louisiana zurückwollte und deshalb gegangen war.

Und du hast sie einfach gehen lassen?

Diese Frage wurmte Denny. Er sagte, es wäre scheinheilig gewesen, wenn er versucht hätte, sie aufzuhalten. Bei den Freedom Rides wären die meisten nicht viel älter gewesen als Edie, und in ihrem Alter sei er eine Weile nach Montreal abgehauen.

Ich fand seine Haltung grausam. Ich streite nur selten mit Denny, aber in diesem Moment konnte ich ihm nicht in die Augen sehen. Ich ging vor den beiden in die Ausstellung und weinte eine Weile vor dem Gemälde eines kleinen Mädchens, das mit einer Katze spielte. Dennis' Aufgabe war es, seine Töchter zu beschützen! Kindheit ist kostbar, es gibt keine zweiten Versuche. Denny hatte die Kindheit seiner Töchter verpasst, und damit hatte auch ich sie verpasst. Das konnte ich nie zurückbekommen. Ebenso wenig wie die Chance auf eigene Kinder.

Irgendwann sah ich Denny und Mae die Rampe hochkommen – das Guggenheim ist so angelegt, dass es keine Ecken und Nischen zum Verstecken gibt, nur diese lange, kreisförmige Rampe. Ich musste schnell meine Fassung wiederfinden, denn es nützte keinem, wenn ich die Nerven verlor. Seit jeher hatte ich getan, was getan werden musste: Ich hatte mich um Mutter gekümmert, als sie im Sterben lag; ich hatte mich um Denny gekümmert, nachdem er geschieden war. Denny und seine Töchter mussten auf mich zählen können.

Als Denny und Mae bei mir waren, bemühte ich mich um eine gelassene Haltung, aber ich war verstört, wie sehr Mae den Mädchen in den Gemälden glich. Selbst ihre Kleidung – Kniestrümpfe und ein karierter Pullover –, das waren Sachen, in denen sich Mädchen in ihrem Alter normalerweise um nichts in der Welt hätten blicken lassen.

Als ich Mae fragte, wie ihr die Bilder gefielen, zögerte sie und gab dann eine Antwort, die eindeutig dem entsprach, was Denny ihr vorher gesagt hatte. Dabei hielt sie sich mit beiden Händen an seiner Hand fest, als wäre sie ein kleines Kind. Irgendwie regressiv. Die beiden waren in ihrer eigenen Welt und redeten nur miteinander, während ich ihnen durch den Rest der Ausstellung folgte.

Hinterher aßen wir im Museumscafé zu Mittag. Edie erwähnte ich nicht mehr, weil ich keinen Streit wollte, aber es fiel mir schwer, andere Gesprächsthemen zu finden. Als ich

Dennis von Amanda erzählte und der angenehmen Zeit, die ich mit ihr verbracht hatte, schnauzte er mich an und sagte, ich solle mich nicht in seine Angelegenheiten mischen. Darauf entgegnete ich, dass Marianne ihn offenbar schwer traumatisiert hatte, wenn er glaubte, mit einer Frau, die an ihm interessiert war, könne etwas nicht stimmen.

Nach diesem Wortwechsel verlief der Großteil des Essens schweigend. Mae ließ seine Hand nicht einmal beim Essen los. Sie beobachtete ihn, als wäre nur er im Raum. Schließlich entschuldigte er sich für seine Unfreundlichkeit und erklärte, er hätte wieder angefangen zu schreiben und der Verlag mache ihm die Hölle heiß. Denny hatte so lange nichts mehr geschrieben, dass ich ganz vergessen hatte, wie er durchdrehte, wenn er mitten im Schaffensprozess steckte.

Ich bot an, Mae mit zu uns nach Long Island zu nehmen, damit er beim Schreiben nicht abgelenkt wurde. Als ich das sagte, schreckte Mae vor mir zurück, als hätte ich gedroht, ihr Säure ins Gesicht zu schütten.

»Nein, nein«, beruhigte er sie. »Das geht nicht. Ich brauche Mae. Sie hilft mir.«

Schon damals fand ich das Verhalten der beiden beunruhigend, aber ich sagte mir, dass ich keine Mutter bin und wirklich nicht weiß, wie es ist, mit einem lange verlorenen Kind wieder vereint zu sein. Ich dachte, wenn ich dafür sorge, dass Amanda bei den beiden ist, sollte es genügen. Sie erschien mir so kompetent und bodenständig, und in ihrer Anwesenheit, so hoffte ich, würde bestimmt nichts aus dem Ruder laufen. Ich hätte darauf bestehen sollen, Mae mitzunehmen. Heute werfe ich mir natürlich vor, es nicht getan zu haben.

BRIEF VON MARIANNE LOUISE MCLEAN
AN DENNIS LOMACK

8. August 1968

Lieber Mr Dennis,
ich komme gerade vom See zurück. Ich habe Rückenschwimmen geübt, wie Du es mir beigebracht hast. Erinnerst Du Dich noch, als Du mir gezeigt hast, wie man sich treiben lässt? Wie Du mich mit nur zwei Fingern unter dem Kopf gehalten hast? Das Wasser war an dem Tag so warm, dass ich das Gefühl hatte, ich wäre der See. Ich hatte gehofft, dass Du mich küsst, dann hättest Du auch der See werden können ...

Weißt Du, dass es ein Meer gibt, das Totes Meer heißt, wo das Wasser wegen seines Salzgehalts so dicht ist, dass man an der Oberfläche treibt? Manchmal fühlen sich die Flüssigkeiten in mir dichter an und dann wieder wie Dunst. Wenn ich zum Beispiel einen Brief von Dir bekomme ... Dunst! Dunst! Dunst!

Ich habe das Buch gelesen, das Du mir geschickt hast. Es hat mir gefallen. Der arme Kakerlakenmann. Ich glaube nicht, dass die Welt so grausam ist. Egal, jetzt muss ich schnell los und meinem Vater beim Aufziehen von Leinwänden helfen.

Für immer und ewig, bis die Kühe heimkehren (im Glauben, dass sie es nie tun) deine m

EDITH [1997]

Die Schwester meinte, Mom sei in einer Sitzung – mit einem Psychiater, nehme ich an, Genaueres hat sie nicht gesagt. Außer mir wartet noch ein Mann. Ich schätze, wir sind die einzigen Besucher, weil es ein Morgen mitten in der Woche ist. Der Mann hat ein dickes rotes Gesicht und einen grauen Bart, und er sieht todtraurig aus. Er liest eine Zeitschrift mit dem Foto einer Torte auf dem Titel. Hier liegen Zeitschriften herum, von denen ich noch nie gehört habe: *Cancer Today, Fat Free Digest, Cat Lover*. Die gewellten Seiten sind zusammengeklebt, als hätte jemand Wasser darübergekippt. Ob das ein Hinweis auf den Ort ist, an dem man sich befindet: Hier kann man sich nicht mal neue Zeitschriften leisten? Aber vielleicht ist es auch ein Beweis für die Effizienz der Klinik, und Besucher müssen normalerweise nicht warten. Wie soll ich glauben, dass Mom an einem Ort gesund wird, wo eine matschige Katzenzeitschrift im Wartezimmer liegt?

Ich gehe zur Schwester am Empfangstisch. Sie kratzt sich mit dem Bleistift an der Stirn. Ich sehe die Ecke ihres Kreuzworträtsels, das sie gerade löst. »Dauert nicht mehr lange«, sagt sie. Ich will mich nicht mehr hinsetzen, also gehe ich auf und ab.

Ich muss herausfinden, welche Formulare ich ausfüllen muss, um Mom hier rauszuholen. Doreen weiß es wahrscheinlich. Dann gehe ich nach Hause und sehe nach, ob alles in Ordnung und für Mom bereit ist. Aber was heißt das? Die

Steakmesser wegschließen? Mom ständig im Auge behalten? Und was ist mit der Schule? Im Herbst fange ich wieder an. Bis dahin wird alles wieder normal laufen. Vielleicht kann Charlie helfen. Nein, verrückte Idee. Ich bin sicher, er will bald zurück nach New York. Schließlich hat er mich nur hierhergefahren. Ob es das wirklich gewesen ist? Mit Charlie war es nicht kompliziert wie mit Markus, bei dem alles ausgehandelt werden musste, Auge um Auge, Zahn um Zahn. Ich habe das Gefühl, als hätte Charlie in meinen Mund gelangt und einen traurigen, schweren Stein entfernt. Wie schafft jemand so etwas, ohne dass er einen richtig kennt? Eigentlich unmöglich. Also muss er mich kennen. Ich wünschte, er würde mich noch mal aus meinem Körper reißen …

Fernes Kreischen, gedämpft, aber beängstigend. Die Schwester blickt von ihrem Kreuzworträtsel auf und sagt, als wäre der Lärm das Stichwort gewesen: »Ms McLean ist jetzt für Ihren Besuch bereit. Vierter Stock.«

Sie zeigt auf den Flur zum Fahrstuhl. Ich sollte jetzt nicht an Charlie denken. Was stimmt bloß nicht mit mir? Der Fahrstuhl hält im ersten Stock, von dort kommt der Lärm: eine alte Frau. Sie schreit, und ihr Gesicht sieht aus wie ein Loch. Zwei Pfleger halten sie fest, und zwar nicht sehr sanft. Ihr Hemd ist hochgerutscht, ihr Bauch voller Narben. Der Gestank ist entsetzlich. Wie Scheiße, nur schlimmer. Wie die Hölle. Buchstäblich die Hölle. Mir wird schwummrig, mir dreht sich alles. Ein Arzt steigt in den Fahrstuhl, und die Tür schließt sich hinter ihm.

»Ist alles in Ordnung?«, fragt er und stützt mich am Arm.

»Mir geht es gut. Danke.« Ich richte mich auf. Wie peinlich, ich muss mich zusammenreißen. Ich kann dem Arzt nicht in die Augen sehen. Er lässt mich los.

236

Als sich die Tür im vierten Stock öffnet, befürchte ich, in eine ähnliche Szene zu geraten, aber es ist ruhig. Es riecht normal, nach Reinigungsmittel wie in einem Krankenhaus. Eine Schwester empfängt mich am Aufzug.

»Sie müssen Ms McLeans Tochter sein!«

Ich folge ihr durch den Linoleumflur. Ihr Pferdeschwanz wippt bei jedem Schritt. Sie ist bestimmt keine von den Bösen, die Mom in ihrem Brief erwähnt hat, eine, die sie mit Eisbädern quält.

Bevor die Schwester in einen anderen Flur abbiegt, bleibt sie plötzlich stehen und sagt: »In zehn Minuten hole ich Sie wieder ab. Dr. Gordon sagt, mehr ist im Augenblick nicht gut für Ihre Mutter.« Ich will protestieren, aber sie unterbricht mich. »Und erschrecken Sie nicht, wir sind noch dabei, ihre Medikamente einzustellen.« Wieso erschrecken? Wegen ihrer zitternden Hände? Was noch? Was haben sie ihr noch angetan?

Die Schwester führt mich zu einer offenen Tür am Ende des Flurs. »Ihr Besuch ist da, Ms McLean«, sagt sie mit einer Stimme, die zu laut ist, als rede sie mit jemandem, der dumm und taub ist. Am liebsten würde ich ihr den Pferdeschwanz von ihrem bescheuerten Kopf reißen. Ich schiebe mich an ihr vorbei ins Zimmer.

Da, auf der Kante eines Metallbetts, sitzt Mom. Sie trägt den geblümten Pyjama, den ich ihr geschickt habe, und einen komischen Seidenschal. Man hat ihr die Haare gestutzt, allein schon das treibt mir Tränen in die Augen. So eine Art Topfschnitt, wie man ihn nur bei geistig Zurückgebliebenen sieht.

»Ich komme wieder«, sagt die Schwester.

Mom braucht eine Weile, bis ihre Augen mich finden. Sie zittert und streckt die Arme nach mir aus.

Eine stechende Angst durchfährt mich und verschwindet wieder, sobald ich sie als solche erkenne, wird durch Scham ersetzt. Ich umarme Mom. Fest. Und noch fester, um gutzumachen, dass ich sie nicht unbedingt umarmen will. Ihr Haar ist vor Kurzem gewaschen worden, es riecht nach Weichspüler und Babydecke. Ein süßer Geruch, der nach Demütigung stinkt. Ich atme durch den Mund.

»Schöner Schal.« Mit einem gezwungenen Lächeln befingere ich die Seide, dabei verrutscht der Schal ein bisschen, und ich sehe, warum sie ihn trägt. Wegen der Scheuerwunden, die das Seil an ihrem Hals hinterlassen hat. Offenbar haben sie sich entzündet, denn sie sind schuppig und rot und glänzen von irgendeiner Creme. Sie greift verlegen nach dem Schal und meidet meinen Blick.

Um den Raum zwischen uns zu füllen, fange ich an zu reden, als wäre alles normal. Ich erzähle ihr, dass sie mir gefehlt hat, natürlich. Und wie froh ich bin, sie zu sehen. Dass ich durch West Virginia gefahren bin und Berge gesehen habe. Und ich erzähle ihr von New York. Aber nur Oberflächlichkeiten, Postkartenprosa. Sobald ich etwas andeutungsweise Kritisches sage, spüre ich, wie ich sie verliere und ihre Gedanken abschweifen. Also beklage ich mich nicht. Ich rede nicht über Dennis, erzähle nur von Museen und Parks. Und sie nickt immer wieder auf diese lahme Art.

Schließlich unterbricht sie mich. »Wo ist Mae?«

Klar, dass sie mich das als Erstes fragt. Ich lüge und sage, Mae hätte eine Halsentzündung. Nichts Schlimmes, aber sie kann nicht reisen.

»Du solltest dich um sie kümmern«, sagt Mom.

Ach ja? Mehr hat sie mir nicht zu sagen? Nicht, dass sie mich vermisst, nicht, dass sie an mich gedacht hat, nicht, dass sie sich freut, weil ich die ganze Strecke hierher auf mich genommen habe, um sie zu besuchen? Auf ihrem Tisch liegt ein Stapel mit meinen Briefen. Sie hat sie nicht mal geöffnet. Ich wende den Blick ab, denn wenn ich sie ansehe, raste ich vielleicht aus. Ich schaue aus dem Fenster in den Garten unten, dann zur anderen Zimmerseite, wo noch ein Bett und ein Tisch steht –

Verdammt. Da ist eine Frau. Ist sie die ganze Zeit hier gewesen? Muss sie wohl. Eine kleine Frau, die wie eine Statue am Tisch auf der anderen Zimmerseite sitzt. Sie trägt einen grünen Bademantel und starrt die Wand hinter mir an.

»Wer ist das?«, flüstere ich Mom zu.

Mom ignoriert mich und spielt mit einem Faden, der am Ärmel ihres Pyjamas herunterhängt.

»Wollen wir einen Spaziergang im Garten machen?«, frage ich leise, weil ich nicht will, dass die unheimliche Frau unsere Unterhaltung mitbekommt.

Mom schüttelt den Kopf. Ihr hässlicher Topfschnitt fliegt ihr ums Gesicht. »Ich darf nicht.«

»Warum nicht?«

Sie antwortet nicht und starrt weiter auf den Faden.

»Ich hol dich hier raus«, flüstere ich ihr zu und umarme sie wieder.

Mom schiebt meine Hand weg und sagt: »Du wolltest, dass ich am Leben bleibe, gut, du hast deinen Willen. Hier bin ich. Fahr zurück nach New York.«

JOANNE WEBER

Ich war Mariannes Zimmergenossin im St. Vincent's. Zwei Jahre war ich dort, mit Unterbrechungen, aber definitiv länger drin als draußen. Nachdem ich als Architektin in den Ruhestand kam, verfiel ich durch die fehlende Struktur, den Verlust der Identität, ich weiß nicht, woran es lag, in eine Depression. Man stellte fest, dass ich bipolar bin. Am Anfang war ich erleichtert, dass es einen Namen für meinen Zustand gab, aber inzwischen halte ich solche Etiketten für ziemlich geschmacklos. Jeder mit Selbstmordneigung, der keinen Alu-Hut trug, galt im St. Vincent's als bipolar. Auch Marianne. Außerdem litt sie an einer Persönlichkeitsstörung. Wäre im St. Vincent's die Diagnose weibliche Hysterie noch gebräuchlich gewesen, dann hätten sie ihr die vermutlich auch noch verpasst.

Das soll nicht heißen, dass es keinen Grund für unseren Aufenthalt dort gab. Wir hatten alle an der einen oder anderen Sache zu knabbern, aber die von den Ärzten benutzten Kategorien sagten nicht allzu viel aus. Und wenn man auf ihre Behandlung nicht ansprach, nahmen sie es persönlich. Mariannes Dosierung wurde ständig erhöht, obwohl klar war, dass ihr die Medikamente nicht halfen. Manche Patienten fingen an, nichts mehr zu essen, bis sie verschwanden. Mariannes Art, sich zu wehren, bestand darin, immer weniger zu sprechen, bis nach einer Weile kaum noch etwas von ihr übrig war.

Als Marianne neu zu mir ins Zimmer kam, unterhielten

wir uns oft. Wir lagen in unseren Betten und erzählten aus unserem Leben, sprachen über unsere Ehen und unsere Kindheit und so weiter. Sie redete übers Kinderkriegen und meinte, das sei der Punkt gewesen, an dem es ihrem Mann endgültig gelungen war, in sie einzudringen. Er entstellte sie – nicht nur ihren Körper, sondern tief in ihrem Inneren wurde etwas zerdehnt und beschmutzt. Ich selbst habe keine Kinder, aber ich konnte ihre Gefühle nachvollziehen. Trotzdem war ich bestürzt, als ihre Tochter sie besuchte und ich sah, wie Marianne das arme Mädchen behandelt hat. Kein bisschen freundlich. In der Klinik war ich ziemlich benebelt, aber die Stimme von diesem Mädchen traf mich auf eine Art, die ich nicht erwartet hätte. Ich weiß noch, wie angewidert ich von Marianne war, und dachte, dass ich sie falsch eingeschätzt hatte. Meine Mutter war auch eine eiskalte Frau gewesen.

Was Mariannes Tochter allerdings nicht mitbekam und wahrscheinlich nie erfahren wird, war, dass Marianne nach ihrem Besuch immerzu weinte, leise, damit die Schwester es nicht mitkriegte. In diesem Moment begriff ich Mariannes Verhalten – sie folgte einem Urinstinkt und wollte ihre Tochter von sich fernhalten und so für ihre Sicherheit sorgen, auch wenn sie dem Mädchen damit das Herz brach.

KAPITEL 7

TELEFONGESPRÄCH ZWISCHEN MAE UND EDITH

EDITH Hallo?

MAE Edie?

EDITH Ja. Hörst du mich?

MAE Ja. Aber die Verbindung ist nicht besonders gut.

EDITH Ich bin in einer Telefonzelle. Vor der Klinik.

MAE Oh.

EDITH Und?

MAE Was und?

EDITH Willst du nicht wissen, wie es Mom geht?

MAE Nein. Ich weiß Bescheid über Mom.

EDITH Ach ja? Aber es ist schlimmer als in den Briefen. Viel schlimmer. Irgendwie ist sie nicht mehr sie selbst. Und sie haben ihr das Haar abgeschnitten.

MAE Ihr Haar?

EDITH Ja. Sieht schrecklich aus. Und das ist noch längst nicht alles, was sie mit ihr gemacht haben. Aber das weißt du wahrscheinlich auch, du Genie.

MAE Ich muss los.

EDITH Sie hat natürlich nach dir gefragt. Es war das Einzige, was sie interessiert hat. Wie es mir geht, hat sie bestimmt nicht gefragt.

MAE Dad wartet unten. Ich muss los.

MAE

Als Dad einmal mit mir zu einem Picknick am Ententeich im Central Park ging, beschloss ich, dass ich ihn für mich haben und nicht mit Mom teilen wollte. Wir saßen auf der karierten, mottenzerfressenen Decke, und ich ließ mich von ihm mit Feigen, Datteln und mit Mandeln gefüllten Oliven füttern. Mir schmeckte nichts davon, aber ich aß mit meinem Mom-Lächeln und schluckte alles schnell hinunter, damit es nur kurz meine Zunge streifte. Nachdem ich alles aus dem Picknick-korb probiert hatte, schaute Dad mich erwartungsvoll an, als wäre das mein Stichwort. Stichwort wofür genau, wusste ich nicht. Irgendwie spürte er wohl, dass etwas fehlte.

Ich saß da wie Mom, blickte auf den Teich wie Mom, strich mir übers Haar, wie sie es getan hätte, und summte ein Lied, das ich von ihr kannte, aber alles war nicht richtig. Dad war nervös. Er spürte, dass ich eine Blenderin war, und erwartete, dass ich etwas machte, aber ich hatte keine Ahnung, was er wollte. Ich seufzte. Ich streckte mich. Ich legte mich hin und setzte mich wieder auf. Aber Dad wollte etwas anderes von mir.

Sein Mund war vor Enttäuschung verzerrt. Eigentlich mach-te ich alles wie sonst, woher wusste er dann, dass ich nicht Mom war? Mein Eifer, ihm zu gefallen, reizte ihn nur. Schließ-lich flüsterte er kaum hörbar: *Sag, dass du mich nicht liebst, dass ich ein Langweiler bin, ein Fehler, dass du nie hättest kom-men sollen.*

Ich wollte solche Sachen weder sagen noch denken. Ich fühlte mich gedemütigt. Meine Liebe musste ihm ziemlich wenig bedeuten, wenn er bereit war, sie mit Moms Grausamkeit zu beschmutzen. Aber ich konnte ihm nichts abschlagen. Ich hätte alles getan, was er brauchte, und so ließ ich mir von Moms Tentakeln die Kehle zuschnüren und presste mühsam aus mir heraus: *Ich liebe dich nicht, du bist ein Langweiler, ein Fehler, ich hätte nie kommen sollen.*

Dad wollte, dass ich ihn verletze, also machte ich es. Ich sagte alles, was er von mir verlangte, und noch mehr, und mit jedem schrecklichen Satz, der aus mir drang, schwoll ich immer mehr an, bis ich so groß war wie ein Umzugswagen bei einer Parade und er vor mir kauerte. Ich hatte noch nie diese Art von Erregung verspürt. Ich war zugleich allmächtig und vollkommen außer Kontrolle. Meine Haut brannte. Ich bekam keine Luft.

AMANDA

Ich war auf dem Weg zu Dennis' alter Highschool, als ich durch puren Zufall sah, wie er und Mae eine Decke am Rand des Teichs im Central Park ausbreiteten. Ich mietete ein Paddelboot und versuchte, lässig an ihnen vorbeizugleiten, aber sie waren so ineinander vertieft, dass sie mich nicht winken sahen. Ich drehte mehrere Runden um den Teich, aber sie blickten nie auf, wenn ich an ihnen vorbeifuhr. Ich hätte sie rufen können, aber ich musste behutsam vorgehen. Die Gelegenheiten, bei denen man jemanden zufällig trifft, sind begrenzt. Ich drehte um und wollte zum Bootshaus zurückfahren, als ich plötzlich Geschrei hörte. Das idyllische Picknick hatte sich von einem Moment auf den nächsten in einen Streit verwandelt. Mae sah wütend aus, sie krallte und trat ihn, während er versuchte, sie abzuwehren. Ich sprang aus dem Boot und rannte durch das seichte Wasser zu den beiden. Dennis blutete im Gesicht. Sie wirkten beide benommen, als ich Mae von ihm wegzerrte, und dann rannte sie davon. Dennis sah mich an, aber ich glaube nicht, dass er mich wirklich wahrnahm. Er ließ alles stehen und liegen und stolperte hinter ihr her. Ich rief ihn, aber er drehte sich nicht um.

Später am Abend schaute ich mit Rose vorbei, um den Picknickkorb zurückzubringen. Die Wohnung war unordentlich. Ich erinnere mich noch an das überquellende Katzenklo und die schmutzigen Steinchen, die im ganzen Wohnzimmer verstreut lagen. Obwohl es noch ziemlich früh war, lag Mae schon im Bett, ich hörte sie schnarchen. Ich wusch das Geschirr ab, während Rose und Dennis sich unterhielten.

»Sie wird dir nicht im Weg sein. Sie will dir helfen, dein Buch zu schreiben«, hörte ich Rose sagen. Und als Dennis widersprechen wollte, ging sie nicht darauf ein. »Sei nicht so selbstsüchtig. Hör auf damit. Du schuldest diesem Mädchen ein Zuhause. Schau dir die Wohnung an.«

Er versprach, eine Putzfrau zu engagieren, aber Rose blieb hart. Liebe Rose, süße Rose. Ich weiß nicht, was ohne ihr Eingreifen passiert wäre.

NEW YORK TIMES BOOK REVIEW

(7. September 1980)
Cassandra Speaks
von Dennis Lomack;
395 S.

Wir haben uns längst an die Paarungsrituale der Hippies gewöhnt, aber Lomack hat einen neuen Weg gefunden, seine Leser schaudern zu lassen. In *Cassandra Speaks*, seinem jüngsten Buch, wird Gregor, ein gehörnter Aktivist, von seiner jungen Frau Cassandra gequält. Wir sind zurück im Süden von *Yesterday's Bonfires*, nur zwei Jahrzehnte später. Während sich die Naive in einen Vamp verwandelt, wird Gregor buchstäblich zu einem Geist des Mannes, der er einmal war. Die Mischung aus Fantastik und Nüchternheit ist sicher nicht neu (schon mal von Kafka gehört?), in dieser Ausgestaltung aber doch ein bisschen.

In einer Szene beobachtet Gregor, wie Cassandra »einen Außenseiter mit verlebtem Gesicht« in einer Bar aufreißt. Gregor folgt den beiden zur Wohnung des Mannes in einem schäbigen Haus auf Stelzen, das Baba Jagas Hütte auf Hühnerbeinen entspricht, und sieht durch das Fenster zu, wie der hässliche Fremde seine Frau liebt. Die Wohnung ist unmöbliert, nur ein roter Papierschirm, »wie man ihn in einem tropischen Cocktail oder in einem Bordell finden würde«, hängt verkehrt herum von der Deckenlampe und taucht das kopu-

248

lierende Paar in rosafarbenes Licht. Aber erst die Szene, die unmittelbar darauf folgt, in der Cassandra und Gregor gemeinsam nach Hause gehen, ist wirklich verstörend. Die Zärtlichkeit zwischen den beiden ist im Grunde pure Gewalt. Doch genau diese Zärtlichkeit löst Gregors Verwandlung in einen Geist aus.

Als Geist gibt Gregor sein eigenes weltliches Vergnügen auf. Stattdessen nimmt er den Körper seiner Frau in Besitz und zwingt sie, Beziehungen mit anderen Männern einzugehen, um diese Seitensprünge mit ihr zu erleben. Gregors Inbesitznahme seiner Frau scheint eine klare Metapher für den Schreibprozess selbst zu sein, bei dem Lomack in die Köpfe seiner Figuren schlüpft und gezwungen ist, das Leben durch sie zu erfahren. Vielleicht erfordert der Akt des Schreibens Empathie, aber Lomacks großen Zorn kann er nicht besänftigen …

THERAPIENOTIZEN
ZU MARIANNE MCLEAN

4. Mai 1997

Dritte Sitzung in Folge, in der Marianne sich weigert zu sprechen.

Ich fragte: Wie fühlen Sie sich? Möchten Sie über etwas sprechen? Schweigen.

Die neuen Medikamente haben Nebenwirkungen (aufgedunsenes Gesicht, wächserne, graue Haut, unangenehmes Zucken). Man könnte sagen, dass sich durch die Medikamente und dem, was sie mit ihrem Haar gemacht hat (laut den Schwestern hat sie es mit ihren Zähnen abgebissen), ihr Aufenthalt hier negativ auf ihr Äußeres auswirkt.

Trotzdem heißt das nicht, dass keine Fortschritte zu verzeichnen sind. Besserung verläuft selten linear.

Ich las ihr die Abschrift einer früheren Sitzung vor, in der sie mitteilsamer war:

Mein Vater hat nie über meine Mutter gesprochen. Das machte ihn traurig. Sie war ganz plötzlich gestorben: ein Herzfehler. Ich habe ihn nie nach ihr gefragt, weil ich seine Gefühle nicht verletzen wollte. Er sollte nicht glauben, dass er mir als Elternteil nicht genügt hatte, denn das Gegenteil war der Fall. Er hatte mir genügt. Dennis dachte, wenn ich eigene Kinder bekäme, könnte ich die Leere füllen, die der Tod meines Vaters hinterlassen hatte. Aber durch die Kinder wurden natürlich nur zwei neue Löcher gegraben.

Als ich Marianne fragte, ob sie sich dazu äußern möchte, schüttelte sie den Kopf.

Vielleicht könnte sie ein Gedicht darüber schreiben? Ich legte Stift und Papier bereit, aber sie rührte sich nicht.

Den Rest der Stunde saßen wir schweigend da. Als unsere Zeit um war, erklärte ich ihr, wenn sie wollte, dass es ihr besser ging, müsse sie anfangen, härter zu arbeiten.

Und dann spricht sie plötzlich!

Sie sagte, sie wolle nicht, dass es ihr besser ging. Und dass sie, wenn sie tot sein möchte, das Recht dazu haben sollte.

Ich stellte diesen Irrglauben richtig. Sie hat nicht das Recht dazu. Nicht im Bundesstaat Louisiana.

MAE

Eines Tages war dann plötzlich Amanda zurück. Sie würde
sich um mich kümmern, sagte Dad. Ist das zu fassen? Dieser
Ghul mit seinem strähnigen Haar sollte für mich sorgen?

Ich wollte protestieren, aber Dad ließ nicht mit sich reden.
Er sei an einem Punkt in seinem Roman, der seine volle Aufmerksamkeit verlange, und Amanda hätte »freundlicherwei-
se« angeboten, sicherzustellen, dass »alles andere« glattlief.
»Alles andere« war ich. Sie machte sich unentbehrlich. Sie
kochte ihm Gerichte nach Rezepten, die Rose ihr gab, und
stellte sie vor seine Tür, hielt die Wohnung in Schuss und
brachte mich zu meinem Fotokurs. Aber noch wichtiger
war, dass sie sich verdrückte, wenn Dad mich als »Marianne«
brauchte. Offenbar hatten sie eine vage Übereinkunft getroffen.

Ansonsten war Amanda immer in der Wohnung und sorgte dafür, dass ich verlegen vor Dads Zimmer kauerte und wartete, bis er die Tür aufmachte. »Mae« zu sein verlangte mir
mittlerweile genauso viel Schauspielkunst ab, wie »Marianne«
zu spielen. In einem Kegel aus Sonnenlicht saß ich da, die Lie-
benswürdigkeit und Unschuld in Person, und spielte mit der
Katze. Wenn Dad herauskam, um zur Toilette zu gehen oder
sein leeres Essenstablett auf den Tresen zu stellen, tätschelte
er mir den Kopf oder sagte ein paar freundliche Worte, aber
wirklich wahr nahm er mich nur, wenn ich »Marianne«
war.

Obwohl von mir erwartet wurde, »Mae« und »Marianne« voneinander zu trennen, färbte nach dem Picknick einiges von »Marianne« auf eine Weise auf mich ab, die ich nicht kontrollieren konnte. Ich kehrte immer wieder zu dem Moment zurück, als Dad vor mir kniete, und ertappte mich dabei, wie ich über den Ausdruck auf seinem Gesicht nachdachte, den ich heute als eine Mischung aus Erregung und Verzweiflung deute. Damals hätte ich das nicht ausdrücken können, aber wenn ich daran dachte, wurde mir leicht übel und ich war erregt. Mein Herz fing an zu rasen, und um den seltsamen Druck zu lindern, der sich in mir aufstaute, tat ich Dinge, die ich nicht verstand. Ich presste mich an den Türknauf oder den Rand der Kommode und schaukelte vor und zurück. Mir fehlte jeglicher Bezugsrahmen für mein Handeln. Ich war sexuell völlig unbedarft, hatte noch nie einen Jungen geküsst. Aber wenn Amanda mich dabei erwischte, wie ich die Kommode vögelte, war mir irgendwie klar, dass ich mich schämen musste. Ich wurde rot und tat so, als hätte ich getanzt.

Abends kehrte Amanda immer in das Loch zurück, aus dem sie gekrochen war. Dad saß tippend in seinem Zimmer, während ich im Bett lag und Moms Lust mich bedrohlich überkam. In meinen Träumen war ich Mom, und Dad machte mit mir dasselbe wie in seinen Büchern mit ihr. In diesen Träumen war er eine verschwommene Mischung aus dem, wie ich ihn kannte, und seinem Abbild auf den alten Fotos.

In meiner Kunst geht es oft um dieses Thema, und trotzdem fällt mir Ehrlichkeit nach wie vor schwer. Ich sagte Träume, aber eigentlich waren es keine, denn ich war wach. Ich sagte Träume, weil ich die Situation nicht in der Hand hatte.

Genau wie wenn ich sage, es war Moms Lust, und ich sie als ihre sehe, als diese äußere Kraft, dann kann es nicht meine gewesen sein.

EDITH [1997]

Es ist merkwürdig, mein altes Viertel durch das Fenster des Trucks zu sehen. Ich beobachte verwirrt ein paar Kinder, die durch einen Rasensprenger rennen. Ein Kind rutscht aus, fällt hin und fängt an zu weinen, das andere spielt ungerührt weiter.

Wie kann Mae so gelassen sein, wenn Mom in der Klinik verrottet? Buchstäblich verrottet. Man riecht es vielleicht nicht, aber man spürt es. Die Stelle in ihrem Brief, dass die Krankenhausmoleküle ein Teil von ihr werden. Die kreischende Frau im ersten Stock, sie ist in mir. Genau wie die toten Haut- und Speichelzellen ihrer Zimmergenossin. Ob Charlie merkt, dass ich verseucht bin?

Charlie bricht das Schweigen. »Und, wie g-g-geht es ihr?«, fragt er schließlich.

»Nicht gut.« Noch während ich es ausspreche, komme ich mir wie eine Verräterin vor. Wieso erzähle ich ihm das überhaupt? Wahrscheinlich verlässt er mich bald. Warum sollte er hierbleiben? »Aber auch nicht schlecht. Jedenfalls ist sie nicht verrückt wie die anderen. Manchmal ist sie nur sehr egoistisch.«

Charlie nickt. Wieso nickt er?

»Nicht egoistisch, das trifft es nicht wirklich«, sage ich.

»Na ja, sich umbringen ist z-z-ziemlich egoistisch.«

Wovon redet er? Ich ziehe meine Hand von seiner zurück. Er tut so, als würde er uns kennen, aber das tut er nicht. Er hat keine Ahnung. Außerdem hat Mom sich nicht umgebracht. Wenn sie sich umgebracht hätte, dann wäre sie tot.

»Mir wäre lieber, du würdest nicht über meine Mutter reden«, sage ich.

Er entschuldigt sich und will seine Hand wieder auf meine legen, aber ich lasse ihn nicht an mich ran. Seine Hand ist so rau. Unfassbar, dass ich sie eben berührt habe. Unfassbar, dass diese sommersprossigen, knochigen Finger, die jetzt in seinem Schoß zucken, gestern in mir steckten. Widerlich.

»Du kannst mich hier absetzen.« Ich öffne die Tür, bevor der Truck richtig steht.

Ein Auto parkt an der Seitentür. Ein alter schwarzer Honda. Komisch. Wahrscheinlich gehört er den DuPres. Der Mann ist Mechaniker, und sie haben ständig wechselnde Autos, die nicht an der Straße parken dürfen.

»Ist das eurer?«, höre ich Charlies Stimme hinter mir.

»Nein. Gehört dem Nachbarn.«

Ich will gerade den Ersatzschlüssel holen, als ich etwas aus dem Augenwinkel sehe. Ein Seil. Ein Seil, das von einem Ast der Eiche hängt. Und an dem Seil befestigt ist … ein Reifen. Eine Schaukel. Was stimmt nicht mit mir, dass ich beim Anblick einer Schaukel in Panik gerate? Aber woher kommt sie? Uns gehört sie nicht. Wer hat sie da aufgehängt? Die DuPres? Sie haben zwei Jungs, aber warum hängen sie die Schaukel nicht an ihrem eigenen Baum auf?

»Was h-h-ast du?«, fragt Charlie, der mit meinen Taschen an der Seitentür steht.

»Nichts.« Ich lasse den Reifen los und hole den Ersatzschlüssel, der unter der hinteren Veranda hinter einem Stein versteckt liegt. Ich schenke mir die Erklärung, warum ich gestern Abend wegen des Ersatzschlüssels gelogen habe, und Charlie fragt nicht.

Zuerst weiß ich nicht, was anders ist. Aber der Geruch im Haus macht mich nervös. Es riecht nach Wick VapoRub und Fisch. Was könnten wir draußen stehen gelassen haben, das so riecht? Charlie folgt mir die Seitentreppe hoch in die Küche.

Unsere Sachen sind noch da. Aber sie wurden umgestellt.

»Was zum Teufel?« In den großen Konservengläsern auf der Anrichte, in denen ich Bohnen und Reis aufbewahrt hatte, ist jetzt … Ich weiß noch nicht mal, was. Getrocknete Pilze?

»W-was ist?«, fragt Charlie. »Stimmt irgendwas n-n-nicht?«

Als ich die Schränke öffne, sind sie voll mit verpackten Lebensmitteln, die nicht uns gehören. Die Aufschrift ist griechisch oder so was.

»Die Sachen gehören nicht uns«, sage ich.

Bin ich im falschen Haus? Die Häuser in unserer Straße sehen alle gleich aus. Oder ist es die falsche Straße? Eine Parallelstraße? Natürlich nicht. Blödsinn.

Ich gehe ins Wohnzimmer.

Die grüne Couch wurde umgestellt und da ist ein Laufstall. Ein Baby? Im Teppich sind noch die Abdrücke der Couchbeine. Das Zimmer wirkt irgendwie verändert. Nicht nur wegen der Couch. Woran liegt es?

Ein kleiner Junge erscheint am Fuß der Treppe.

Ich schreie erschrocken auf, und das macht ihm Angst, denn er schreit ebenfalls.

»Wer bist du? Was suchst du hier?«, frage ich ihn.

»Sch-sch-schrei ihn nicht an«, sagt Charlie nervös, dabei habe ich gar nicht geschrien.

Eine Frau kommt mit großen Augen die Treppe herunter. Zerrt ihren Sohn von uns weg. In einer fremden Sprache, die ich nicht kenne, ruft sie etwas nach oben. Ein Mann, der sich das Hemd zuknöpft, kommt die Treppe herunter.

»Was machen Sie hier?«, frage ich. »Das ist unser Haus.«

»Mein Haus«, sagt der Mann.

»Das ist unser Haus«, wiederhole ich.

»Wir haben Mietvertrag«, erwidert er.

Die Frau zögert, kommt dann zu mir und hält das schnurlose Telefon wie eine Waffe in der Hand. Keine Ahnung, was hier vor sich geht. Sie versucht, mir etwas zu erklären, aber ich verstehe nur das Wort »Krankenhaus«. Und sie sagt ständig Du rin. Du-rin. Doreen. Natürlich, Doreen steckt hinter der Sache. Sie hat das Haus an Fremde vermietet.

»Geben Sie mir das Telefon.« Ich reiße ihr den Hörer aus der Hand und rufe Doreen an.

Nach dem fünften Klingeln geht sie ran.

»Doreen. Was zum Teufel!«

»Wie bitte?«, sagt Doreen, die klingt, als hätte ich sie geweckt.

»Hier ist Edie. Ich bin bei mir zuhause. Aber wie es aussieht, hast du unser Haus weggegeben.«

»Du bist was?«

»Ich. Bin. Zuhause.«

»Herrgott, Edith. Wie kommst du denn auf die Idee? Verschwinde von dort.«

»Das ist unser Haus!« Warum muss ich das überhaupt sagen?

»Im Augenblick ist es das nicht! Ich hab es vermietet. Wie glaubst du, wird das Krankenhaus für deine Momma bezahlt? Verschwinde.«

Ich drehe Charlie und dieser blöden Familie den Rücken zu.

»Doreen, ich schwöre bei Gott –«

»*Du* schwörst bei Gott! *Ich* schwöre bei Gott! Ich hab gesagt, du sollst nicht kommen. Die können dich jetzt anzeigen. Und das brauchen wir im Augenblick am allerwenigsten. Komm sofort zu mir.«

Ich lege auf.

Die Hausbesetzer sehen sich an. »Gehen Sie oder wir rufen Polizei«, sagt der Mann. Ich gebe ihm das Telefon und betrachte unser Wohnzimmer.

Die Kürbisse. Sie fehlen. Das Regal mit den Deko-Kürbissen, die die Asche meines Großvaters enthalten. Was haben diese Leute damit gemacht?

»Wo sind die Kürbisse?« Ich zeige auf die Stelle an der Wand, wo sie früher standen, und forme mit den Händen einen Kürbis. Wenn sie sie weggeworfen oder beschädigt haben, schlage ich alles in diesem Zimmer kurz und klein … Die Frau sieht verwirrt aus. Der Mann ist am Telefon, wahrscheinlich ruft er die Polizei.

Dann entdecke ich eine Pappschachtel in der Ecke, in den mein Großvater lieblos verstaut wurde. Ich schnappe mir die Schachtel und zwänge mich an dem Paar vorbei zur Haustür hinaus.

Charlie startet den Motor, und ich untersuche jedes Gefäß auf Schäden. Als ich klein war, hat Mom oft davor gestanden und mit meinem Großvater geredet oder ihm etwas vorgesungen. Ich schüttle ein Gefäß, um festzustellen, ob die Asche noch drin ist, und eine kleine graue Wolke entweicht oben aus dem kleinen eingebohrten Loch. Ein paar Teilchen landen auf meinen Lippen und meinem T-Shirt.

»W-w-was ist das?«, fragt Charlie. Er wirkt ein bisschen zu munter, als ginge es hier um ein weiteres Abenteuer und nicht um mein ruiniertes Leben.

DOREEN

Die Geschichte von diesen verdammten Kürbissen? Nach ihrer Scheidung war Marianne total aufgedreht, hat ihre Kinder bei mir abgeladen und sich mit einem kleinen Kerl mit zusammengewachsenen Augenbrauen nach Honduras abgesetzt. Angeblich war er ein Enkel von Trotzki oder irgendwas. Jeder halbwegs vernünftige Mensch hätte gemerkt, dass er nicht viel taugt – zwielichtig, schmutzig, nicht gerade ein Hingucker, egal, von wem er der Enkel war. Außerdem ist er dauernd in Ohnmacht gefallen, was Marianne natürlich *faszinierend* fand. Jedenfalls war er ein Gastdozent oder so was an der Tulane, was Marianne beeindruckt hat, und die beiden verschwanden nach Zentralamerika, ohne darüber nachzudenken, was das für ihr Umfeld bedeutet.

Edith hatte schreckliche Angst, verlassen zu werden. Als Marianne sie zu mir brachte, hat Edith sich auf Mariannes Fuß gesetzt, um sie am Weggehen zu hindern. Sie hat ihrer Mutter einen Zeh gebrochen, aber das konnte Marianne nicht aufhalten. Nein. Marianne ist mit ihrem gebrochenen Zeh und ihrem hässlichen Freund und einem einfachen Flugticket nach Honduras verschwunden.

Ein paar Wochen später rief sie mich an. Der Typ war verschwunden. Sie schwafelte von irgendeiner internationalen Verschwörung, aber mir war klar, er hatte sie einfach leid gehabt und sich abgesetzt. Mit ihrem Geld. Ihr blieb nur das Hotelzimmer und diese blöden Zierkürbisse, weiß Gott, woher sie die hatte. Sie wollte daraus ein Denkmal für ihren Vater bauen oder einen kleinen Laden eröffnen und dort Kürbisse und Gedichte verkaufen. Spinnereien. Durchgeknalltes Zeug. Ihren Rückflug hab ich aus meiner Tasche bezahlt.

Ich hatte damals eine schwere Zeit mit meinem Mann und genug Sorgen am Hals. Edith hat ins Bett gemacht und Mae hat mich nicht aus den Augen gelassen. Das ging mir auf die Nerven. Ich konnte die zwei nur im Zimmer von meinem Sohn unterbringen, und der musste dann in einem Schlafsack auf dem Fußboden in meinem Zimmer schlafen. Meine Güte. Die zwei Mädchen konnten natürlich nichts dafür, wahrscheinlich hätte ich netter zu ihnen sein können. Wenn meine Mutter noch gelebt hätte, wäre sie enttäuscht von mir gewesen.

Edith und Mae waren nur ein paar Wochen bei mir. Marianne kam zurück, immer noch humpelnd, die Koffer voller kleiner Kürbisse. Sie war glücklicher, als es ihr zustand, redete von all ihren Plänen und machte jede Menge leere Versprechungen.

Und dann, déjà vu, taucht Edith wieder mit diesen verdammten Kürbissen bei mir auf. Am liebsten hätte ich jeden einzeln zerdeppert. Ich hatte ihr am Telefon gesagt: Bleib in New York. Aber sie ist ein stures Mädchen, schon immer gewesen. Wenn sie sich was in den Kopf setzt, lässt sie sich nicht davon abbringen. Sie dachte nicht eine Sekunde daran, dass mein Bruder bei mir wohnt – er hatte Bauchspeicheldrüsenkrebs im fortgeschrittenen Stadium, und ich musste Zusatzschichten einlegen, damit er die Behandlung bezahlen konnte. Nein, Edith kam nicht auf die Idee, dass ich größere Probleme hatte als Marianne.

MAE

Anstatt bei Dad zu sein, musste ich Amanda den ganzen Tag bei bescheuerten Erledigungen begleiten. Bevor wir aufbrachen, bürstete sie mir unnötig grob die Haare. Eigentlich war ich zu alt dafür, aber ich saß da und ließ sie machen. Mann, wie ich sie hasste! Das Gefühl beruhte auf Gegenseitigkeit. Wenn wir außer Sichtweite von Rose oder Dad waren, zeigte sie mir ihre Abneigung ganz offen.

Ich weiß noch, wie sie mir einmal im Supermarkt Kinderkekse mit bunten Gesichtern kaufte – Vanille auf einer Seite, Schokolade auf der anderen und in den Augenhöhlen Creme-Füllung. Ich fühlte mich zutiefst beleidigt und wäre nie auf die Idee gekommen, es könnte vielleicht ein Friedensangebot sein, denn das war es nicht. Es war ihre Art, mir zu sagen, dass sie mich für ein dummes, unwichtiges Kind hielt.

Ich rächte mich an ihr, indem ich Bilder von ihr machte. In meinem Fotokurs druckte ich die am wenigsten schmeichelhaften in dreifacher Ausfertigung aus. Zuhause verteilte ich sie auf dem Fußboden und verstümmelte sie mit einer Schere, angeblich für eine Collage, die ich dann nie zusammenfügte. Sie saß in der Nähe und beobachtete mich mit ungerührter Miene.

Über Dads und meine Inszenierungen verlor sie nie ein Wort. Naiverweise ging ich davon aus, dass sie unser Geheimnis waren, aber ich glaube, Amanda wusste Bescheid. Wahrscheinlich starb sie vor Eifersucht, wenn sie in den Antiquitätenläden die Sachen kaufte, die Dad und ich benutzten. Heute begreife ich, dass es mit Amanda ein Spiel war, das ich nicht gewinnen konnte. Ich war nur ein Kind.

EDITH [1997]

Doreen wärmt ein halb aufgegessenes Grillhähnchen und Dosenerbsen auf. Charlie stottert sich lange durch seinen Namen. Sie gibt ihm die Hand und schaut über seine Schulter hinweg mich an.

»Wo hast du ihn aufgetan?«, fragt sie.

»Er ist mein Nachbar in New York.«

»Wie alt bist du?«, fragt sie ihn. Als ob sie das etwas angeht!

»Fünfundzwanzig.«

»Doreen«, sage ich, bevor sie uns noch länger mit diesem Unsinn ablenkt. »Wie lange bleiben diese Griechen in unserem Haus?«

»Das sind keine Griechen, sondern Ukrainer. Und sie haben einen Mietvertrag für zwei Jahre unterschrieben. Er arbeitet im Krankenhaus. Wir haben Glück, dass wir sie gefunden haben.«

»Und wo soll Mom wohnen, wenn es ihr besser geht?«

Charlies Blick wandert zwischen Doreen und mir hin und her. Wieso ist er eigentlich noch da?

»Die Hürde nehmen wir, wenn es so weit ist, Edith«, sagt Doreen leicht gereizt, wie immer, wenn sie sich um unseren familiären Scheiß kümmern muss. Du willst dich nicht darum kümmern? Dann lass es doch! Mir tust du damit keinen Gefallen.

»Ich musste viele Strippen ziehen, damit sie ins St. Vincent's kommt«, sagt Doreen. »Wenn man ihr helfen kann, dann dort,

265

aber Wunder können sie auch keine wirken. Außerdem …
Nun, du hast sie ja besucht und gesehen, wie's ihr geht.«

Ich beiße mir fest auf meine zitternde Unterlippe. Doreen
gehört zu den Leuten, die sich für ehrlich halten, obwohl sie
eigentlich nur gemein sind.

»Ich glaube nicht, dass du sie je verstanden hast«, sage ich.
Weiter darf ich Doreen nicht provozieren.

Sie schnaubt nur und räumt unser Geschirr von der Theke.
Doreen und Mom waren immer eher Schwestern als Freundinnen. Als ich klein war, lud Mom sie zum Kaffee ein, und
ich weiß noch, wie peinlich es mir war, weil Mom immer Doreens Hand hielt und sie bat, doch nicht so schnell zu gehen,
und wie Doreen immer ihre Hand wegzog und sie ansah, als
hätte Mom einen klebrigen Fleck zurückgelassen. Wie konnte sie es wagen? Doreen hätte sich schämen müssen, dass sie
so ein Miststück war.

»Und wo soll ich jetzt bleiben? Nachdem du dir unser
Haus unter den Nagel gerissen hast?,« frage ich.

Kaum habe ich es ausgesprochen, tut es mir leid. Doreen
lässt, was immer sie gerade abwäscht, klappernd in die Spüle
fallen und dreht sich um. Ich rechne damit, dass sie mir
gleich mit ihrer seifigen Hand eine runterhaut. Es wäre nicht
das erste Mal.

Aber sie schlägt mich nicht. Stattdessen zieht sie mich an
ihre Brust und hält mich fest. Ihre Titten sind so groß, dass
sie ihre BHs aus Spezialkatalogen bestellen muss, aber ich
kann dem Drang nicht widerstehen und weine hinein, als wären es zwei Kissen.

»Scht«, sagt sie. »Scht … Baby. Armes Baby.«

Ich hasse es, wie tröstlich sich das anfühlt. Ich hasse es, dass
Charlie die Szene beobachtet. Mich angafft. Wieso ist er nicht

266

schon abgehauen? Ich löse mich von Doreen und wische mir mit dem Ärmel die Augen trocken. Über ihrem Herz prangt ein großer nasser Fleck.

»Weiß dein Daddy, dass du hier bist?«, fragt Doreen.

»Er hat da nichts mitzureden«, erwidere ich.

Doreen zuckt die Schultern, geht schon wieder auf Distanz, als hätte sie mit dieser Umarmung ihr Wochenpensum an Herzlichkeit verbraucht.

»Na ja, ein paar Tage kannst du hierbleiben, aber nicht länger. Und glaub bloß nicht, dass du dir ein Zimmer mit deinem Freund teilst«, sagt sie, dreht sich um und geht die Treppe hoch.

Charlie ist nicht mein Freund. Er öffnet den Mund, als wollte er mir gleich etwas »Tröstliches« sagen. Aber sein Mitleid ist das Letzte, was ich jetzt brauche.

»Wir sehen uns später«, sage ich und zwänge mich rasch an ihm vorbei. Zu Markus sind es nur fünfundvierzig Minuten zu Fuß. Ich muss jemanden um mich haben, der mich wirklich kennt.

Ich drehe mich nicht um, aber ich weiß, dass Charlie mir folgt. Was ist sein Problem? Ich fange an zu laufen, trabe durch fremde Gärten. Als ich die Beaux Artes Ave. erreiche, blicke ich über die Schultern. Er ist weg. Ich bin enttäuscht. Nein, albern. Vor allem bin ich erleichtert.

WALTER

Ich traf Dennis Lomack und das Mädchen im Türkischen Bad an der East 10th St. Ich erkannte ihn sofort, er dagegen hatte keine Ahnung, wer ich war. Als er nach New York zurückzog, war er bei meiner Frau in Therapie. Sie ist ein Genie darin, Kreative zu knacken, aber Lomack war einer ihrer wenigen Misserfolge.

Meine Frau spricht nie über ihre Klienten, aber ihre Praxis war im Erdgeschoss von unserem Brownstone, und die Lüftungsschlitze leiteten Geräusche weiter. Am Anfang war ich neugierig auf den Autor. Aufgrund seiner Bücher hatte ich ihn für interessant gehalten – einen Mann der Tat. Stattdessen weinte er immer nur und lamentierte wegen seiner Exfrau herum. Über etwas anderes konnte er praktisch nicht reden. Das, und manchmal darüber, wie schlecht er sich fühlte, weil er seine Töchter im Stich gelassen hatte. Aber was für ein Mann gibt seine Kinder überhaupt erst auf? Und lässt sie auch noch bei einer Frau zurück, die laut seiner eigenen Aussage total instabil war? Wieso unternahm er nichts, statt meiner Frau von seiner Schreibblockade vorzujammern?

Als ich ihn nach all den Jahren mit seiner Tochter im Schwimmbad sah, dachte ich, wie schön, vielleicht hat er sich am Ende doch für seine Kinder eingesetzt. Das Mädchen war ein Teenager, aber sie sah jünger aus. Ich erinnere mich, dass sie eine altmodische Bademütze trug. Sie lag auf dem Rücken, und er hielt sie, zog sie im Wasser hin und her. Er wirkte vollkommen konzentriert auf sie.

Am Anfang rührte mich der Anblick. Lomack war ein ruppiger Typ, daher war es schön zu sehen, wie vernarrt er in das Mädchen war. Aber als ich dann näher ranschwamm, überkam mich ein ungutes Gefühl. Das Mädchen hatte die Augen geschlossen, während er sie durchs Wasser zog. Sie flüsterten miteinander, und obwohl ich nicht verstand, was sie sagten, spürte ich die Intensität. Ich erinnerte mich an die schroffe Art, mit der er die Sitzungen bei meiner Frau beendete, wie sie wochenlang im Bad weinte, wo sie glaubte, ich höre sie nicht, und wegen nichts mit mir zu streiten anfing. Da seine Bücher im Regal nicht am gewohnten Platz standen, wusste ich, dass sie darin gelesen hatte. Lomack bezeichnete sich selbst als eine toxische Kraft im Leben anderer Leute, trotz seiner besten Absichten, und vielleicht hatte er recht. Meiner Ehe hat er jedenfalls nicht gutgetan.

Ich stieg aus dem Schwimmbecken, ging zu einem der Saunaräume und gönnte mir eine Massage, wo sie einen mit Birkenruten schlagen. Danach kehrte ich für eine letzte Runde zum Schwimmbecken zurück und sah, dass Lomack und seine Tochter noch in derselben Position an exakt derselben Stelle waren.

Ich hatte der merkwürdigen Begegnung mit Lomack keine große Bedeutung beigemessen, bis ich den Beitrag seiner Tochter bei der Whitney Biennial sah. Bei der Vorstellung, dass ich vermutlich einem ihrer Rituale beigewohnt hatte, wurde mir speiübel.

MAE

Ich wusste nicht, dass das die letzte Szene war, die Dad und ich inszenieren würden. Dad beobachtete von seinem Fenster aus, wie ich vor seinem Haus im Regen auf und ab ging, in der Hand einen kleinen ramponierten Koffer, den Amanda eine Woche zuvor nach seinen Angaben gekauft hatte. Ich weiß nicht, was darin war, denn er war abgeschlossen, aber er war trotz seiner Größe schwer und vollgeklebt mit alten Reiseaufklebern. Dad hatte mir am Morgen meine Kleider bereitgelegt – eine hellgelbe Bluse mit Stoffknöpfen und einen marineblauen Rock, der nach Mottenkugeln roch.

Ich ging die 7th Avenue entlang, bog ab und umkreiste immer wieder denselben Block. Ich war orientierungslos, als sähe ich die Stadt zum ersten Mal. Als der Regen stärker wurde, huschten Ratten unter den Mülltonnen hervor und suchten höheres Gelände. Der Regen kam in Böen und schoss durch die Ablaufrohre. Meine durchnässte Bluse wurde durchsichtig, und der Wollrock roch nach nassem Hund. Jedes Mal, wenn ich an unserem Hauseingang vorbeikam, rannte der Portier hinter mir her und wollte mir einen Regenschirm geben, aber ich ignorierte ihn, bis er irgendwann aufgab. Obwohl ich mehrmals zum Fenster hochsah, konnte ich nicht mit Bestimmtheit sagen, ob Dad mich beobachtete. Vielleicht genügte ihm die Vorstellung, mich draußen im Regen zu wissen, oder er ging von Zimmer zu Zimmer, von Fenster zu Fenster und verfolgte jede meiner Bewegungen.

Die Zeit verstrich. Irgendwann ging der Regen in Niesel über, und ich kehrte ins Haus zurück. Der Portier mied meinen Blick, als ich auf den Aufzug wartete, und wischte ohne hochzusehen die Pfützen auf, die ich hinterlassen hatte.

Als ich vor Dads Wohnung stand, legte ich die Stirn an die Tür und presste den Koffer zitternd an meine Brust. Ich weiß noch, dass ich dachte: Irgendetwas wird gleich passieren. Ich dachte diesen Gedanken als Mom und als Mae. Ich dachte: Mein Leben steht kurz davor, sich zu verändern.

CHARLIE

Doreen war freundlich, aber auch misstrauisch mir gegenüber, was ich irgendwie gut fand. Welcher normale Mensch wäre das in dieser Situation nicht gewesen? Nachdem Edie weg war, unterhielt sich Doreen mit mir, als wüsste ich sehr viel mehr über die ganze Geschichte, als es der Fall war. Ich spielte mit. Sie sagte, nach dem Tod ihres Vaters sei Marianne durchgedreht und nie wieder normal geworden.

Ich fragte, ob sie damit meinte, Marianne sei verrückt?

Doreen erwiderte, nein, nicht ganz. Oder doch, aber man könne auf viele Arten verrückt sein, das sage nicht viel aus. Sie wusste nur, dass Marianne durch Jacksons Tod etwas verlorenging – vielleicht einfach ihr Anstand.

Dann seufzte Doreen und sagte, sie wisse nicht mehr, was richtig sei. Wenn Marianne unbedingt sterben wollte, sollte sie halt sterben. Dann legte Doreen den Kopf auf den Tisch, und wir saßen eine Weile schweigend da.

Ich kannte Marianne noch nicht, aber aufgrund der Lektüre von Dennis Lomacks Büchern hatte ich das Gefühl, ich würde sie kennen. In den Büchern erschien Marianne als faszinierende und bezaubernde Frau, aber vielleicht hatte Doreen recht, vielleicht war sie nicht besonders »anständig«. So hatte ich es noch nicht gesehen. Anstand ist etwas, dem man erst mit zunehmendem Alter einen höheren Wert beimisst. Es ergibt Sinn, dass Doreen in solchen Kategorien dachte, denn sie war eine Frau, die bodenständiger war als die meisten.

Als Doreen sich wieder aufrichtete, wirkte ihr Gesicht vollkommen ruhig. Ich dachte, sie hätte vielleicht geweint, aber nein. Sie sagte, sie müsse zu einer halben Schicht ins Krankenhaus, ich solle es mir auf der Couch bequem machen, und gab mir die Fernbedienung für den Fernseher.

Als sie weg war, saß ich eine Weile da. Ich wusste nicht, ob ich Edie suchen oder ihr Raum geben sollte. Zwischen uns hatte sich etwas verändert – ich spürte es und hoffte, es wäre nur vorübergehend. Ich versuchte fernzusehen, was ich seit Jahren nicht mehr getan hatte, und konnte den Sendungen nur schwer folgen. Die Schauspieler sahen sich alle ähnlich, ich konnte sie kaum unterscheiden. Irgendwann schaltete ich ab und saß schweigend da.

Nach einiger Zeit hörte ich Geräusche von oben. Erst dachte ich, es wäre der Wind oder vielleicht irgendein Tier. Als ich jedoch die Treppe hochging, wurde mir klar, dass hinter einer der geschlossenen Türen jemand stöhnte. Ich blieb eine Weile stehen und horchte, bevor ich in das Zimmer ging.

Drinnen lag ein Mann auf einem Krankenhausbett. Er sah uralt aus, aber vermutlich war er gar nicht alt, nur von der Krankheit zermürbt. Obwohl seine Augen offen waren, glaube ich nicht, dass er mich sah. Seine Pupillen waren groß wie 25-Cent-Stücke. Er bewegte den Mund, und es drangen Laute heraus, die keine Worte waren.

»B-b-brauchen Sie etwas?«, fragte ich ihn mehrmals. Ich zündete eine Zigarette an und hielt sie ihm hin, aber er schien sie nicht zu wollen. Er war erregt, also setzte ich mich auf die Bettkante und nahm seine Hand. Wegen der vielen Luftauffrischer war mir der Geruch unten nicht aufgefallen, aber als ich meine Zigarette aufgeraucht hatte, musste ich durch den Mund atmen. Ich weiß nicht, ob er meine Hand spürte, jedenfalls beruhigte er sich irgendwann, und ich schlief ein. Als ich aufwachte, stand Doreen in der Tür. Ich spürte, dass ihr meine Anwesenheit in dem Zimmer nicht passte, und ging.

Nach dem Tod meiner Mutter wurde ich ein Abenteurer. Wenn man gezwungen ist, die Sterblichkeit zu akzeptieren, verschwendet man keine Zeit mehr. Bescheidenheit, Zurückhaltung, Selbstachtung – alles Quatsch. Es geht nur ums Ego. Und dafür habe ich keine Zeit. Niemand. Selbst kleine Kinder, die Zeit im Überfluss haben, selbst sie wissen es besser. Das alles wusste ich, aber in den vergangenen Monaten hatte ich es aus den Augen verloren. Durch diesen sterbenden Mann wurde mir einiges klar: Ich hatte Edie vielleicht gerade erst kennengelernt, aber ich liebte sie und würde alles tun, um ihr zu helfen.

Nach dem Besuch bei Doreen fühlte ich mich sehr lebendig. Ich stieg in den Truck und fuhr zur Nervenklinik. Ich war so entschlossen und alles ging so schnell, dass ich erst nervös wurde, als ich im Fahrstuhl stand. Mein Gesicht spiegelte sich in der Metalltür, es sah verzerrt aus, als wäre ich geistesgestört, als wäre ich ein Patient, der dorthin gehörte.

MAE

Ich klopfte. Dad öffnete die Tür. Er öffnete sofort, hatte also wohl auf der anderen Seite auf mich gewartet. Wir standen beide reglos da, das merkwürdige Kraftfeld zwischen uns summte wie ein elektrischer Zaun.

»Marianne«, sagte er schließlich. Er musste das sagen, um einzuleiten, was als Nächstes passierte, um mir die Erlaubnis zu geben, sie zu sein und nicht »Mae«.

Und dann zog ich sein Gesicht zu mir und küsste ihn. Er schmeckte nach Asche, ein ausgebrochener Vulkan. Seine Zunge war weich und warm. Es war mein erster Kuss. Ich weiß nicht, wie lange er dauerte. Es können Minuten oder Stunden gewesen sein. Ich verlor jedes Zeitgefühl.

MARKUS

Edies Abreise nach New York hatte mir etwas Erleichterung verschafft. Ich hatte mein Schwulsein verleugnet, und ihre Anwesenheit gab mir das Gefühl, ich müsste jedem meine Heterosexualität beweisen, einschließlich mir. Ich konnte mit ihr Sex haben und ihn bis zu einem gewissen Grad sogar genießen, aber danach fühlte ich mich meist leer und traurig. Damals schob ich es auf meinen katholischen Schuldkomplex, aber inzwischen glaube ich, es lag an dem Gefühl, dass etwas mit mir nicht stimmte und ich einfach nicht bereit war, mich damit auseinanderzusetzen.

Ich erinnere mich noch, wie mir das Herz sank, als Edie plötzlich außer Atem und abgerissen vor unserer Tür stand. Und ich erinnere mich auch noch daran, dass ich mich für sie schämte. Genauso ging es mir, wenn ich bei ihr zu Hause war und ihre Mutter sich nicht gut fühlte und das Haus schmutzig war und ihre Mutter schmutzig war und ihre Schwester mit großen Augen dasaß und schwieg. Ich weiß noch, wie wir einmal bei ihr ankamen und sämtliche Möbel vorne im Garten standen und ihre Mutter auf dem Küchenboden saß und ich Edie helfen musste, ihre Mutter die Treppe hochzutragen und alle Sachen wieder ins Haus zu holen. Ich fand es seltsam, dass es Edie nicht peinlich war. Ich wäre vor Scham gestorben. Aber das war das Tolle an Edie, sie war loyal. Meine Eltern waren völlig normal und langweilig, aber jedes Mal, wenn meine Mutter in der Öffentlichkeit etwas zu mir sagte, wurde ich knallrot. Ich war schrecklich gehemmt und dachte immer, die Leute würden mich ansehen und verurteilen, aber Edie, deren Mutter verwirrt in einem Haufen Cornflakes auf dem Fußboden saß, wäre nie in den Sinn gekommen, dass ich vielleicht so kleinkariert war und sie dafür geringschätzte.

Meine Eltern hatten Mitleid mit Edie und wollten ihr anbieten, bis zum Abschluss der Highschool bei uns zu wohnen. Sie glaubten an gute Taten, und ich nehme an, meine Mutter spürte mein Schwulsein und hoffte, eine Freundin, die im selben Haus wohnte, könnte den Lauf der Dinge aufhalten. Aber die Vorstellung, Edie für den Rest der elften und die ganze zwölfte Klasse bei uns zu haben, fand ich unerträglich. Meine Eltern und ich hatten deswegen einen heftigen Streit, und sie waren total überrascht, weil sie dachten, ich hätte Edie gern bei uns. Ich log und sagte, dass Edie in New York bei ihrem Vater glücklich war, trotz der vielen verzweifelten Nachrichten, die sie auf unserem Anrufbeantworter hinterließ. Als klar war, dass mir etwas Besseres einfallen musste, um meine Eltern von ihrem Plan abzubringen, erzählte ich ihnen, Edie sei heroinabhängig und ich würde mich bei ihren Freunden aus der Drogenszene unwohl fühlen. Meine Eltern sind typische Einwohner von New Orleans, die immer nach dem Motto »Let the Bon Temps Rouler!« gelebt haben, und unser Schuppen war oft voller minderjähriger betrunkener Kids, aber sie hatten seit jeher große Angst, ich könnte Drogen nehmen, und damit war die Sache vom Tisch.

Heute schäme ich mich für mein Verhalten, aber es war eine Frage des Überlebens. Ich tat, was ich meiner Ansicht nach tun musste.

EDITH [1997]

Mir dreht sich alles. Ich halte mich an Markus' Arm fest, aber er geht so schnell vor mir her und schaut sich nicht mal um, wenn ich mit ihm rede.

Markus, sage ich. Markus, hast du mich vermisst? Die letzten zwei Monate, die letzten zwei Monate waren schlimm.

Beim Reden konzentriere ich mich auf sein Ohr, weil er sich nicht zu mir umdreht.

Markus, sage ich. Markus. Eine Hecke zerkratzt mir den Arm. Ich verliere das Gleichgewicht.

Mein Knie blutet.

Mann, Edie, verdammt. Warum hast du dich so betrunken? Komm mal wieder klar. Du bringst jedem nur Ärger. Hör auf, an mir rumzuzerren.

Sein Gesicht ist vor meinem. Gleich küsst er mich.

Er küsst mich doch nicht.

Er zieht mich hoch, ich stehe wieder auf den Füßen. Es ist so still. Erst jetzt merke ich, wie still es hier im Gegensatz zu New York ist. Ich höre nur das Blut in meinen Ohren pochen. Keine Autos oder Menschen.

Edie, steh auf.

Ich schließe die Augen, aber davon wird das Drehen nur noch schlimmer. Ich öffne sie. Ich habe große Angst. Plötzlich habe ich große Angst. Als ich eben die Augen schloss, habe ich das Gesicht meiner Mutter vor mir gesehen. Ihre Pupillen sind so schwarz, sie gleichen Löchern. Wenn man hineinschaut, sieht man die Leere im Inneren. Ich denke, das ist meine Mutter. Ich denke, meine Mutter muss zurückkommen. Ich denke, sie ist fort. Ich denke, sie kommt nicht zurück, sie ist verschwunden. Heute habe ich es begriffen. Sie kommt nicht mehr zurück. Ich dachte, ich könnte sie dazu bewegen, aber es ist mir nicht gelungen. Der Teil von ihr, auf den es ankam, war nicht mehr zu retten. Dieser Teil war schon verschwunden. Er war schon lange verschwunden, denn sonst hätte sie es nicht getan. Es war kein Unfall. Heute habe ich begriffen, dass ich nichts bin. Ich bin nichts, weil sie schon verschwunden ist, gezwungen wurde zu verschwinden.

Ich sage, Markus. Ich will sagen, Markus, ich habe große Angst. Aber die Worte kommen nicht heraus. Meine Kehle und meine Brust sind wie zugeschnürt. Ich kann nicht atmen. Es geht nicht. Was passiert mit mir? Der Hals meiner Mutter. Der Schorf. So hat sie sich vermutlich gefühlt, als sie da hing, keine Luft in der Kehle, benommen. Benommen. Markus' Gesicht dreht sich und weicht zurück. Er reißt sich los, und ich stürze.

Ich weiß nicht, was gerade passiert ist. Ich kann nicht zur Seite sehen. Gras auf meinem Gesicht. Der Gehweg. Unter mir riecht es schlecht, und dann spüre ich wieder das Wogen in meiner Brust. Es brennt in der Kehle und spritzt. Markus ist weit weg, er geht nach Hause.

Markus, versuche ich wieder zu rufen, doch dann zieht sich wieder alles zusammen. Es zieht sich zusammen und ist ganz heiß in meinem Mund. Heiße Ananassaftkotze. Mir läuft die Nase.

Ich krieche weg von der Sauerei, die ich gemacht habe. Aber die Sauerei folgt mir, weil ich die Sauerei bin. Ich setze mich auf, sinke nach vorn, setze mich auf. Mein Gesicht landet im Gras. Ich setze mich auf.

279

Ich bin leer, mir ist kalt. Alles Heiße in mir ist jetzt draußen. Das Geräusch, merke ich, stammt von meinen klappernden Zähnen. Es ist unfair von Mae, mich hier so im Stich zu lassen. Warum ist sie so gemein? Und Markus auch. Er will nichts mit mir zu tun haben. Er hat mich nicht angesehen wie früher. Vielleicht war er wütend, weil ich Charlie erwähnt habe. Ich wollte ihn eifersüchtig machen. Gleich stehe ich auf. Entschuldige mich bei Markus. Meine Mutter weicht langsam in meinem Kopf zurück, aber ich traue mich nicht, die Augen wieder zu schließen. Ich halte sie offen. Nicht blinzeln. Mae und ich haben immer gespielt, wer am längsten starren kann. Wir haben durchgehalten, bis uns die Tränen über die Wangen gelaufen sind. Mae hat immer gewonnen. Wenn sie sich vornimmt, nicht zu blinzeln, dann blinzelt sie nicht, bis ihre Augen verschrumpeln und rausfallen.

Hat Mae es geahnt? Hat Mae geahnt, was mich hier erwarten würde? Ist sie deshalb nicht mitgekommen?

Ich merke erst, dass ich einen Truck anstarre, als die Scheibe herunterrollt.

Edie.

Charlie steigt aus und zieht mich hoch. Ich stehe sicherer auf den Füßen, als ich erwartet hätte, aber ich bin müde und schäme mich.

Tut mir leid, sage ich so leise, dass Charlie es nicht hört. Er trocknet mich mit einem Handtuch ab. Ich hebe die Arme hoch, damit er mir das mit Kotze bespritzte T-Shirt über den Kopf ziehen kann. Ich trage keinen BH. Ich ziehe meine Hose aus und werfe sie auf die Ladefläche des Trucks. Ich stehe nackt auf der Straße. Charlie versucht, ein Handtuch um mich zu schlingen, aber es fällt runter, und ich hebe es nicht auf. Er ist der Einzige, der nett zu mir ist. Warum habe ich ihn zurückgewiesen?

Es tut mir leid. Es tut mir schrecklich leid, sage ich. Und dann sehe ich einen Schatten, etwas bewegt sich im Inneren des Trucks.

KAPITEL 8

CHARLIE

Ich hatte mit Schwierigkeiten gerechnet. Wenn es nötig gewesen wäre, hätte ich einen Wachmann gefesselt und geknebelt, aber es war nicht nötig. Das war ein Krankenhaus und kein Gefängnis. Ich kam problemlos an den Schwestern, Pflegern und Ärzten vorbei. Als Stadtforscher habe ich viel Erfahrung darin, Orte aufzusuchen, wo ich nicht hingehöre. Man muss sich nur selbstbewusst bewegen, ein neutrales Gesicht aufsetzen und Augenkontakt meiden. Letzteres ist für mich besonders wichtig, weil mein Stottern es mir erschwert, unbemerkt durchzukommen, wenn ich in ein Gespräch verwickelt werde.

Ich fuhr mit dem Aufzug ins oberste Stockwerk und arbeitete mich nach unten. An den Zimmern waren keine Türen, oder wenn sie welche hatten, standen sie offen. Ich brauchte nicht lange, um Marianne zu finden. Sie saß auf der Bettkante. Durch Edies Beschreibung erkannte ich sie – erkannte ich den Seidenschal um ihren Hals und den Haarschnitt, der Edie so erschüttert hatte. Ich hielt mich nicht am Eingang auf, mit solchen Kleinigkeiten erregt man Aufmerksamkeit. Stattdessen ging ich ins Zimmer, streckte ihr meine Hand entgegen, und Marianne nahm sie. Sie folgte mir, ohne Fragen zu stellen oder zu zögern. Ihre Zimmergenossin rief leise etwas hinter uns her. Marianne schien sich wie im Traum zu bewegen. Ich weiß nicht, ob ihr wirklich bewusst war, wer oder wo sie war.

Sie stieg in den Truck, saß steif da. Sie wirkte zugedröhnt.

Ich wollte mich vorstellen, aber meine Worte klebten im Mund aneinander. Sie schaute mich nicht an, sondern schlug mit der Hand auf das Armaturenbrett, als wollte sie sagen: »Fahr endlich los!« Also fuhr ich los.

Meine frühesten sexuellen Fantasien basierten ausnahmslos auf der Figur der Cassandra, aber darüber hinaus hatte sie auch den Bezugsrahmen für mein sexuelles Verlangen geschaffen. Gregor und Cassandra hatten eine Romanze für die Ewigkeit, selbst in den späteren Büchern, als klar war, dass die Sache für alle böse enden würde. Statt sich zu entfalten, verdichtete sich ihre Liebe zunehmend nach innen, wurde ein Kreis, dann eine Spirale und schließlich ein Punkt, der das Ganze noch fester zusammenpresste, bis es explodierte und Marianne durchs halbe Weltall flog.

Wie es war, der Frau zu begegnen, auf der all meine sexuellen Fantasien basierten? Keine Ahnung. Ich habe sie nie kennengelernt. Cassandra hatte nur kurz auf den Seiten in Dennis Lomacks Büchern existiert, dann war sie lodernd verbrannt. Die Frau in meinem Truck war der übriggebliebene Aschehaufen.

MAE

Als wir uns küssten, hatte ich das Gefühl, ich breche auseinander. Dads Zunge berührte eine Stelle in mir, die schon angeknackst war, und brach sie auf.

Ich verstehe, warum im Märchen ein Kuss die Macht besitzt, einen Frosch in einen Menschen zu verwandeln und die Komatösen zum Leben zu erwecken. Ich hätte für immer dagestanden und ihn geküsst, bis ich starb, bis ich nur noch eine Wolke aus Atomen war. Aber er zog sich zurück. Ich erinnere mich an sein Gesicht. Vortretende Augen, die Lippen geöffnet und feucht von Speichel. Ihm ging das zu weit. Er wollte nicht mich. Er wollte sie, und ich war nie sie gewesen. Ich war eine Requisite. Genau wie das vergoldete Fernglas oder der kleine Koffer. Der Kuss hatte ihn vermutlich daran erinnert.

»Zieh die nassen Sachen aus«, sagte er. Sein Gesichtsausdruck zeigte keine Regung. Ein bisschen traurig vielleicht. Als ich die Hand nach ihm ausstreckte, trat er einen Schritt zurück. Einen kurzen Augenblick lang hatte er mir gehört, und jetzt nicht mehr.

Mein Körper vibrierte immer noch, als Dad in sein Zimmer ging und die Tür schloss. Ich konnte mich nicht bewegen. Er fing an zu tippen, schnell und laut. Es klang wie ein Erschießungskommando, ich spürte jeden Buchstaben in mir wie eine Kugel. Ich bin mir nicht sicher, was danach passierte.

Nachdem ich meinen Vater geküsst hatte, verlor ich den Verstand.

EDITH [1997]

Mom und ich liegen im Vorderzimmer des schmalen Hauses auf einem Nest, das ich aus meiner Wäsche und ein paar Decken gebaut habe. Bis auf das Licht der Straßenlaternen, das durch die Jalousien hereinfällt, ist das Zimmer dunkel. In dem Licht sieht Mom wie früher aus. Ihre Augen sind geschlossen und treten nicht vor, ihr Gesicht ist nicht dick und gelblich. Nur leicht aufgedunsen, und das wird zurückgehen. Die Tabletten, die diesen Zustand verursacht haben, werden bald aus ihrem Organismus verschwunden sein. Ich bin so froh. Ich weiß nicht, wie Charlie sie rausgeholt oder wie er sie überredet hat, mitzukommen. Ist auch egal. Selbst wenn er sämtliche Pfleger und Ärzte niedergestochen hätte, wäre ich ihm dankbar. Was immer er getan hat, es hat funktioniert. Mom liegt zusammengerollt da und presst im Schlaf meine Hand an ihren Mund. Ihre Lippen sind spröde. In meiner Tasche ist Lippenbalsam, aber wenn ich mich bewege, wecke ich sie vielleicht, und dann könnte sich etwas verändern. Sie könnte aufwachen und wieder so sein wie in der Klinik. Also halte ich still, öffne die Augen so weit ich kann, denn sobald ich sie schließe, dreht sich wieder alles. Wahrscheinlich bin ich immer noch betrunken, auch wenn ich mich nicht so fühle.

Charlie steht in der Küchentür und lächelt mich an. Zwischen uns liegen drei Zimmer, aber ich rieche die Krakauer, die er gerade brät. Wir haben sie in einer Tankstelle gekauft. Ich wüsste gern, was Mom von Charlie hält. Offenbar fand sie ihn so sympathisch, dass sie mit ihm wegging. Markus mochte sie nicht. Sie hat es nie gesagt, aber an der Art, wie sie manchmal seinen Namen ausgesprochen hat, habe ich es gemerkt. Mmmmmarkus. Wie ein Peitschenhieb. Gott, was für eine Null. Immer wenn ich mit ihm reden wollte, war er einen Schritt zurückgewichen, als hätte ich eine ansteckende Krankheit. Ich wünschte, ich hätte eine und könnte sie ihm verpassen. Am liebsten etwas mit Schorf. Wieso war ich überhaupt zu ihm gegangen, wenn ich Charlie hatte? Irgendwie unbegreiflich. Mein Charlie. Ich beobachte, wie er sich vom Herd zurücklehnt und die Krakauer in der Pfanne hochwirft und wendet.

Als das Essen fertig ist, bringt Charlie mir einen Teller mit Wurst. Er setzt sich zu uns auf den Deckenhaufen. Ein Picknick im Haus. Ich bin benommen, aber hungrig. Ich rutsche vorsichtig zur Seite, um Mom nicht zu wecken. Draußen hat es angefangen zu regnen. Charlie hat einen Eimer unter ein Leck in der Küche gestellt. Wir lauschen den Tropfen, die sanft wie Milch in den Eimer platschen. Das Haus gehört dem Onkel von jemandem, den Charlie in New York kennt. Wir können hier in Marigny bleiben, bis es verkauft ist, müssen aber jeden Morgen unsere Sachen rausschaffen, wenn die Maklerin das Haus zeigt.

»Weißt du«, sagt Charlie und spießt ein Stück Wurst vom Teller auf, »warum man solche Häuser ›shotguns‹ nennt? Wenn du v-v-vorne an der Tür einen Schuss abgibst, f-f-fliegt die Kugel durchs ganze Haus und kommt hinten wieder raus.«

»Das glaube ich nicht«, sage ich. »Hast du schon mal ein Gewehr abgefeuert? Ein Schuss streut.« Ich huste in meine Hand.

Er grinst mich an.

Mich würde interessieren, wie er es angestellt hat. Wie hat er Mom aus der Klinik geholt?

Er wischt mir mit dem Daumen etwas vom Kinn und antwortet, bevor ich fragen kann.

»Ich bin einfach rein und hab sie geholt«, flüstert er.

»Einfach so?«, flüstere ich zurück.

»Mehr oder weniger.«

»Waren denn keine Ärzte oder Schwestern da?«

Er zuckt die Schultern und betrachtet meine Mutter, die auf meinem Schoß liegt. Ihre Augen flitzen unter den Lidern hin und her, als würde sie lesen. »Die waren beschäftigt.«

»Und sie ist einfach mitgegangen?«

Er nickt.

Ich esse das letzte Stück Wurst. »Es geht ihr schon besser.« Ich hoffe, das stimmt. Ich werde dafür sorgen. Charlie zieht meinen Kopf zu sich und presst meine Stirn an seine. Mein kleiner Räuber.

Er kaut und schluckt. Küsst mich auf die Nase. Der Regen ist stärker geworden, peitscht gegen das Fenster und tropft in den Eimer. Hier drinnen ist es warm und trocken. Charlie und ich sind die Eltern, meine Mutter ist unser Baby. Wir werden sie gemeinsam wieder gesundpflegen.

MAE

Es war unverantwortlich von Dad, mich so zu ermutigen, aber er wusste nicht, konnte nicht wissen, wohin das Ganze führen würde. Mein Verstand setzte aus. Die Zeit zwischen dem Kuss und dem Feuer erinnere ich nur als einen seltsamen Scherbenhaufen. Wirre Teilchen. Ich hatte tagelang leichtes Fieber, konnte weder essen noch schlafen, fühlte mich unwohl. Meine Mutter nahm den größten Raum in meiner Brust ein, und was von mir übrig war, wurde um sie herum an den Rand gedrängt. Ich kam mir vor, als wäre ich in einem Zimmer mit sehr niedriger Decke eingesperrt. Wie in einem Sarg.

Ich erinnere mich, wie ich auf dem Fußboden lag, die Wange an das kühle Holz gepresst, Auge in Auge mit der Katze, während Amanda um mich herumfegte. Ob Tiere Wahnsinn spüren? Macht er ihnen Angst? Meine Arme waren voller Kratzspuren, die Kronos mir bei dem Versuch beigebracht hatte, ihn unter der Kommode hervorzulocken. Aber selbst er wollte nichts von mir wissen.

Als Rose zum Abendessen vorbeikam, wollte Amanda mich verstecken, begrub mich unter Decken auf der oberen Bettkoje, aber ich kroch zum Tisch und setzte mich zu ihnen. Ich wusste nicht mehr, wie man isst. Ich beobachtete die anderen und ahmte sie nach. Ich hatte das Gefühl, als kaute ich auf Dreckbrocken. Das Essen lag mir schwer im Magen. Dad redete ununterbrochen, aber ich konnte ihm nicht folgen. Er saß am anderen Tischende und entfernte sich immer weiter von mir.

Ich erinnere mich noch an Amandas Gesicht, als sie zu einer Bemerkung von ihm kreischte. Rose lachte ebenfalls. *Ich verliere ihn*, dachte ich und fing an zu würgen. *Er kommt nie wieder zu mir zurück. Er ist so weit weg.* Als Amanda mir auf den Rücken klopfte, kam ein mickriges, gepresstes Lachen aus meiner Kehle.

Nach dem Essen spielte Amanda Klavier. Sie rollte schwungvoll die Ärmel hoch. Mann, sie war einfach unerträglich. Ich wollte auf Dads Schoß klettern, aber er ließ mich nicht. Ohne mich anzusehen, schob er mich weg und bat Amanda, noch ein Stück zu spielen.

Das Klavierspiel dauerte ewig. Mir fiel als Einziger auf, dass Amandas Schulterblätter unter dem Stoff ihrer Bluse zuckten. Flügelhöcker. Sie drehte sich nicht um, aber wenn sie es getan hätte, dann hätte ich ihr wahres Gesicht gesehen.

Nach jedem Stück applaudierten Rose und Dad. Ich kam mir vor, als gäbe es mich nicht. Langsam fragte ich mich, ob es mich vielleicht wirklich nicht gab, ob ich nur eine Figur in einem von Dads Büchern war, doch dann sah ich den Knopf meiner gelben Bluse unter dem Klavierstuhl schimmern. Ich trug die Bluse immer noch, wer weiß wie viele Tage später. Amanda hatte sie mir wegnehmen wollen, aber ich hatte sie gebissen. Dieser Knopf auf dem Fußboden war für mich ein Beweis. Wenn ich einen Knopf verlieren konnte, musste ich existieren.

EDITH [1997]

Ich wache mit rasenden Kopfschmerzen auf. Mom ist weg. Wo ist sie? Als ich in die Küche gehe, um mir den Mund am Wasserhahn auszuspülen, entdecke ich sie: Sie sitzt mit Charlie hinten im Garten unter der Platane und teilt sich eine Zigarette mit ihm. Ich beobachte die beiden eine Weile, dann gehe ich nach draußen. Bei meinem Anblick verstummt Mom und sieht mich an, als würde ich stören. Die Morgensonne ist zu grell. Ein stechender Schmerz im inneren Augenwinkel. Mit einer Hand reibe ich mir das Auge, mit der anderen die Stirn.

»Guten Morgen«, sagt Mom.

Ich schmiege meinen Kopf an ihren Hals wie früher, als ich noch klein war. Sie erstarrt ganz kurz, dann streichelt sie mein Haar. »Du riechst wie eine Brennerei«, sagt sie. »Wenn ich ein Streichholz anzünden würde, würdest du in Flammen aufgehen.« Ihre Stimme klingt komisch, die Worte überdeutlich.

»Ich hab zu viel getrunken«, sage ich. Dann erzähle ich ihr von einem Traum, den ich hatte, in dem mir ein Arzt einen Eispickel in ein Auge rammt und mich foltert, aber warum? Er hat eine Lobotomie an mir durchgeführt. Als mir die Einzelheiten wieder einfallen, verstumme ich.

Mom streichelt mir weiter das Haar. Sie hat gar nicht zugehört, jedenfalls reagiert sie nicht auf meinen Traum. »Ich habe Charlie gerade von deinem Großvater erzählt. Wir sind oft zum Krewe du Vieux in die Stadt gefahren. Er hat beim

Bauen der Umzugswagen geholfen.« Mardi Gras war für mich immer der Höhepunkt des Jahres, und diese Parade habe ich besonders gern mit Mom besucht. Ich hätte es als Zeichen sehen sollen, dass sie dieses Jahr nichts dafür vorbereitet und sich nicht einmal die Parade angesehen hatte.

Charlie setzt sich zu mir.

»Ist a-a-alles okay?«, fragt er.

Ich richte mich auf. »Klar.« Ich schirme meine Augen vor dem Licht ab. »Lasst uns einen Spaziergang machen.«

Charlie geht zum Truck, um mir eine Sonnenbrille zu holen.

Als er außer Hörweite ist, sagt Mom: »Ribbit, du musst besser auf dich Acht geben.«

Die Ironie ihrer Bemerkung bleibt mir nicht verborgen. »Mir geht es gut.«

»Ich muss wissen, dass es dir gutgeht, wenn ich nicht da bin. Dass du nichts Dummes anstellst.«

»Aber du bist da. Ich kann also dumme Sachen anstellen, so viel ich will.« Ich lege meine Hände auf ihre Schultern und sehe ihr in die Augen. Als Mae und ich klein waren, haben wir das oft gespielt. Mom sieht weg. Sie beobachtet Charlie am Truck. Ich starre sie weiter an, bis sie schließlich zurückstarrt.

Das Spiel geht so: Man sieht sich in die Augen und liest die Gedanken des anderen. Mae hat das Spiel gehasst, es aber besser beherrscht als ich.

»Okay«, sagt Mom. »Meinetwegen.«

»Ich fange an …« Ich konzentriere mich auf ihre Augen, versuche zu erkennen, was dahinter vorgeht. »Du willst einen Kaffee«, sage ich.

Sie lächelt, denn sie will immer Kaffee.

»Du bist froh, dass du nicht mehr im Krankenhaus bist,

sondern bei mir. Du glaubst, es geht dir schon viel besser und dass wir vielleicht einen Ausflug machen sollten.« Bei dem Wort *Ausflug* blitzt etwas in ihren Augen auf. »Und wahrscheinlich denkst du an Mae, weil du immer an sie denkst.«

Mom verdreht die Augen. »Du bist zu alt, um auf deine Schwester eifersüchtig zu sein. Natürlich denke ich an sie. Sie ist anders als du. Sie ist eher ...«

»Egal«, falle ich ihr ins Wort, weil ich nicht über Mae sprechen will. »Du bist dran.«

Mom sieht mir in die Augen, und ich habe das Gefühl, als greife sie mit ihren langen Fingern in mein Gehirn, um meine Gedanken mit leichtem Druck auf ihre Reife zu überprüfen. Plötzlich klingelt es in meinen Ohren, und ich versuche, meine Gedanken laut zu denken, damit sie jeden einzelnen über den Lärm hinweg hören kann.

»Du denkst, dass du eine schöne Zeit mit deinem Freund hast. Du hast Kopfschmerzen. Du denkst, dass du gestern Abend nicht so viel hättest trinken sollen. Überhaupt nicht hättest trinken sollen! Du bist erst sechzehn.«

Sie versucht es nicht mal. Ich bin enttäuscht.

»Du musst es richtig machen«, sage ich. »So wie früher.« Sie muss sich in meinen Kopf versetzen. Ich packe sie fester an den Schultern, starre sie eindringlicher an. Ich spüre, wie meine Augen vor Anstrengung vortreten.

»Hey«, sagt sie zu Charlie und versucht mich abzuschütteln. »Lust auf einen Spaziergang?«

Ohne den Blick von ihr abzuwenden, sage ich: »Charlie, gibst du uns noch eine Minute?« Aus den Augenwinkeln sehe ich, wie er einen Schritt zurücktritt.

»Was denke ich, Mom?«, frage ich wieder. Hört sie es denn nicht?

Ich denke: Zum Glück bist du wieder da. Ich denke: Geh nie wieder weg. Ich denke: Bleib so, im Augenblick geht es dir gut, so soll es bleiben. Ich denke: Liebe mich ohne das ganze Drama drum herum. Liebe mich ohne Distanz.

»Nein«, sagt sie. »Ich bin fertig.« Sie dreht sich zu Charlie, lächelt wie ein kleiner Vogel und bittet ihn um das Gummiband an seinem Handgelenk. Dann bindet sie sich damit die Haare hoch, wie immer im Sommer, aus dem Nacken, aber die Strähnen sind zu kurz und entwischen in komischen Winkeln. Außerdem sieht sie anders aus als früher. Ihre Haut ist schlaff, als wäre sie gestrafft und dann die Luft herausgelassen worden.

Gott, ich bin so egoistisch. Das Spiel war zu viel für sie. Sie ist noch schwach. Ich hätte sie nicht drängen dürfen. Jetzt wird sie sich noch weiter zurückziehen.

Sie streichelt meinen Arm und sagt: »Machen wir einen Spaziergang. Ein Abenteuer.« Und obwohl sie das ganz normal sagt, treibt es mich zur Verzweiflung, denn ihr wahres Ich hat sich von mir entfernt. Jetzt ist alles nur Fassade. Ich bemühe mich, meine Enttäuschung zu verbergen. Ich muss umgänglich sein, dann kommt sie vielleicht wieder zurück.

MAE [2012]

Einmal fuhren Mom und ich in der Nähe ihres früheren Hauses durch die Sümpfe. Ich war sehr müde. Nichts schien wirklich. Die Scheiben waren unten, wir waren von feuchter Nacht umgeben. Mit unseren weißen, in der Brise flatternden Nachthemden glichen wir zwei Gespenstern. Plötzlich hielt sie an. Vor uns, im Licht der Scheinwerfer, lag mitten auf der Straße ein toter Waschbär. Wir beobachteten, wie drei Raubvögel auf den Kadaver herabstießen und ihn ausweideten. Das Schlagen und Flattern ihrer Flügel war unheimlich laut. Noch Tage später hatte ich es in den Ohren.

Genau dieses Geräusch hörte ich auch, als ich Amanda und Dad auf der Couch beobachtete, ihre Knie berührten sich. Was sie sagten, konnte ich nicht verstehen. Rose stand vor mir und blockierte mir die Sicht. Ihre Lippen bewegten sich. Sie redete mit mir.

»Ist alles in Ordnung mit dir?«, hörte ich sie schließlich fragen. Leute stellen diese Frage nur, wenn sie wissen, dass es einem nicht gutgeht.

»Ja, alles bestens«, brachte ich heraus, wenn auch nicht sehr glaubwürdig.

Dad kam zu uns und legte seine Hand auf meine Stirn. Ich war sehr dankbar für seine Berührung.

»Sie glüht immer noch«, sagte er. Die drei redeten über mich, als wäre ich nicht im Zimmer. Rose wollte mit mir zum Arzt. Ich wusste, wenn ich mit ihr ins Krankenhaus fuhr, käme ich nie wieder zurück. Dad löste seine Hand aus meinem Griff und war einverstanden, noch eine Weile zu warten.

Rose brachte mir eine kreideweiße Tablette und ein Glas Wasser, das sie hielt, während ich trank. »Sie sollte sich hinlegen«, sagte Rose. Als Dad mich zum Bett führte, drehte Amanda sich um, und da sah ich es: ihren scharfen, gebogenen Schnabel, ihre runden, starren Augen und öligen Federn. Niemand schien zu sehen, was sie in Wirklichkeit war. Ich versuchte es Dad zu erklären, brachte aber die Worte nicht über die Lippen. Er wickelte mir die Decke um die Füße und schloss die Tür.

Während ich bewegungsunfähig in Edies unterer Koje lag, stieg mein Fieber. Ich hörte, wie sich die Wohnungstür hinter Rose schloss und Amanda anfing, schwerfällig durch die kleinen Zimmer zu fliegen. Sie krächzte, als sie auf meinen Vater niederstieß. Ich hörte, wie ihre Krallen seinen Bauch aufrissen und das glitschige Geräusch, als sie mit ihrem Schnabel die nassen Schlingen seiner Eingeweide herauszog. Durch die Wand hörte ich ihn stöhnen. Unter Aufbietung meiner ganzen Kraft stand ich auf und kroch zu den beiden. Ich war bereit, mich an seiner Stelle zu opfern, doch seine Tür war abgeschlossen. Ich war unglaublich schwach. Irgendwann in der Nacht trug er mich offenbar in mein Zimmer zurück, denn ich wachte in meinem Bett auf. Er tätschelte meinen schweißnassen Kopf und gab mir noch eine Tablette, um das Fieber zu senken.

Er hat Amanda nie geliebt. Selbst später, nachdem er sie geheiratet hatte, war sie nie mehr als ein billiger Ersatz.

EDITH [1997]

Bei allen Bars sind die Türen zum Auslüften von der letzten Nacht geöffnet. Abgestandener Rauch, Alkohol und Erbrochenes wehen schwach heraus, als wir vorbeigehen. Oder kommt der Geruch von mir?

Vor der R Bar bleiben wir stehen. An Mardi Gras bin ich schon mal hier gewesen, glaube ich. Charlie geht hinein, um Getränke zu holen. Mom und ich lehnen an der Wand und beobachten einen Jungen, der mit einem Mädchen auf der Lenkstange auf dem Fahrrad hin und her fährt. Ich sehe den beiden zu und beobachte Mom gleichzeitig aus den Augenwinkeln. Sie summt leise, den Blick auf die beiden gerichtet. Charlie hat ihr etwas zum Anziehen geliehen – eine mehrere Nummern zu große Arbeitshose und ein Hemd, das früher einem Tankwart namens »Maury« gehört hatte. In den Sachen sieht sie aus wie eine Fremde. Das gefällt mir nicht. Als ich klein war, durfte ich sie immer anziehen. Nein, nicht durfte, ich *musste* sie anziehen, schätze ich. Aber es hat mich nicht gestört. Sie war meine große Puppe. Ich wollte Mae immer überreden, mir beim Aussuchen der Kleider zu helfen, aber sie wollte nichts damit zu tun haben. Wenn es Mom nicht gutging, hatte Mae Angst vor ihr. Mae war einfach egoistisch. Wir könnten ins French Quarter fahren und Mom dort etwas zum Anziehen kaufen. Aber nein, vielleicht sollten wir das lieber lassen. Falls das Krankenhaus nach ihr sucht, sind Charlies Sachen eine gute Tarnung. Sie sieht darin nicht wie eine Patientin aus, sondern eher wie eine Figur aus *Reality Bites*.

Charlie kommt mit drei Bloody Marys in To-go-Bechern zurück.

»Gut für den Kater«, sagt er und reicht mir einen Becher, aber Mom fängt ihn ab.

»Das glaubst auch nur du«, sagt sie, und ich lache, während Charlie höflich lächelt. Ich widerspreche ihr nicht, weil ich froh bin, dass sie gute Laune hat, außerdem wird mir schon vom Geruch des Drinks wieder übel.

Sie trinkt aus beiden Bechern einen Schluck und stellt meinen dann neben einen Betrunkenen, der auf dem Gehsteig schläft. »Guten Morgen«, sagt sie und schüttelt ihn am Arm.

»Engel«, ruft der Mann uns hinterher. Und tatsächlich sieht sie irgendwie schwebend aus. Es liegt an der zu langen Hose und ihrem leichten Schritt. Mae hätte bestimmt einiges dazu zu sagen. Ich höre förmlich ihre Stimme im Kopf: ein bisschen *zu* leicht. Aber was soll's? Niemand hat sie gefragt. Ich nehme den Selleriestick aus Charlies Bloody Mary und mache mich darüber her, dann halte ich ihm den Stick hin und er beißt ein Stück ab.

Nachdem wir die Straße überquert haben, stelle ich fest, dass Mom nicht mehr bei uns ist. Sie steht am Rand des Jackson Square vor einem Akkordeonspieler und wiegt sich mit geschlossenen Augen zur Musik. Als das Stück zu Ende ist, wiegt sie sich weiter und scheint nicht zu merken, dass die Musik verklungen ist.

»Ist sie …«, setzt Charlie an und verstummt dann.

Der Akkordeonspieler beginnt das nächste Stück. Eine Familie bleibt stehen, hört zu, mustert Mom und geht weiter.

Soll ich zurück und sie holen? Plötzlich hört sie mitten im Stück auf, sich zu wiegen, und öffnet die Augen. Als sie merkt, wie wir sie anstarren, wirkt sie verstört, als könnte sie uns nicht so recht einordnen.

Nachdem sie die Straße überquert hat, nehme ich sie an die Hand. »Wollen wir zum Fluss gehen?«, frage ich sie rasch, um das Thema zu wechseln und die Szene zu überspielen, damit es ihr nicht peinlich ist.

Oben am Deich setzen wir uns ins Gras, ziehen unsere Schuhe aus und lassen die Füße im Wasser baumeln. Ein Lastkahn mit orangeroten Containern treibt vorbei. An diese Stelle, nahe der Biegung vor dem Fährterminal, hat Mom uns immer mitgenommen, als wir klein waren. Wegen des Schmelzwassers aus dem Norden ist der Wasserstand heute hoch. Als ich das letzte Mal hier war, war er viel niedriger, lagen an dieser Stelle überall Steine.

»Mir hat die Musik gefehlt«, sagt Mom und verzieht zur Bekräftigung ihr Gesicht. »Ja, *Musik hat das bessere Gedächtnis.*«

»Wie meinst du das?«, frage ich sie, aber sie dreht sich zu Charlie, nimmt seine Hand und sagt: »Danke.«

Charlie errötet leicht und versucht das Wort »klar« zu sagen, gibt aber auf. Mom beobachtet seinen vergeblichen Versuch und bewegt ihre Lippen lautlos zusammen mit seinen. Einen Augenblick lang sehe ich ihr wahres, ungeschütztes Gesicht, aber sie zeigt es ihm und nicht mir. Natürlich macht mich das eifersüchtig. Albern, aber so ist es nun mal. Offenbar spürt Mom etwas, denn sie lässt seine Hand los und dreht sich zu mir.

»Geht es dir gut?«, fragt sie.

Ich antworte: »Natürlich«, denn es stimmt, ehrlich. Es ist albern, eifersüchtig zu sein. Ich bin einfach froh, dass ich mit ihr zusammen bin. Und dann sage ich: »Sehr gut sogar«, damit sie weiß, es ist mir ernst.

»Wir k-k-könnten heute Abend in einen Club gehen«, schlägt Charlie vor.

Sie nickt, ist aber nicht mehr richtig da. Die Augen fallen ihr zu. Offenbar hat sie Schmerzen. Vielleicht ist mein Kater ansteckend. Ich massiere ihr die Schläfen. Sie lächelt, als ob sie meine Berührung nur duldet.

»Schon gut«, sagt sie. »Geht schnell vorbei.«

Charlie schiebt meine Hände beiseite, macht diese komische gewölbte Geste und bewegt seine Finger vor ihrem Gesicht, ohne es zu berühren.

»H-hilft das?«, fragt er. Natürlich hilft es nicht, aber Mom nickt trotzdem.

»Liegt an den Medikamenten, die sie mir geben. Wenn man eine Dosis auslässt, kriegt man Kopfschmerzen.«

Die Vorstellung, dass man sie mit diesem Gift vollgepumpt hat, treibt mir fast Tränen in die Augen. Natürlich hat sie sich ein bisschen seltsam verhalten, aber wer tut das nicht?

Charlie und ich starren sie an. Sie öffnet die Augen und legt jedem von uns eine Hand auf die Schulter.

»Mir geht es gut«, sagt sie, »mir geht es gut«, und küsst uns mit ihren spröden Lippen auf die Stirn. Dann legt sie sich auf unseren Schoß. Ich kriege den Kopf, Charlie ihre Beine. Sie ist unser Baby. Ich streichle ihr Gesicht und beobachte die vorbeifahrenden Schiffe. Ein Fischkutter, eine Fähre, ein Kreuzfahrtschiff.

»Möchtest du schwimmen g-g-gehen?«, fragt Charlie.

Ich schüttle den Kopf. »Ist zu gefährlich hier.« Ich reiße eine Handvoll Gras aus und werfe sie ins Wasser. Charlie wirkt nicht überzeugt.

Ich würde ihm gern erklären, warum es zu gefährlich ist, doch dann setzt die Dampforgel auf dem Dampfschiff ein. Gott. Dieser Klang. Pure Freude.

»W-w-was ist das?«, fragt Charlie, der mit zusammengekniffenen Augen das Dampfschiff betrachtet.

»Das«, sage ich, »ist der Geisterball. Erinnerst du dich an den Geisterball?«, frage ich Mom und pikse sie in die Schulter. Sie lächelt versonnen, hält die Augen aber geschlossen.

Genau das hat sie Mae und mir erzählt, als wir klein waren. *Seht ihr, wie die Männer und Frauen in ihren schicken Kleidern auf dem Fluss tanzen? Schaut, wie sie sich zur Musik drehen.* Und dann war ihr Blick über das Wasser geschweift, als sehe sie die Tanzenden wirklich. Und einen kurzen Augenblick lang habe ich sie dann auch gesehen. Piraten und Banditen und Frauen mit großen gepuderten Perücken.

CHARLIE

Offen gesagt fand ich Edies Mutter ein wenig abstoßend, aber sie hatte auch etwas Hypnotisches. Marianne redete auf so eine merkwürdige Art, sie unterhielt sich nicht mit mir, sondern redete auf mich ein und stellte klar, dass ich als Gesprächspartner unwichtig war, und dann veränderte sich etwas und es war elektrisierend – ein Moment des Verbundenseins. Ich weiß nicht, wie ich es genau beschreiben soll. Wahrscheinlich gehörte es zu ihrer Erkrankung, dass sich die Grenzen um Dinge und Menschen verschieben und vorübergehend als illusorisch erweisen. Ich kann nachvollziehen, warum ein künstlerisch veranlagter Mensch sie unwiderstehlich gefunden hätte.

Aber unter den gegebenen Umständen fand ich die Nähe von Edies Mutter fast unerträglich. Sie baggerte mich ständig an. Eine Nacht schlief ich im Truck, weil sie nicht aufhörte, an sich und an mir herumzufummeln, während Edie auf der anderen Zimmerseite schlief. Ich erzählte Edie nichts davon, denn es hätte sie verletzt und sie hätte mir die Schuld für das Verhalten ihrer Mutter gegeben. In Edies Augen konnte Marianne nichts falsch machen.

Das Leiden ihrer Mutter war so groß, dass es fast eine eigenständige Person war, die man ernähren und pflegen musste. Ich weiß nicht, was aus mir geworden wäre, wenn ich mit einer solchen Mutter aufgewachsen wäre. Meine Eltern hatten ihre Fähigkeiten immer völlig unter Kontrolle. Als ich sah, wie Edie mit ihrer Mutter umging, liebte ich sie nur noch mehr. Zu sehen, dass sie trotz allem so fürsorglich und lieb war.

MAE

Dad schrieb sein Buch fertig, und mein Fieber ließ nach, doch mir ging es nicht besser. Um den Anlass zu feiern, nahm Dad mich trotzdem mit nach Long Island. Irgendwie seltsam, jemanden, der sich mitten in einem psychotischen Schub befindet, dorthin auszuführen, obwohl er natürlich nicht wusste, was mit mir war, oder es nicht wissen wollte.

Ich erinnere mich noch, wie ich mit ihm im Riesenrad saß. Die Sonne war gerade untergegangen, unten glitzerten die Lichter des Vergnügungsparks. Amanda saß in der Gondel hinter uns. Sie war immer in der Nähe. Ihr schwammiger Geruch nach verwesendem Fleisch drang trotz der Entfernung zu mir.

Oben auf dem Scheitelpunkt hielt das Riesenrad an. Amanda winkte uns zu. Dad winkte zurück. Er bemühte sich, fröhlich zu sein. Ich stand auf und beugte mich über den Gondelrand. Das Meer unten sah aus, als bestünde es aus Teer. Die Nacht fühlte sich an wie ein Schwarm von Insekten. Wie war ich nur in diesen Alptraum geraten?

»Wir könnten in den Ozean springen und an den Rand der Erde schwimmen. Niemand würde wissen, wer wir sind«, sagte ich. Vielleicht war es meine Stimme. Vielleicht die von Mom. Ich konnte es nicht mehr auseinanderhalten. »Wir könnten zusammen durchbrennen.«

Dad riss mich so grob am Saum meines T-Shirts auf meinen Platz zurück, dass unsere Gondel anfing zu schaukeln.

304

»Hör auf, Mae«, sagte er. Er sprach mich jetzt ständig mit meinem Namen an, als könnte er mich so daran erinnern, wer ich war.

»Ich will bei dir sein«, sagte ich und fing an zu weinen.

Er drückte mich an sich. »Arme Mae«, sagte er. »Du bist doch bei mir.«

»Nein«, jammerte ich. »Bin ich nicht. Nicht wirklich.« Mir war klar, dass er mich nicht mehr liebte. Er war fertig mit seinem Buch und fertig mit mir.

»Ich bin doch hier«, versuchte er mich zu trösten.

»Nein«, weinte ich. »Du weißt, das meine ich nicht. Ich will mit dir zusammen sein.« Ich biss ihn durch sein Hemd in die Brust. »Ich will deine Frau sein. Ich würde alles tun, was du willst.«

Ich war ein wildes Tier, und Dad war mit mir in dreißig Metern Höhe gefangen. Am Ende musste er mich mit seinen Knien zurückhalten. Es muss schrecklich für ihn gewesen sein, dass er mich erst geschaffen hatte und ihm die Geschichte dann so entglitten war.

AMANDA

Dennis sagte, in seinen Augen sei dieses Buch sein bisher stärkstes, und daran zweifelte ich nicht. Ich wusste um die enorme Kraft, die er beim Schreiben darauf verwandt hatte, auch wenn ich das Manuskript nie zu lesen bekam. Was für eine große Ehre, mit dabei zu sein, als er es beendete. Ich hatte ihm gerade sein Mittagessen gebracht und durfte zusehen, wie er das letzte Wort tippte und das Blatt aus der Schreibmaschine zog. Er wirkte aufgewühlt. Stieß einen Freudenschrei aus. »Fertig!« Dann wirbelte er mich herum und zog mich auf seinen Schoß.

Oh, und wie wir gefeiert haben! Ihn endlich zu besitzen, seine Lebenskraft ... Fantastisch. Ich glaube nicht, dass ich ohne die Chance, ihm meine tiefe Hingabe zu zeigen, eine so bedeutsame körperliche Beziehung mit ihm hätte haben können. Das Schreiben dieses Romans hatte ihn offenbar von etwas Dunklem reingewaschen, und plötzlich war er für mich auf eine ganz neue Art zugänglich.

Ich war so hingerissen von unserem jungen Glück, dass ich zu meinem Leidwesen gestehen muss, die Sache mit seiner Tochter nicht richtig eingeschätzt zu haben. Ich war zu vorsichtig, weil er mich schon einmal weggeschickt hatte. Ich hielt mich zurück, und das führte dazu, dass ich Mae nicht im Griff hatte. Sie war entschlossen, um jeden Preis die Aufmerksamkeit ihres Vaters zu gewinnen. Das ganze Theater! Das Drama im Riesenrad! Sie war eifersüchtig, weil ihr Vater endlich mit einer Frau glücklich war, die ihn liebte. Ich fand das Ganze ziemlich nervig, aber sie war eben ein Teenager. Ich versicherte Dennis, dass es nur eine Phase war, und das wollten wir beide glauben.

EDITH [1997]

Wir sind zu dritt im Spotted Cat in der Frenchman Street. Auf der Bühne spielt ein Mann einen weißen Bass, ein Mädchen an der Geige, noch jemand am Waschbrett, der Akkordeonspieler von vorhin, jetzt allerdings mit einem aufgemalten Schnurrbart, und ein dicker Mann mit Brüsten an einem Horn. Wenn der Dicke bläst, wird sein Gesicht knallrot und seine Brust wackelt. Mom zieht Charlie und mich auf die volle Tanzfläche. Charlie ist zuerst etwas schüchtern, aber Mom wirbelt ihn herum, und jetzt wirbelt er mich herum, eine Zigarette im Mundwinkel.

Ja, ja, ja, ja, ja.

Die Leute um mich herum verschwimmen zu einer ekstatischen Masse. Charlie wirbelt Mom herum. Unter seinen Armen sind dunkle Schweißflecken, und Moms Haare haben sich aus dem kleinen Pferdeschwanz gelöst. Sie packt Charlie an der Schulter und schüttelt sich wie wild, bis Schweißtropfen von ihrem Gesicht auf seines fliegen. Ich weiß nicht, wann ich sie das letzte Mal so habe tanzen sehen. Manchmal in der Küche mit Mae und mir, als wir klein waren, und vielleicht bei Doreen. Sie wirkt so ausgelassen, als wäre sie der lebendigste Mensch im Raum.

Bist du nicht froh, möchte ich am liebsten über die Musik hinweg schreien, *bist du nicht froh, dass du am Leben bist?*

Natürlich ist sie froh. Sie umfasst meine Hüfte, kippt mich nach hinten, und weil ich größer bin als sie, gerate ich ins

Schwanken, aber Charlie fängt mich auf und dreht mich wie einen Kreisel. Ich stoße mit einem Mann in einem dreiteiligen Anzug zusammen, der mit einem Regenschirm tanzt. Er hält den Schirm über mich, obwohl wir im Trockenen sind.

»Okay, okay«, schreit er über die Musik und tanzt im Two Step um mich herum. Wir stehen in der Mitte eines Kreises, der sich langsam um uns bildet.

»Los, Onkel Lionel, los«, feuern die Leute ihn an. Er ist uralt, aber er kann tanzen. Ich versuche mitzuhalten, was mir nicht ganz gelingt. Als er mir schöne Augen macht, muss ich lachen. Wahrscheinlich ist er hundert Jahre alt. Die Leute klatschen. Eine Frau, die seinem Alter etwas näherkommt, drängelt sich zwischen uns. Die beiden halten den Griff des Regenschirms und umtanzen ihn im Kreis. Ob Mom uns zusieht? Wo ist sie? Nach Luft schnappend, suche ich sie in der Menge. Hier drin ist es wahnsinnig heiß.

Eine große Frau beugt sich herunter, um sich von einem kleinen Kerl Feuer geben zu lassen, und über ihre Schulter hinweg entdecke ich Charlie, der sich über die Theke lehnt und beim Barkeeper etwas bestellt. Mom steht hinter ihm und umarmt seine Brust. Geht es ihr etwa nicht gut? Was ist los mit ihr? Sie vergräbt ihr Gesicht in Charlies Rücken, während er sich mit dem Barkeeper unterhält, als wäre sie gar nicht da. Ich beobachte, wie sie ihm auf den Nacken bläst. Was hat er mit ihr gemacht? Ich versuche, mich zur Bar durchzuschlängeln, aber ein betrunkener Kerl mit nach hinten gekämmtem Haar hält sich an mir fest, um das Gleichgewicht nicht zu verlieren.

»Lass mich los.« Ich versuche, ihm zu entkommen, aber er lehnt mit seinem ganzen Gewicht an mir.

»Wie heissu?«, nuschelt er über die Musik hinweg. Als mir sein Atem entgegenschlägt, muss ich mich fast übergeben.

Ich stoße ihn weg, und er fällt auf jemand anderen. Ich zwänge mich zwischen zwei dicken, tanzenden Frauen durch und stoße fast mit einem Typen mit Ziegenbärtchen zusammen, der auf einem Barhocker steht und das Geschehen von oben mit einer Kamera fotografiert. Als ich zur Theke komme, ist nur noch Charlie da. Mom ist verschwunden.

»W-w-willst du was trinken?«, fragt er, als er mich sieht. Offenbar hält er mich für eine echte Idiotin.

»Nein, ich w-w-will nichts trinken«, erwidere ich. »Wo ist meine Mutter?«

Er wirkt verletzt, weil ich ihn nachgeäfft habe, aber nicht so verletzt, als hätte er es nicht verdient.

»Edie, w-w-was ist los?« Er legt seine Hand unter mein Kinn.

»Echt jetzt?« Das darf nicht wahr sein. Ich reiße den Kopf zur Seite und stoße seinen Drink um. Eis und Wodka spritzen auf sein Hemd und die Theke. »Wo ist meine Mutter?«, wiederhole ich. Er denkt, er kann meine Mutter ausnutzen? Und ich lasse das zu? Allen Ernstes? Sie kommt gerade aus der Klinik. Dieser kranke Arsch. Ich kann sein blödes Gesicht nicht ansehen. Vor Wut verdunkelt sich alles an den Rändern.

»He! He!« Der Barkeeper steht plötzlich auf unserer Seite der Theke und zieht mich Richtung Tür. »Ich brauch deinen Ausweis gar nicht zu sehen. Ich weiß auch so, dass du minderjährig bist.« Charlie folgt uns. Ich reiße mich los und gehe zurück zur Toilette. Eine schwarze Tür mit dem Bild von einem Pin-up-Girl.

»Mom! Mom!«, rufe ich. Eine Frau kommt aus der Kabine, aber es ist nicht Mom. Dann wird die Tür aufgerissen, und der Barkeeper packt mich am Arm und zerrt mich wieder nach draußen.

»Fass mich nicht an.« Mit meinem ganzen Gewicht lasse ich mich fallen, doch er zieht mich hoch. Ich trete, trete nach jedem, der mir im Weg ist.

»Ich suche meine Mutter«, schreie ich ihn an, aber er lässt sich nicht beirren, verfrachtet mich nach draußen und setzt mich beim Türsteher ab.

»Ich weiß nicht, wie sie reingekommen ist«, sagt der Barkeeper. »Mach gefälligst deinen Job.«

Ich versuche, wieder in die Bar zu schlüpfen, aber jetzt hält mich der Türsteher fest. »Nein, Ma'am.«

»Ich suche jemanden«, sage ich. Er tut, als hätte er mich nicht gehört, und fragt eine Gruppe von alten Frauen nach ihren Ausweisen, die sie ihm kichernd zeigen. Charlie steht neben mir, aber ich ignoriere ihn. Was, wenn sie mich in der Bar sucht? Ich presse mein Gesicht ans Fenster, kann aber durch den Dampf und weil es so voll ist kaum etwas sehen.

»Edie«, sagt Charlie, »Edie, r-r-rede mit mir. Es ist n-n-nichts passiert.«

Denkt er, das interessiert mich? Tut es nicht. Wenn Mom ihn will, gehört er ihr. Wenn sie ihn mir vorzieht, meinetwegen. »Wo ist sie?«, sage ich schließlich. »Wohin ist sie gegangen?«

»Ich w-weiß nicht«, antwortet er. »Ich dachte, sie geht dich s-suchen.«

Tut sie das? Ist sie in der Bar und sucht mich? Manchmal hat sie Mae und mich einfach vergessen. Im Einkaufszentrum durften wir nicht von ihrer Seite weichen. Nein. Ich weiß nicht. Keine Ahnung. Aber ich spüre, dass etwas ... Etwas stimmt nicht. Ich bin mir ganz sicher. Dasselbe Gefühl hatte ich, als ich die Haustür aufmachte, noch bevor ich Mom an dem Balken hängen sah. Ich stütze meine Hände auf die Knie und versuche ruhig zu atmen. Es war ein Fehler, sie aus der Klinik zu holen.

»Du hast k-k-keinen Grund zur Eifersucht. Ich h-h-hab nichts gemacht.«

Ich schlage Charlies Hand weg. »Interessiert mich nicht«, sage ich. »Geh rein und such sie.«

Er verschwindet in der Bar. Ich warte. Der Türsteher zündet sich eine Zigarette an und beobachtet, wie ich auf und ab gehe.

»Alles klar?«, fragt er schließlich.

Ich zucke die Schultern. Natürlich nicht. Ich bin so dumm. Ihre Ausgelassenheit auf der Tanzfläche, das war kein Glück, sondern etwas anderes. Ich bin so unglaublich dumm. Es ist wie bei Doreens Mutter, die hatte sich auch plötzlich aufgerichtet und mit uns geredet, und ich dachte, jetzt wird sie wieder gesund, aber so war es nicht. Gleich danach ist sie gestorben.

Charlie kommt wieder heraus. »Ich h-h-hab sie nicht gefunden«, sagt er. Ich fange an zu weinen.

»Such weiter«, sage ich, obwohl ich weiß, sie ist nicht mehr in der Bar. »Und fass mich nicht an.« Ich richte mich auf.

»V-vielleicht ist sie zum Haus zurückgegangen«, sagt er. »Ich schwöre bei Gott, Edie, es ist n-n-nichts passiert!«

»Natürlich ist was passiert!«, schreie ich ihn an. »Sie ist verschwunden.«

CANDICE VANCE

Ja, ich erinnere mich an die drei. Ende Mai haben eine Frau, ein Mann und ein Mädchen im Haus nebenan gewohnt. Das Haus stand eine Zeit lang leer, deswegen war ich froh, dass sie da waren. Dadurch hatte ich was zu tun, konnte neugierig sein. Wenn du nicht neugierig bist, kannst du genauso gut tot sein, habe ich immer zu meinem verstorbenen Mann gesagt. Er war nicht neugierig. Wegen meiner Diabetes komme ich nicht viel aus dem Haus. Die Beine spielen nicht mit. Sonntags besuchen mich die Mädchen nach der Kirche, aber sonst schaue ich nur aus dem Fenster oder rufe bei Hörerstunden im Radio an, das ist meine Verbindung nach draußen.

Als ich die neuen Nachbarn sah, dachte ich, ist das jetzt ein Liebesnest? Oder sind das Bankräuber? Ich hatte das Gefühl, dass sie was verbergen. Keine Ahnung, ob sie legal dort gewohnt haben, denn das »Zu verkaufen«-Schild ist nie verschwunden, und einen Umzugswagen habe ich auch nie gesehen. Sie haben nicht lange da gewohnt, als es irgendwann nach Mitternacht bei mir klopft. Ich war schon damals alt und jetzt bin ich uralt, aber ich erinnere mich noch ganz genau an alles. Es lag an dem Mädchen. Ich hatte ihr öfter am Fenster zugewunken, und sie hat zurückgewunken, aber bei der Gelegenheit haben wir zum ersten Mal miteinander geredet. Es war merkwürdig, dass sie sich um diese späte Stunde vorstellen wollte, und sie sah aus, als hätte sie geweint. Sie wollte wissen, ob ich ihre Mutter gesehen hatte. Hatte ich nicht, obwohl ich den ganzen Abend am Fenster gesessen hatte. Sie wäre mir also aufgefallen.

Ich fragte das Mädchen, was denn passiert ist, aber sie wollte es nicht sagen. Sie fragte, ob sie mein Telefon benutzen darf. In der Küche gab ich ihr das Telefonbuch. Da mein Vertrag keine Ferngespräche einschließt, bestand ich darauf, für sie zu wählen. Die erste Nummer, die ich anrufen sollte, war die von einer Irrenanstalt draußen in Metairie. Aber dort war sie nicht. Die Frau war mir nicht verrückt vorgekommen, aber wer weiß. Meine Tante Ginny hat auch ganz normal gewirkt, bis sie in dem Hutgeschäft, wo sie gearbeitet hat, auf alle mit der Schere losgegangen ist. Das Mädchen hat ziemlich lange telefoniert, ich musste jede Nummer im Telefonbuch wählen, so kam es mir jedenfalls vor. Sämtliche Krankenhäuser und Hotels.

Ich sagte zu ihr, warte doch einfach ab. Deine Mutter macht wahrscheinlich nur einen Spaziergang. Es ist eine schöne Nacht. Durch das Fenster konnte ich sehen, dass es eine sehr schöne Nacht war. Ich sagte, dass ihre Mutter wahrscheinlich nur allein sein wollte. Warum die ganze Panik? Warum die Schwarzmalerei? Als sie sagte, sie muss die Polizei anrufen, wollte ich ihr das Telefon wegnehmen. Ich sagte, hör zu, wieso willst du die Polizei einschalten? Was sollen die machen? Eine Frau verhaften, die spazieren geht? Manchmal brauchen auch Mütter ihren Freiraum. Sie ist eine erwachsene Frau. Da wurde das Mädchen frech. Meine Weisheiten würden sie nicht interessieren. Dann riss sie mir den Hörer aus der Hand und rief die Polizei an. Und was haben die gemacht? Wie ich gesagt hatte. Sie haben ihr erklärt, dass sie erst was unternehmen können, wenn die Frau seit drei Tagen vermisst wird.

Irgendwann hat sich die Polizei dann doch eingeschaltet.

Ein netter Officer kam vorbei, jung, praktisch noch ein Schulkind. Er sagte, seine Leute stammten aus Plaquemines Parish, da kam mein verstorbener Mann auch her. Er stellte mir ein paar Fragen. Ich hätte ihm gern weitergeholfen. Die Frau habe ich nie wiedergesehen. Das Mädchen und den Mann habe ich noch ein paar Mal am Fenster gesehen, aber sie haben nie zurückgewunken, und bald danach sind sie verschwunden und das Haus wurde von einem sehr netten Paar gekauft. Mr und Mrs Perez. Er ist spanischer Herkunft. Reizende Leute.

MAE

Ein paar Tage nach dem Ausflug nach Coney Island ließen mich Dad und Amanda an einem Nachmittag allein in der Wohnung zurück. Ich weiß nicht, wohin sie gingen. Vermutlich waren sie nicht lange weg.

Nach Coney Island sorgte Amanda dafür, dass Dad nie allein mit mir war oder mir körperlich zu nahekam. Mir war unbegreiflich, dass jemand, der etwas so unbedingt wollte wie ich, es nicht bekommen konnte, aber so war es. Ich lief in der Wohnung auf und ab und fragte mich, was ich falsch gemacht hatte.

Ich hatte Probleme mit den Augen und stieß ständig gegen Möbelstücke. Als ich ein Buch aufschlug, um mich zu beruhigen, verstand ich den Inhalt nicht. Statt Wörtern und Buchstaben sah ich nur Kratzspuren von Amandas Krallen. Ihr Gestank hing überall in der Wohnung, ich musste mich fast übergeben. Ich war sicher, man würde mich bald wegschicken. Dad und Amanda waren vermutlich unterwegs, um in genau diesem Augenblick die nötigen Vorkehrungen dafür zu treffen. Lieber wollte ich sterben.

Ich kann diese Phase in meinem Leben nur verarbeiten, indem ich sie in Kunst transformiere. Ich benutze Puppen, baue winzige Kulissen und engagiere Schauspieler für die Off-Stimmen. Manche meiner Filme halten sich enger an die »Fakten« als andere, aber alle sind emotional ehrlich. Jeder Film versucht meine subjektive Erfahrung nachzustellen und zu zeigen, wie es war, von dieser Liebe zu meinem Vater verzehrt zu werden.

Mein Stück *Flächenbrand* wurde 2008 vom Whitney Museum gekauft. Es war Teil eines Triptychons mit zwei anderen Filmen – in einem stelle ich den Ausflug mit Dad zur Rennbahn nach, bei dem ich in die Rolle meiner Mutter geschlüpft war. Der andere ist eine Fantasie, in der Dad und ich im Vogelreservat im Central Park schließlich unsere Liebe vollziehen und ich in einer Art Möbiusschleife gezeugt werde. *Flächenbrand* ist eine Nachstellung des Feuers, wie ich es erinnere:

In der ersten Einstellung bin ich eine Puppe, die allein in der Puppenhauswohnung steht. Es ist still. Ich trage eine schmutzige gelbe Bluse. Das durch die Küchenfenster einfallende Licht ist ebenfalls gelb.

Ich fahre mit den Händen über den Tisch und sage – »Leb wohl.«
Über die darunter gestapelten Bücher – »Lebt wohl.«
Über die Stühle – »Lebt wohl.«
Über das geschnitzte Teekästchen – »Leb wohl.«
Über die Teekanne – »Leb wohl.«
Mit meiner Puppenhand zeichne ich das Parallelogramm des Lichts auf die Küchentheke – »Leb wohl.«
Ich gehe ins Wohnzimmer.
Ich berühre die Couch – »Leb wohl.«
Den Couchtisch – »Leb wohl.«
Die aus echtem Katzenhaar gemachte Katze – »Leb wohl.«
Das Klavier – »Leb wohl.«
Ich ziehe den Klavierhocker zum Bücherschrank, damit ich an jedes Regal herankomme – »Leb wohl, leb wohl, leb wohl, leb wohl.«
Meine Puppenfingerspitzen sind schmutzig. Kronos wedelt langsam mit dem Schwanz, während er mich beobachtet.

Ich öffne den Flurschrank und fahre mit der Hand über die Jacken, die Schals, die Hüte, alles gestrickt für diesen Film – »Lebt wohl.«

Ich gehe in die Hocke und berühre die Schuhe – »Lebt wohl, Schuhe.«

Ich gehe ins Bad.

Ich berühre Dads Zahnbürste. Ich berühre Dads Kamm. »Leb wohl. Leb wohl.«

Ich drehe den Türknauf zum verschlossenen Schlafzimmer um. Ich drehe noch mal. Nichts. Ich stehe eine Weile mit der Hand am Knauf da. Meine Puppenlippen bewegen sich. »Leb wohl«, sagen sie lautlos. Mein Gesicht ist blass und feucht. Eine Haarsträhne klebt mir auf der Stirn. Ich trete zwei Schritte zurück und werfe mein ganzes Gewicht gegen die Tür. Und wieder. Und wieder. Und wieder. Schließlich ein Krachen. Die Tür springt auf.

Die Kamera folgt mir, während ich zu einem leeren Bett stolpere, auf dem ich sehr lange sitze und nach Atem ringe. Das Fenster ist offen. Schwacher Wind raschelt in den Jalousien. Ich bin sehr blass. Wo ist mein Dad? Warum hat er mich in diesem Zustand allein gelassen?

Draußen wird das Licht schwächer. Gräulich blau. Mein Puppengesicht ist fast ganz im Schatten.

Ich fahre mit der Hand über sein Kopfkissen, über den Nachttisch und die leere Whiskeyflasche. All diese Gegenstände mühevoll maßstabsgetreu in klein nachgebaut. Auf seinem Schreibtisch, neben der Schreibmaschine, ein leeres Glas mit einem winzigen, vertrockneten Zitronenspalt. Ich greife unter das Sitzkissen seines Stuhls und nehme den Schlüssel. Ich öffne die Schubladen und berühre alles, was darin liegt.

»Leb wohl«, sage ich laut zu dem kleinen vergoldeten Fernglas.

»Lebt wohl«, zu Dads Manuskriptseiten.

»Lebt wohl«, zu den Fotos von Mom oder mir.

Ich breite sie in einem akkuraten Kreis auf dem kleinen Bett aus. Das Zimmer ist jetzt dunkel. Ich bin nur eine Silhouette, als ich die winzige Streichholzschachtel vom Fensterbrett hole. Streichhölzer, die sich überall anreiben lassen. Dad hätte sie an meinem Reißverschluss angerieben und so getan, als zeige er einen Zaubertrick.

Ich steige auf sein Bett in das Nest, das ich gebaut habe, und reibe ein Streichholz am Kopfende an. Es entzündet sich. Eine winzige gelbe Stichflamme. Langsam bewege ich meinen Arm im Kreis, die Manuskriptseiten fangen Feuer.

Ich handle nicht aus Wut. Wirklich nicht.

Ich dachte an das chinesische Höllengeld. Auf einem unserer Spaziergänge zeigte Dad Edie und mir einen Laden in Chinatown, der Objekte aus Joss-Papier verkauft. Papierautos und Papieranzüge und Papierschmuck und Papierhüte und Papierhunde und Papiervasen und so fort. Alles für chinesische Bestattungen. Die Leute verbrennen diese Dinge als Opfergaben, damit sie dem Verstorbenen im Jenseits zur Verfügung stehen.

Aus diesem Grund verbrenne ich Dads Buch. Nicht aus Gehässigkeit. Nein, nur damit ich auf der anderen Seite Gesellschaft habe. Ich will ihn bei mir wissen.

Ich lege mich auf den Rücken, verschränke die Arme vor der Brust. Die Blätter um mich herum verbrennen knisternd. Die Flammen hüpfen in der vom Fenster hereinwehenden Brise. Mein Gesicht glüht, als läge ich auf einer Geburtstagstorte. Von der Bettdecke steigt Rauch auf. Die Papierseiten rollen sich zusammen, werden zu Asche, schweben in meinen Puppenmund. Sie schmecken wie unser Kuss. Die Matratze quietscht, als sie heiß wird. Mein Haar sprüht Funken und verkohlt. Meine Bluse fängt Feuer wie ein Vorhang. Mein Gesicht. Sieh mich an. Rot und weich, während es schmilzt.

Es ist sehr laut, das Knistern des Feuers. Dazwischen höre ich Moms Stimme. Scht, scht, schlaf ein, sagt sie und versenkt ihren langen Zopf in meiner Kehle, bis ich ersticke.

EDITH [1997]

Die ganze Nacht bin ich durchs French Quarter geirrt, bin unsere Wege abgegangen und habe Mom gesucht wie einen verlorenen Gegenstand. Aber die ganze Zeit habe ich den Sog des Flusses gespürt, bis ich ihm schließlich gefolgt bin. Warum habe ich mich dagegen gesträubt? Natürlich ist sie zum Fluss gegangen. Ganz sicher. Am Flussufer werde ich sie finden, schlafend, die Haare ausgebreitet auf einem Stein wie auf einem Kopfkissen.

In der Ferne singt jemand. Ich bin auf der Höhe des Industriekanals. Dicker Nebel hängt über dem Wasser, während die Sonne langsam aufgeht. Ich kann nur ein paar Meter weit sehen. Die Luft verfärbt sich allmählich von violett zu grau.

Das Lied kommt mir bekannt vor.

'Cause I, I've got a bulletproof heart
I've got a bulletproof heart

»Mom?«, rufe ich, obwohl ich weiß, es ist nicht ihre Stimme. Es klingt nach einer schwarzen Frau. Auf welcher Seite des Flusses könnte sie sein? Ich kann nicht sagen, ob sie nah oder weit weg ist. Oder ist sie vielleicht auf dem Fluss? Ich höre Wasser gegen die Böschung plätschern.

»Mom, bist du das?«, rufe ich wieder.

Der Gesang verstummt. Ich stehe am Flussufer.

»Glaube ich eher nicht. Nein.« Die Stimme klingt weiblich, gehört aber wohl zu einem Mann. Ich höre ein Paddel im Wasser aufschlagen. Der Bug eines Metallboots taucht nicht weit entfernt im Nebel auf. Die Person auf dem Boot trägt eine schiefe Perücke und ein Kleid, hat aber auch einen Adams-apfel und eine behaarte Brust.

»Tut mir leid«, sage ich. »Ich dachte, Sie wären meine Mut-ter.«

»Interessant.« Und dann sagt der Mann mit der Perücke mit etwas tieferer Stimme: »Den kannte ich noch nicht.«

»Haben Sie hier draußen eine Frau gesehen?« Ich stelle sie mir bei ihm im Boot vor. Er bringt sie irgendwohin. Fährt sie hinüber … ins Jenseits. Wie albern. »Sie hat schwarze Haare.«

Der Mann schüttelt den Kopf. »Kann ich nicht behaupten, mein Kind.« Etwas an der Art, wie er das sagt, kommt mir ko-misch vor. Als er sich mit dem Ruder abstoßen will, beuge ich mich vor und packe sein Boot.

»Sind Sie sicher, dass Sie meine Mutter nicht gesehen ha-ben?«, sage ich.

»Ja, ganz sicher.« Vielleicht habe ich mir alles nur eingebil-det. Sein Gesicht ist völlig ausdruckslos. Auf der Seite, auf der er geschlafen hat, ist sein Make-up verschmiert. Ich lasse das Boot los. »Viel Glück«, sagt er und verschwindet im Nebel.

DOREEN

Als ich Edith' Stimme am Telefon hörte, wusste ich, es gibt Ärger. *Was ist jetzt schon wieder*, dachte ich. Ich war gerade von einer Doppelschicht nach Hause gekommen. Meine Füße waren geschwollen, ich konnte kaum die Schuhe ausziehen. Edith wollte wissen, ob Marianne bei mir war. »Wie meinst du das?« Ich hatte keine Ahnung, wovon sie redete. Marianne war im Krankenhaus. Ich fragte mich, ob Edith jetzt langsam auch durchdrehte. Erst taucht sie aus heiterem Himmel auf, dann verschwindet sie ohne ein Wort und macht sich davon, ohne mir was zu sagen.

»Wir haben ihre Kleider gefunden«, sagte Edith. »Sie lagen in einem Haufen am Fluss.« Die Kleider, die sie beschrieb, gehörten nicht Marianne. Ich wurde nicht schlau aus ihrem Gerede, bis sie mir schließlich die ganze Geschichte erzählte. Die Geschichte von ihrem blöden Albinofreund, der ein Held sein wollte, und dass sie dachten, sie könnten Familie spielen.

»Was hast du denn geglaubt, was passiert?«, fragte ich sie immer wieder. Schließlich war sie es gewesen, die ihre Mutter vom Balken abgeschnitten hatte. Was hatte sie geglaubt, würde diesmal passieren?

Ich sagte, ihr Freund sollte eingesperrt werden für das, was er getan hat. Aber dann dachte ich darüber nach. Wozu wäre das gut? Marianne hat bekommen, was sie wollte. Und der Mississippi ist nicht der schlechteste Ort, um abzutreten. Die Krankenhausverwaltung sollte man einsperren. Die hatten mir nicht mal Bescheid gegeben. Wer weiß, wie lange sie das geheim halten wollten.

Edith glaubte nicht, dass ihre Mutter ertrunken war. »Vielleicht wollte sie nur eine Runde schwimmen«, sagte sie, als wäre der Fluss, von dem wir redeten, nicht der Mississippi. Im Mississippi geht man nicht mal eben schwimmen. Nicht hier unten. Nicht im Juni. Nicht bei der reißenden Strömung. Marianne wusste das wie jeder andere auch. In diesem Fluss ertranken ständig Leute, und zwar schnell. Dann fing Edith an, von einem Transvestiten in einem Boot zu erzählen, und dass Marianne ihre Schuhe nicht zurückgelassen hatte. Da reichte es mir langsam. »Du glaubst, sie hat sich ausgezogen und ist in Turnschuhen nackt zu irgendwem ins Boot gestiegen?«

»Vielleicht hat sie einen Spaziergang gemacht«, sagte Edith. »Vielleicht ist sie inzwischen in Alabama.«

»Fahr zurück nach New York«, sagte ich und legte auf. Ich hatte nichts mehr zu sagen. Wahrscheinlich wusste sie genauso gut wie ich, dass ihre Mutter tot war. Mir war klar, der Anruf würde früher oder später kommen, und ich war vorbereitet. Das heißt, so vorbereitet, wie man auf so etwas sein kann.

Als wir noch Mädchen waren, hat Marianne mir mal erzählt, wie sie nachts von uns über die Weide nach Hause gegangen war. Heute steht dort das Lakeview Plaza, aber damals war es eine Viehweide. Und sie sagte, dass sie jemanden neben sich atmen gehört hatte.

Wahrscheinlich ein Pferd, sagte ich. Manchmal wurden sie nachts zum Weiden draußen gelassen.

Nein, sagte sie. Das war kein Pferd.

Tja, wer war es dann? Ich rechnete schon damit, dass sie sagt, es war ein Junge aus ihrer Klasse oder der Stadtsäufer. Jemand, der ein bisschen gefährlich war und sie belästigen wollte.

Nicht *wer*, sagte sie. *Was*. Es war der Tod.

Der Tod? Tja, und warum lebst du dann noch?

Ach, meinte Marianne, er wollte mir nur sagen, dass ich gezeichnet bin.

Jeder ist gezeichnet, sagte ich zu ihr. Wir alle.

Gott, manchmal hielt ich sie wirklich für dumm. Es sah ihr ähnlich zu glauben, dass Sterben etwas Besonderes war. Aber Sterben ist nichts Besonderes. Jeder muss sterben.

Andererseits, warum ist man dann immer so überrascht, ganz gleich, wie gezeichnet man ist, ganz gleich, wie sehr jeder damit rechnet?

Wenigstens hat sie endlich ihren Frieden.

Ich überlegte, ob ich eine Parade organisieren sollte. Meiner Momma hätte das gefallen, und ich glaube, Marianne auch, aber dann starb kurz darauf mein Bruder, und ich hatte nicht die Kraft, irgendwas zu arrangieren. Das Ganze wurde dadurch verkompliziert, dass man ihre Leiche nie fand. Sie wurde von der Strömung in den Golf von Mexiko gespült.

KAPITEL 9

MAE

Ich lag lange Zeit im Krankenhaus, brauchte acht Hauttrans-
plantationen. Die Schwestern wechselten meine Verbände
und badeten mich in einer speziellen Stahlwanne, um die
Wunden zu reinigen. Es war eine grausame Prozedur, einmal
fiel sogar ein Medizinstudent bei meinem Anblick in Ohnmacht. Die großflächigen Verbrennungen bedeckten fast mein
ganzes Gesicht, meine Arme und meine Brust, waren aber
hauptsächlich ersten und zweiten Grades, und ich stand so
unter Drogen, dass die Schmerzen erträglich waren, wenn ich
ganz still lag. Während des Heilungsprozesses juckte meine
Haut, was ziemlich lästig war. Trotzdem bedauerte ich nicht,
was ich getan hatte. Ich war gesichtslos und kahlköpfig, aber
ich war mehr ich selbst als je zuvor. Nach dem Feuer war ich
ein neuer Mensch. Ich hatte einen Exorzismus durchgeführt.
Mom war verschwunden.

Als Dad mich besuchte, war ich überrascht, wie viel kleiner
er war, als ich ihn in Erinnerung hatte. Er war kein Riese, sah
alt aus. Er kam mit Tante Rose und weinte, während Amanda
ihm die Schultern rieb. Tränen strömten ihm über die Wangen und verschwanden in seinem Bart. Ich hegte zärtliche Gefühle für ihn, aber eigentlich war er mir nicht mehr wichtig.

»Hör auf zu weinen«, sagte ich zu ihm. »Es gibt nichts zu
beweinen.«

Rose hantierte im Zimmer herum und tat so, als wolle sie
uns Zeit für uns geben, doch als Dad meine verbundene Hand

327

nahm und sie an seine Lippen führte, war sie sofort zur Stelle und zog ihn sanft von mir weg. Das war der einzige Hinweis für mich, dass Rose wusste, was zwischen Dad und mir gelaufen war. Amanda sagte während des gesamten Besuchs kein Wort, und ich gab mir alle Mühe, sie zu ignorieren.

Ich wusste, dass es endgültig vorbei war, weil Dad alle meine Sachen aus der Wohnung mitgebracht hatte, einschließlich der Leica meines Großvaters. Meine Finger waren gerade so weit geheilt, dass ich sie benutzen konnte. Ich hielt die Kamera zwischen uns, ohne zu prüfen, ob ein Film eingelegt war – ich wollte ihn nur auf Distanz halten. Unsere Vergangenheit und mein Wahnsinn waren jetzt ein versiegeltes Objekt, beängstigend, aber auch schön. Ich wollte es festhalten und mir oft ansehen, doch mit meiner Gegenwart hatte es nichts zu tun.

Nach diesem Besuch wurden die Kamera und ich unzertrennlich. Als ich aus dem Krankenhaus entlassen wurde, lebte ich bei Rose auf Long Island. Ich weiß noch, wie Dad ein paar Schritte vor Amanda auf der anderen Straßenseite am Rand des Gehsteigs stand und uns zuwinkte, während eine Schwester mir beim Einsteigen in den Kombi half und Rose mit ihrem Mann mein Gepäck und die Kiste mit Kronos einluden. Ich ging davon aus, dass Dad über meine Abreise erleichtert war, doch später, beim Entwickeln der Fotos von diesem Nachmittag, wirkte er ganz und gar nicht erleichtert. Erleichtert war nur ich. Ich weiß noch, wie ich auf der Rückbank lag, den vorbeiziehenden Himmel fotografierte und mich schwach, leer und leicht fühlte.

AMANDA

Mae war wahnhaft. Ist es immer noch. Die Dinge, zu denen ihr Vater sie angeblich zwang – alles Lügen. Und darauf ihre Karriere aufzubauen – auf den Demütigungen, denen sie uns aussetzte. Sie war so feige, zu warten, bis Denny sich nicht mehr selbst verteidigen konnte. Aber ich werde ihn verteidigen. Ich war dabei! Und es war völlig anders. Maler benutzen ständig lebende Modelle. Niemand würde *ihnen* Perversion vorwerfen. Der kreative Prozess ist heikel, und Genies dürfen ihre Eigenheiten ausleben.

Ich will nicht herzlos erscheinen, aber in meinen Augen ist der Verlust von Dennis' verbranntem Meisterwerk weitaus tragischer als das, was dieses Mädchen mit ihrem Gesicht angestellt hat. Dennis gab sich unfairerweise die Schuld für das Feuer. Er hörte auf zu schreiben. Ich bot an, ihn bei der Wiederherstellung des Manuskripts als seine Assistentin zu unterstützen, aber er war nicht interessiert. Noch Wochen später wachte er nachts hustend auf und meinte, Rauch zu riechen. Als dann noch die Nachricht vom Tod seiner Exfrau kam, war er nicht mehr er selbst. Es traf sich gut, dass ihm das Bard College in Upstate zu diesem Zeitpunkt einen Lehrauftrag anbot.

Ich war froh, aus der Stadt und von seinen Töchtern wegzukommen, und auch von Rose. Obwohl ich dankbar war, dass sie Dennis zu mir zurückgebracht hatte, verhielt sie sich nach dem Feuer merkwürdig. Es war nobel von ihr, die Mädchen aufzunehmen, doch sie schien Dennis die Schuld für das Debakel mit Mae zu geben. Schon seltsam. Ihm war diese verheerende Tragödie widerfahren, und die eigene Schwester war nicht besonders verständnisvoll. Wenn ich das Thema anschnitt, schnauzte Dennis mich sofort an, also ließ ich es dabei bewenden. Ihre Beziehung ist ihre Angelegenheit, und in gewisser Hinsicht war es besser für mich, je weniger Leute er hatte, auf die er sich verlassen konnte. So konnten wir unsere neu gefundene Nähe weiter aufbauen. Es war hilfreich für unseren Neuanfang.

Ich dachte, Dennis würde irgendwann wieder anfangen zu schreiben, wenn nicht das verlorengegangene Buch, dann etwas anderes, aber nach seinem Schlaganfall scheint das unmöglich. Mir wird ganz elend, wenn ich an die schönen Romane denke, um die seine Tochter die Welt gebracht hat.

EDITH [1997]

»Fahrkarten!«

Ein Mann, der in seinem blauen Wollanzug und der Mütze aussieht wie aus dem Bürgerkrieg, steht vor meinem Platz.

»Die Fahrkarten bitte!«, blafft er und saugt an seinem nikotinvergilbten Schnurrbart, während er wartet, bis ich den Ärmel von Moms Mantel aus dem Mund nehme und alle Taschen durchwühle. Am Ende finde ich die Fahrkarte in meinen Shorts. Ich reiche sie ihm, er entwertet sie und steckt sie anschließend über meinem Kopf in den Schlitz unter der Gepäckablage.

»Fahrkarten!« Er geht den Gang entlang in den nächsten Wagen. »Die Fahrkarten bitte!«

In meinem Abteil sitzt nur noch eine Frau, die eine *US Weekly* liest. Ich frage mich, ob Mom im Augenblick auch irgendwo in einem Zug sitzt. Nackt, nasses Haar, ein Buch lesend. Sie liest keine Schundmagazine. Ob ich Dennis gegenüber vielleicht zu hart war? Mit Mom zusammen zu sein ist manchmal bestimmt nicht einfach. Dem würde sogar sie zustimmen. Warum läuft sie sonst vor ihrem eigenen Leben davon?

Und ja, sie ist davongelaufen. Mir ist egal, was Doreen glaubt. Was weiß sie schon? Wann hat Doreen jemals recht gehabt? Wenn sie so schlau ist, warum hasst ihr Mann sie dann? Wenn sie so schlau ist und alles weiß, warum hat sie meine Mutter dann in dieses Drecksloch sperren lassen? Doreen wollte mit mir die ganze Zeit nur über Bestattungsvorbereitungen reden. Sie war so erpicht darauf, endlich mit Mom abzuschließen, dass es sie nicht interessierte, dass Mom nicht tot war und man nie ihre Leiche fand. Man hätte Doreen nur eine Schaufel geben müssen, dann hätte sie meine Mutter lebendig begraben. Mit Vergnügen.

Wenn Sie ein verdächtiges Gepäckstück sehen, verständigen Sie bitte den Schaffner. Vielen Dank, dass Sie mit der Long Island Rail Road fahren.

Doreen und Charlie. Meine zwei Judasse. Ich muss daran denken, wie Charlie versucht hat, mir mit seinen Fischlippen zu sagen, mein Körper würde nach *B-bb-b-birnen* riechen. Aua. Wie romantisch. Wenn ich ihm meine Finger in die Kiemen schieben könnte, würde ich so lange drücken, bis ihm die Augen ausfallen.

Aber es w-war doch nicht seine Sch-sch-schuld!

Und ob es seine Schuld war! Er hat irgendetwas gemacht oder gesagt. Er hat sie erschreckt. Was hatte ich bloß in ihm gesehen? Er ist nur am Flussufer auf und ab gelaufen und hat so getan, als ob er sie sucht, damit er mich weitervögeln kann. Deshalb hat er mir beim Suchen geholfen.

B-bb-bbb-bbbbirnen. Ich spucke im Zug auf den Boden. Verreibe die Pfütze mit meinem Zeh. Als ich mich auf meinem Platz zurücklehne, drückt ein Haarknoten unangenehm gegen die Kopfstütze. Ich habe keine Bürste bei mir. Ich habe nichts bei mir. Ich bin mit nichts außer Moms Mantel in den Bus gestiegen. Mit den Fingern versuche ich den Knoten auszukämmen, aber es zieht zu sehr an der Kopfhaut, und ich gebe auf. Wenn ich bei Rose bin, schneide ich ihn mit der Schere raus.

Als wir klein waren, hat sich Moms Depression manchmal

plötzlich gelichtet, ihre Zimmertür ging auf und da stand sie und sah aus wie ein gebrochener Arm, dem man eben den Gips entfernt hatte. Sie konnte nicht aufhören zu blinzeln und versuchte benommen, das Haus und uns wieder auf Vordermann zu bringen. Den ganzen Tag lang hat sie geputzt und Mae und mich in die Badewanne gesetzt. Maes Haare konnte sie ausbürsten, aber weil meine feiner waren, mussten die Knoten mit der Schere herausgeschnitten werden. Ich durfte die Haarknäuel behalten und legte sie wie Puppen in einer Reihe auf die Fensterbank. Egal wie lang oder wie dunkel die Depression war, sie ist immer daraus aufgetaucht – vielleicht nicht genauso wie vorher, aber fast. Warum sollte es diesmal anders sein?

Amagansett. Vielen Dank, dass Sie mit der Long Island Rail Road fahren.

Oh, meine Haltestelle. Ich blicke auf meinen Handrücken, dort hatte ich mir den Namen aufgeschrieben. Amagansett, genau.

Eigentlich hatte ich damit gerechnet, dass Mae mich abholt, aber der Bahnsteig ist leer. Die Luft ist schwer und feucht. Ich rieche das Meer. Dann sehe ich Rose am Ende des Bahnsteigs winken. Sie trägt flache Schuhe an ihren riesigen Plattfüßen und einen langen geblümten Rock, der im Wind weht.

»Wo ist Mae?«, frage ich, als ich in Hörweite bin.

»Zu Hause.« Rose umarmt mich. »Ich weiß nicht, wie viel du über ihren … Zustand weißt.«

»Was meinst du mit ›Zustand‹?« Dennis' Freundin hatte am Telefon nichts erwähnt, und mit Mae habe ich seit Wochen (oder Monaten?) nicht mehr gesprochen.

Rose' Gesicht zuckt nervös. »Na ja«, setzt sie an und geht in Richtung Auto, damit sie mich nicht ansehen muss. »Deiner Schwester geht es inzwischen viel besser. Am Mittwoch wurde sie aus dem Krankenhaus entlassen.«

Stechende Angst. Wir bleiben vor Rose' altem Saab stehen.

»Wo sind deine Sachen?«, fragt sie.

Ich übergehe die dumme Frage mit einem Schulterzucken. Wen kümmern schon meine Sachen. Was ist mit Mae passiert? Rose bedeutet mir einzusteigen, aber ich bleibe stehen.

»Was ist passiert? Ist sie verletzt?«

Rose nickt und weicht meinem Blick aus.

»Aber es geht ihr gut?«

»Nein«, erwidert Rose und klopft mit dem Schlüssel aufs Auto. »Es geht ihr nicht gut. Sie hat sich selbst angezündet. Aber sie lebt. Wie durch ein Wunder.«

Schweigend fahren wir die Hauptstraße entlang. Ich habe das Gefühl, aus einem Alptraum zu erwachen und in den nächsten zu fallen. Wenn ich einschlafe, tauche ich dann in etwas noch Schlimmeres ein? Wird es Mae retten? Wird es Mom zurückbringen? Wovon rede ich überhaupt?

»Ich muss kurz anhalten und Brot fürs Abendessen besorgen«, sagte Rose und hält vor einer Bäckerei mit einer grünweiß gestreiften Markise an. Mae ist fast lebendig verbrannt, und wir kaufen Brot in einer hübschen Bäckerei? Das ergibt keinen Sinn.

Meine Zunge fühlt sich trocken und zu groß an. Eine Fliege ist durch Rose' Fenster hereingeflogen und schwirrt im Auto herum. Rose hat die Schlüssel im Zündschloss stecken lassen. Ich sehe sie durch die Glasscheibe mit der Bäckerin reden. Was, wenn ich einfach das Auto nehmen und fliehen würde? Aber wohin? Ich kann nirgendwo hin. Und was würde es ändern?

CHARLIE

Nachdem Edies Mutter verschwand, fiel alles auseinander. Edie gab mir an allem die Schuld. Aber wahrscheinlich wäre es mit uns sowieso nichts geworden, egal, was ich getan hätte. Edie wäre erwachsen geworden, hätte an einem College studiert und wäre ein anderer Mensch geworden. Und trotzdem bekomme ich noch heute bei dem Gedanken an sie, an die Jugend, die Freiheit, die Liebe eine Erektion.

Ich stelle mir vor, was gewesen wäre, wenn wir weiter durchs Land gefahren wären, durch die Badlands, die Wüste, den Grand Canyon bis nach Mexiko und Südamerika und dann hoch nach Alaska. Wir hätten in Texas auf der Ladefläche des Trucks unter den Sternen schlafen oder auf einer Farm im Pazifischen Nordwesten oder auf einem Hausboot in den Florida Keys leben können. Unterwegs hätten wir einen streunenden Hund bei uns aufgenommen, einen Pit Bull vielleicht. Wir hätten uns zusammen ein Haus gebaut. Ich hätte ihr über einem offenen Feuer alles gekocht, was sie wollte. Wir hätten ein Kind bekommen. Schwanger wäre Edie wunderschön gewesen, weich und rund. Ich hätte das Baby zu Hause selbst zur Welt gebracht. Wir hätten das Kind überallhin mitgenommen, auf Zugfahrten oder beim Segeln auf offener See. Ich hätte Edie bis ins hohe Alter gevögelt und nie genug von ihr bekommen.

EDITH [1997]

Wir fahren auf einer runden Auffahrt zu einem grünen viktorianischen Haus. Rose' Mann sitzt auf der Veranda und begrüßt uns mit einem Krug Eistee. Er küsst Rose kurz auf den Mund.

»Edith«, sagt er und hält mir seine Hand hin. »Willkommen. Willkommen auf dem Gelände der Montauk Academy. Ich bin dein Onkel Stewart. Schön, dich endlich kennenzulernen.« Seine Hand ist merkwürdig weich.

»Wie war die Fahrt?«, fragt er und schenkt mir ein Glas Eistee ein. »Vermutlich lang. Rose meinte, du bist mit dem Bus und dann mit dem Zug gefahren.«

Ich trinke den Tee in einem Zug aus und schütte ein bisschen auf mein T-Shirt. Er reicht mir eine Serviette, aber ich schenke mir noch ein Glas voll und trinke es ebenfalls auf ex. Ohne zwischendurch Luft zu holen.

»Danke«, sage ich atemlos und stelle das leere Glas auf den Korbtisch.

»Noch ein Glas?«, fragt er, aber ich schüttle den Kopf.

»Wir haben uns Sorgen gemacht«, sagt Stewart. »Es ist schrecklich, alles, was passiert ist.«

»Mhm«, sage ich. Ein kleines Stück Toilettenpapier klebt auf seiner Wange. Ein rostroter kleiner Fleck. Offenbar hat er sich beim Rasieren geschnitten. Er sollte sich einen Bart wachsen lassen, der würde seine narbige Haut verbergen. Ich frage mich, warum Rose ihm das nicht vorschlägt.

»Hast du Mae die Tabletten gegeben, die ich hingelegt hatte?«, fragt Rose ihn.

»Ja.«

»Ist sie wach?«

»Vor zehn Minuten war sie es.«

»Willst du sie jetzt sehen?«, fragt Rose mich. »Ihr Zimmer ist oben, zweite Tür links.«

Es dauert eine Weile, bis meine Augen sich an das dunkle Treppenhaus gewöhnen. Ich bin froh, dass Rose mir nicht folgt. Das Haus ist still, als halte es die Luft an.

»Mae!«, rufe ich vom Fuß der Treppe. »Ich bin da!«

Keine Antwort.

Entlang des Geländers hängen gerahmte Fotos. Rose in einem weißen Kleid neben dem pockennarbigen Stewart. Ein blonder Junge im Matrosenanzug, wahrscheinlich Dennis. Und da. Ein Bild von Mae und mir, als wir noch ganz klein waren. Mae ist ein Baby, ich halte sie. Dennis und Moms Beine sind auch auf dem Bild. Mom ist barfuß. Sie hat wunderschöne Füße. Warum hängt Rose das Bild in ihrem Haus auf? Ob bei anderen Leuten auch Fotos von mir an den Wänden hängen?

»Mae«, sage ich, als ich vor dem Zimmer stehe. Ein seltsamer Geruch dringt durch die geschlossene Tür.

»Mae«, wiederhole ich. »Ich bin's, Edie.«

»Edie«, antwortet sie schließlich.

Als ich die Tür öffne, empfängt mich ein überwältigender Geruch. Ölig, medizinisch. Mir tränen die Augen. Es dauert eine Weile, bis ich Mae im Zimmer entdecke – sie liegt auf dem Bett, aufgestützt mit Kissen und in Mullverbänden. Sie hält ein Gewehr. Nein, natürlich nicht. Wie komme ich auf so einen Unsinn? Es ist das Gehäuse einer Kamera.

Klick. Klick. Sie fotografiert mich. Ich halte mir die Hände vors Gesicht. »O Gott«, sage ich. »Warte wenigstens, bis ich geduscht habe.« Ich tu so, als würde ich mein Gesicht vor der Kamera verbergen und nicht vor ihr. Ich will diesen entsetzlichen Augenblick nicht auf Film gebannt sehen.

»Du siehst aus wie eine Mumie«, sage ich, als sie schließlich die Kamera sinken lässt. Ich bemühe mich um einen unbeschwerten Tonfall. Sie sieht weder weg, noch blinzelt sie, also halte auch ich ihrem Blick stand. Ihre Pupillen sind riesig und schwarz.

»Darf ich mich setzen?«

Sie nickt, eine winzige Kopfbewegung.

Ich setze mich auf die Bettkante und versuche durch den Mund zu atmen, damit ich die Salbe nicht riechen muss.

»Hast du Schmerzen?«, frage ich.

Sie zuckt ganz leicht mit ihren bandagierten Schultern.

In den kleinen Schlitzen um die Augen und den Mund sehe ich, dass ihre Haut rosa, glänzend und wund ist. »Du musst Schmerzen haben.«

»Ist mir egal. Keine Ahnung.«

Ich nehme ein Stück Mull, das lose von ihrem Handgelenk hängt, und reibe es zwischen den Fingern.

»Warum hast du das gemacht?«, frage ich sie und starre auf den Mull in meiner Hand.

»Ich musste es tun«, sagt Mae verträumt. Ihre Stimme klingt anders, seltsam. Ich betrachte ihre Lippen. Schwer zu sagen, wie sie unter den Bläschen aussehen. Beim Sprechen bewegt sie kaum den Mund.

»Aber es war ein Unfall«, sage ich. Obwohl es natürlich keiner war. Ihre Antwort ist ein Blick aus ihren großen, starren Augen. Kann sie nicht einmal mehr blinzeln? Ob sie noch Augenlider hat?

Ich wische mir mit dem Handrücken die Nase und beobachte, wie sie die Kamera wieder hochhebt. Sie richtet sie auf die Mitte des Zimmers. Es dauert eine Weile, bis mir klar wird, was sie betrachtet – ein Staubteilchen, das in einem Lichtkegel schwebt. Sie folgt dem langsamen Fall durch die Luft bis zum Fußboden auf die Ecke des Schlingenteppichs. Eine Zeit lang sitzen wir schweigend da.

»Warum hast du diesen Mantel an?«, fragt sie schließlich.

»Ich hab ihn mitgenommen. Haben sie dir von Mom erzählt?«

Mae scheint mich nicht gehört zu haben. Sie blickt auf ihre Kamera hinab und fummelt an einem der Knöpfe, was nicht einfach sein dürfte mit den verbundenen Fingern.

»Sie ist verschwunden«, sage ich. »Aber sie wird wieder kommen. Du kennst sie ja.«

Es klopft an der offenen Tür. Rose. Mae richtet die Kamera auf sie. Rose zieht die Lippen über die Zähne und zieht eine Grimasse. Ich schätze, das soll ein Lächeln sein.

»Du könntest mir beim Kochen helfen«, sagt Rose durch das groteske Grinsen, »dann kann Mae sich ein bisschen ausruhen.« Ich habe noch nie jemanden gesehen, der sich vor einer Kamera so unwohl fühlt.

Ich stehe auf, und das Bett quietscht. Als ich Anstalten mache, Mae zu umarmen, spannt sie sich an. Ihr gesamter Körper ist eine einzige offene Wunde. Rose winkt mir von der Tür zu.

»Na dann«, sage ich und lasse die Hände zur Seite sinken. »Wir sehen uns gleich.«

Und dann, die Tür ist fast geschlossen, höre ich Mae ganz ruhig sagen:

»Diesmal ist sie weg. Ich spüre es. Sie ist tot.«

339

Mein Gesicht wird heiß. Ich lege die Hand auf die Tür, um sie wieder zu öffnen. »Ist sie nicht! Du hast keine Ahnung, wovon du redest. Du warst nicht dabei.«

Rose zieht mich von der Tür weg. »Edie, warum schreist du sie an? Was ist los mit dir? Deine Schwester ist vom Morphium völlig benommen.«

»Meine Mutter ist nicht tot«, sage ich zu Rose. Genauso gut könnte ich eine Ente in einem Kinderbuch sein. Ich komme mir dumm vor. Ich hasse es, vor Rose zu weinen.

»Ja, schon gut, ich hab dich verstanden«, sagt Rose und öffnet die Tür zu einem anderen Zimmer. Meinem. Während ich mit dem Rücken zu ihr stehe und weine, legt sie mir die Hände auf die Schultern. Die Blumen auf der Tapete verschwimmen.

»Es ist mir egal, wenn du mir nicht glaubst«, sage ich.

»Ich sage nicht, dass ich dir nicht glaube, Edith. Aber deine Mutter ist nicht da, da sind wir uns einig. Tot oder nicht, sie ist nicht da.«

Ihre Bemerkung lässt mich noch heftiger schluchzen. Denn ich weiß, sie hat recht. Mom will nicht gefunden werden. Mom will mich nicht. Und wenn ich auf meine Schwester aufgepasst hätte, wie es von mir erwartet wurde …

Rose legt mich auf das Messingbett und wischt mir mit dem Zipfel der Häkeldecke die Tränen von Gesicht und Hals, bis ich mich schließlich beruhige. Ich habe einen Schluckauf. Die Erschöpfung der letzten Monate bricht über mich herein. Vor dem Fenster ist das graue Meer. Rose' Finger liegen auf meinem Gesicht. Sie singt ein Schlaflied.

»Warum hat Mae das getan?«, frage ich Rose.

»Ich weiß es nicht.« Sie schüttelt den Kopf.

»Wo ist Dennis?«, frage ich. »Warum kümmert er sich nicht um sie?«

In ihrem Gesicht blitzt etwas auf, das sie sofort zu verbergen versucht. »Ich schätze, weil ich besser darin bin, mich um andere zu kümmern.«

»Was hat er getan?«

»Was soll er schon getan haben? Nichts.«

Ich weiß, sie glaubt selbst nicht, was sie da sagt. Ich schubse sie weg, und sie fällt vom Bett, landet wie ein Hund mit allen vieren auf dem Fußboden. Ich drehe mich zur Wand, zu den roten Blumen und Ranken.

MAE

Vor dem Feuer hatte ich angenommen, Mom und ich wären für immer ein geschlossenes System. Wie ein Spiegelkabinett – sie-erschafft-mich-erschafft-sie und so fort. Wer von uns war wirklich? Und wer das Spiegelbild? Doch das war mit dem Feuer vorbei. Als ich ihr Gesicht aus meinem brannte, habe ich sie in mir abgetötet. Und so erschien es nur logisch, sie auch aus meinem Umfeld zu verbannen. Als Edie mir weismachen wollte, dass Mom noch lebte, wusste ich, sie lügt. Mom war verschwunden.

Ich gab mir die Schuld an ihrem Tod. Wahrscheinlich tue ich es immer noch, aber indem ich mich in meine Kamera zurückzog, konnte ich die Schuldgefühle und alles andere verkraften. Die Welt durch den Bildsucher war begrenzt und überschaubar. Meine Leica wurde die Erweiterung meines neuen Körpers. Im Schlaf hielt ich sie auf meinen Bauch gepresst, damit sie immer warm war.

Als Onkel Stewart mein Interesse für Fotografie auffiel, richtete er mir eine Dunkelkammer in einem der vielen Bäder ein, und als es mir wieder besser ging, verbrachte ich dort tagsüber viele Stunden. Abgesehen davon hatte ich kaum Berührungspunkte mit Onkel Stewart. Meine Tante und mein Onkel sorgten sehr gut für mich. Rose ließ sich von der Arbeit beurlauben, um mich gesund zu pflegen. Wie immer sie zu mir stand, sie war pflichtbewusst, sie war unbeirrbar. Sie säuberte meine Wunden, gab mir meine Medikamente und fuhr mich zu endlos vielen Arztterminen. Emotional verlangte sie nichts von mir, und dafür war ich dankbar.

Ganz anders die arme Edie, die ständig meine Nähe suchte. Ich sah ihren Schatten unter meiner Tür, sie stand nur da, doch anstatt sie freundlich hereinzubitten, stellte ich mich schlafend. Sie gab sich große Mühe. Als ich das Haus noch nicht verlassen durfte, dekorierte sie mein Zimmer mit ausgeschnittenen Bildern aus dem *National Geographic*. Ikonische Bilder von Bergen und Gletschern, die an die große weite Welt erinnerten. Vermutlich brauchte sie Erinnerungen mehr als ich. Heute kann ich leicht sagen, dass ich wünschte, ich wäre netter zu meiner Schwester gewesen, aber damals war mir das nicht möglich. Unser Vater hatte mir gerade das Herz gebrochen, unsere Mutter hatte sich gerade umgebracht, und ich hatte mich gerade verbrennen wollen. Ich konnte mir nicht leisten, großzügig zu sein.

ROSE

Am Anfang unserer Ehe haben Stewart und ich versucht, Kinder zu bekommen, aber ich konnte nicht. Nachdem die Mädchen bei uns eingezogen waren, fragte ich Stewart einmal, als wir abends im Bett lagen: »Stewart, bedauerst du, dass wir keine eigenen Kinder haben?«

Und er antwortete: »Rose, welchen Sinn hat es, etwas zu bedauern, das nicht zu ändern ist?«

»Aber wir hätten ein Kind adoptieren können«, sagte ich. »Können wir immer noch.« Ich stellte mir Babys vor, kleine russische, chinesische und äthiopische Mädchen. Eines für jedes leere Zimmer in unserem riesigen Haus. Und weil Stewart mir nicht gern widersprach, nickte er zustimmend und las weiter, was immer er gerade las. Aber ein Kind haben wir nie adoptiert.

Näher als Edie bin ich einem Kind nie gekommen. Manchmal tat ich so, als wäre sie meine eigene Tochter. Ich bummelte mit ihr durch die Stadt und machte Besorgungen, um mit ihr anzugeben, obwohl Montauk ein kleines Nest ist und unsere Nachbarn wussten, dass wir keine Kinder hatten. Ich erkannte mich unschwer in Edie, nicht nur in ihrem Äußeren, auch in ihrem Charakter. Sie war extrem loyal und unabhängig, aber auch verletzlich. Natürlich ein typischer Teenager, ein bisschen ruppig, und sie hatte ihre Wut nicht immer unter Kontrolle. Wir haben einiges durchgestanden, aber sie hat sich gut gemacht. Mehr als gut. Ich bin sehr stolz auf sie. Es

344

war schön, ihr einiges von mir mitzugeben, Familienrezepte und Rituale, solche Dinge. Es war schön, mich ausnahmsweise einmal nicht als abgebrochener Ast unseres Familienstammbaums zu sehen.

Ihrer Schwester gegenüber hegte ich nie solche mütterlichen Gefühle. Mae war einfach sehr seltsam. Stewart liest oft Biografien, und er sagt, alle großen Künstler hätten im Kern ihres Wesens etwas Schreckliches oder Leeres, das sie als Antrieb für ihre Arbeit brauchen – Dalí, Picasso, Emily Dickinson. Ich weiß nicht, ob ich dem ganz zustimmen kann. Denny war nie so, aber ich schätze, auf Mae traf es zu. Sie war anstrengend und unzugänglich und passte auf, dass man ihr nicht zu nahe kam.

Marianne hatte dem Mädchen ohne Zweifel übel mitgespielt. Ich habe Maes Filme gesehen, aber ich glaube nicht, dass Denny zu solchen Ungeheuerlichkeiten fähig war. Niemals. Offenbar hat sie die Zuneigung, die er ihr entgegenbrachte, falsch verstanden. Aber Mae war ein krankes, empfindliches Mädchen, und er hätte sich mehr um sie sorgen müssen. Nachdem sie bei dieser Irren aufgewachsen war, hatte sie zwangsläufig gelernt, links für rechts und oben für unten zu halten. Sehr traurig.

Als die Filme im Whitney Museum gezeigt wurden, ging ich zu Mae und bat sie, die Filme entfernen zu lassen. Ich sagte: »Ich habe so viel für dich getan – ich habe dir durch die Montauk Academy und das Kunststudium geholfen. Ich habe für dich gesorgt und dich noch nie um etwas gebeten. Aber was du da tust, ist nicht richtig. Du schadest nicht nur Denny, du schadest der ganzen Familie.«

Ich habe sie angefleht. Aber das war ihr egal. Sie hatte schon immer etwas Undurchschaubares an sich. Bis heute hat sich das nicht geändert. Sie war nie jemand, mit dem man vernünftig reden konnte. Ich habe vollstes Verständnis dafür, dass Amanda diese Verleumdungsklage angestrengt hat, auch wenn ich strikt dagegen war. Mir war klar, dass Maes Arbeit dadurch nur noch größere Aufmerksamkeit erfährt. Und so war es dann auch. Am Ende wurden Dennis' Bücher in Schulbibliotheken in Indiana verboten, und man konnte zu keinem Friseur gehen, ohne Mae auf dem Titel von zig Zeitschriften zu sehen – sie trug eine Skimaske über dem Gesicht, und ihre Augen starrten einem auf eine Weise entgegen, die mich hätte wütend machen müssen, stattdessen aber nur mein Mitleid weckten.

EDITH [1997]

Heute Morgen habe ich eine von Maes Tabletten genommen. Rotkehlcheneiblau. Hoffentlich war es Morphium und kein Antibiotikum. Sie nimmt so viele Tabletten, eine weniger fällt bestimmt nicht auf.

Ich beobachte Rose, die mit der Anmut einer Architektin eine Karotte schnippelt. Wegen der Verbrennungen muss Mae kalorienreiche Kost zu sich nehmen – jede Menge Fleisch. Fleisch erzeugt Fleisch. In der Küche ist Rose geschickt und zielstrebig. Ihre Bewegungen sind flink und selbstbewusst. Sie wischt die kleingeschnittenen Karotten in einen großen Topf.

Und plötzlich trifft mich die Leichtigkeit und mir ist, als würde ich über dem schwarz-weiß gekachelten Fußboden in der Küche schweben. Ich muss aufpassen, dass mein Kopf nicht gegen die aufgehängten Töpfe knallt. Das Scheppern! Das Klappern! Bloß nicht in den großen Topf fallen! Fleisch, darf ich vorstellen, das ist Fleisch!

»Was ist denn so lustig?«, fragt Rose lächelnd, bereit, auf mich und den Scherz einzugehen. Ich zucke die Schultern, schüttle den Kopf, nicke. Da ich ziemlich verwirrt bin, bücke ich mich und binde mir die Schnürsenkel mit der Konzentration eines Schlaganfallopfers auf und zu. Als ich mich aufrichte, lässt das Schwebegefühl ein wenig nach. Rose redet immer noch. Sie hat mich etwas gefragt.

»Klar«, sage ich, stecke mir eine verirrte Karottenspitze in den Mund und kaue eifrig darauf herum. Wenn ich sie weiterreden lasse, komme ich irgendwann dahinter, was ich gerade bestätigt habe.

»Wir gehen wieder für die Schule einkaufen …«

Davon hat sie wahrscheinlich schon lange geträumt. Wir Mädels gehen shoppen! Die gleichen Kleider! Die arme Frau.

»Soll ich den Knoblauch schälen?«, frage ich. Sie reicht mir drei Zehen und beobachtet, wie ich mich mit der Schale abmühe.

»So ist es einfacher.« Sie rollt eine Glasflasche über den Knoblauch und gibt mir die Zehen zurück. Bei uns zu Hause habe ausschließlich ich gekocht, niemand hat mir also irgendwelche Tricks gezeigt. Die papierartige Schale löst sich von der glänzenden, glatten Zehe. Ein kleiner grüner Spross ragt aus der Spitze. Ich spüre, wie die Tablette in meinem Magen wohlig schnurrt.

»Jetzt kannst du ihn kleinhacken und …«, sagt Rose und verstummt. Sind ihr meine Pupillen aufgefallen? Ob sie mich verraten? Nein. Es muss etwas anderes sein. Ich folge ihrem Blick.

Mae steht hinter mir in der Tür. Sie muss sich nicht mehr anlehnen, steht steif und kerzengerade da. Sie sieht aus wie ein Geschöpf aus der griechischen Mythologie – nackte Menschenbeine, aber oberhalb der Taille nur Verbandsmull. Und immer die Kamera.

»Wie geht es dir?«, fragt Rose. »In einer halben Stunde ist das Essen fertig. Dr. Stern hat mich zurückgerufen. Er kann uns morgen einschieben. Er hat einen Sohn an der Schule, sonst hätte ich den Termin bei ihm nie bekommen. Er ist der beste Wiederherstellungschirurg New Yorks, wahrscheinlich der ganzen Welt. Wir haben großes Glück.«

Mae nickt.

Rose hält im Schneiden inne. »Mir ist aufgefallen, dass eine Morphiumtablette fehlt. Damit ist nicht zu spaßen, Mae. Sie machen extrem abhängig. Du darfst dich nicht einfach selbst bedienen.«

Während ich konzentriert die Knoblauchzehe hacke, spüre ich Maes Blick auf mir. Wenn ich jetzt aufblicke und ihre Enttäuschung sehe, wird die verbliebene Wirkung der blauen Tablette vollkommen verschwinden.

»Ich hatte große Schmerzen«, sagt Mae mit ausdrucksloser Miene. »Kommt nicht wieder vor.« Dann fotografiert sie Rose und mich.

Jeder andere, Onkel Stewart zum Beispiel, würde es nicht dabei bewenden lassen und nachbohren. Aber Rose ist anders. Sie ist ein Mensch, der sich ein Urteil über jemanden bildet und sich dann jede neue Information entsprechend zurechtbiegt. Eine schöne Eigenschaft. Ich müsste schon einiges anstellen, bis sie mich hasst.

Das Telefon klingelt. Mom. Sie steht in einer Telefonzelle und presst den Hörer an ihr nasses Ohr.

Stewart hält den Hörer an seine Brust. Seine Lippen bewegen sich nicht synchron mit dem Ton. »Charlie für dich«, die Worte kommen verzögert heraus. Ohne aufzublicken, schneide ich weiter Knoblauch. Etwas zieht sich in mir zusammen, Schwindel. Aus dem Augenwinkel sehe ich, wie Stewart mir den Hörer hinhält, aber ich nehme ihn nicht.

»Herrgott noch mal«, sagt Rose schließlich. »Sag ihm, sie ist nicht da.«

»Sag du es ihm.« Stewart ist über Spielchen erhaben. Er hat ein Reich zu führen. Er muss zurück in sein Arbeitszimmer und seine Spielzeugsoldaten in der Schlacht von Austerlitz aufstellen. Der Mann ist verrückt. Einmal habe ich seine Soldaten umgeschmissen, und am nächsten Tag standen sie alle wieder da wie zuvor.

»… Sie möchte nicht mit dir sprechen«, sagt Rose in den Hörer.

Ich gehe nach draußen und übergebe mich in die Azaleen.

Lieber Gott, denke ich, wahrscheinlich klinge ich wie ein Pferd. Und dann: Lieber Gott. Und dann nur: Gott. Siehst du wirklich alles, was ich mache?

Nein, aber Mae sieht es durch die Linse ihrer Kamera. Keine von uns beiden lässt sich anmerken, dass sie für mich gelogen hat.

»Mach ein Foto, das hält länger«, sage ich schließlich und wische meine Hand auf dem glitschigen Gras ab.

MAE

Rose hatte den Spiegel am Medizinschrank in meinem Bad entfernt, damit ich mich nicht ansehen musste. Aber vor den vielen reflektierenden Oberflächen konnte sie mich natürlich nicht beschützen. Wenn abends in meinem Zimmer das Licht eingeschaltet war, sah ich mein bandagiertes Gesicht in den handgeblasenen Glasscheiben der Fenster oder in den glänzenden Kupfertöpfen, die über der Kücheninsel hingen. Aus Neugier bat ich Rose einmal beim Verbandwechseln, mir zu zeigen, wie ich aussehe. Erst wollte sie nicht, aber schließlich gab sie mir doch ihre Puderdose. Natürlich war der Anblick entsetzlich. Es war vor der Wiederherstellung des Knorpelgewebes in meiner Nase, und alles andere war noch ramponiert, rot und glänzend von der Salbe. Trotzdem störte mich mein Spiegelbild nicht besonders. Seitdem gab es Zeiten, in denen mich der Anblick meines Gesichts verzweifeln ließ, doch in jenem Sommer sah ich es als einen kleinen Preis, den ich für meine Freiheit zahlte. Ich war vielleicht entstellt, aber mein Gesicht gehörte endlich mir.

Außerdem fand ich gut, dass es die Leute auf Abstand hielt. Das gefiel mir auch an meiner Kamera. Wenn ich durch den Bildsucher schaute, konnte ich nicht emotional aufgesaugt werden wie damals von Dad. Die Welt war jetzt flach und begrenzt. Nur wenn ich das Meer sah, war ich innerlich aufgewühlt. Ich fotografierte es ständig, in der Hoffnung, es würde irgendwann seine Macht verlieren, aber gleichzeitig hoffte ich auch das Gegenteil. Rose ging frühmorgens oft mit mir am Strand spazieren. Sie hielt einen Sonnenschirm über uns, während ich die Wölbung des Horizonts fotografierte. Ich dachte nicht an den ersten Strandausflug mit Dad und Edie. Ich dachte nicht an Moms Leiche auf dem Grund des Golfs. Oder an meine Situation und wie lange es noch dauern würde, bis meine Haut so weit geheilt wäre, um wieder schwimmen zu gehen. Nein. Ich war mir nur bewusst, dass der Ozean gewaltig und ich winzig war.

In jenem Sommer machte ich hauptsächlich Abzüge von diesen Meeresbildern. Die nichtentwickelten Filmrollen bewahrte ich in einem alten Strohhut auf, den ich von einem Bild kannte, das Rose im Dad-Zimmer aufgehängt hatte. Auf dem Bild sitzt Dad an einem Flussufer, und der Strohhut wirft einen Schatten über seine obere Gesichtshälfte. Eine Zigarette hängt aus seinem Mundwinkel, und ein dünnes Rauchwölkchen weht in Richtung Kamera. Ich glaube, Mom hat das Bild gemacht. Der Anblick dieser jüngeren Version von ihm erfüllte mich nicht mit derselben Lust wie früher. Der Hut war einfach ein Hut.

Eine ganze Weile fotografierte ich fast zwanghaft, aber es war keine Kunst. Als ich mich auf die Bewerbung an der Kunstakademie vorbereitete, fuhr ich in die Stadt und traf mich mit Rivka, der alten Freundin von Dad. Sie ging meine Fotostapel durch – lauter nichtssagendes Zeug –, unscharfe Bilder vom Meer, meine Katze, meine Füße. Ich fand es nett von ihr, dass sie sich mit mir traf und mich ernst nahm.

Sie sah die Fotos an, dann mich und sagte schließlich:

Kunst ist kein Schutzschild. Kunst ist ein Messer. Du musst bluten!

Natürlich hatte sie recht. Ich ließ nichts von mir in meine

Arbeit einfließen. Meine Bilder sagten nichts aus. Sie halfen mir lediglich, die Welt überschaubarer zu machen. Damals war ich noch nicht bereit zu bluten. Das kam erst später.

RIVKA

Auf der Whitney Biennial sah ich eine Video-Installation, die mich wochenlang verfolgte. Ein Puppenhausalptraum, wie ein moderner Hieronymus Bosch, aufgenommen auf körnigem Super-8-Film. Als ich die Installation sah, fühlte ich mich auf der Stelle in eine Erinnerung zurückversetzt, die sich wie meine eigene anfühlte, es aber nicht war.

Diese Installation war überall im Gespräch. In *Art in America* stand darüber eine lange, dämliche Rezension. Der Kritiker sah in dem Werk eine Metapher für das jungianische Verständnis von Kindheit. Eine blutleere Interpretation, die nicht den Kern traf. Der Film war keine Metapher, sondern sehr persönlich, aber wie persönlich, wurde mir erst klar, als ich die Künstlerin in ihrem Studio traf.

Es war ein sehr heißer Tag, und sie trug nicht die Skimaske, die ihr Kennzeichen geworden war. Ihre Haut war dick und verklumpt, aber ihre grauen Augen waren so klar und aufrichtig, dass sie alles in ihrer Umgebung wie eine Maske aussehen ließen. Ich weiß noch, dass ich mich fragte, ob dies alles zu einer ausgefeilten Performance gehörte. Und ich weiß auch noch, dass eines ihrer Ohren perfekt geformt und von den Verbrennungen unberührt war.

Sie begrüßte mich mit der Bemerkung: »Rivka, du hast dich überhaupt nicht verändert, immer noch hässlich wie früher.« Ich war nicht beleidigt, nicht, wenn es aus einem Gesicht wie dem ihren kam. Wir tauschten eine Weile Neuigkeiten aus. Sie dankte mir für etwas Aufmunterndes, das ich ihr vor Jahren gesagt hatte; ich erinnerte mich nicht mehr daran, und eigentlich klang es nicht wirklich nach mir.

Sie bereitete gerade eine Ausstellung im Los Angeles County Museum of Art vor und wollte mir ihr neues Werk zeigen. Es enthielt keine Puppen oder Requisiten wie ihre früheren Filme. Sie nannte es die Hutserie. Sie benutzte alte, oft beschädigte Fotos, die sie kurz nach ihrer Genesung von dem Feuer aufgenommen hatte. Man sah den Bildern die Belastung einer offenbar sehr schwierigen Zeit an.

Die auffälligste Arbeit war eine Collage von einem Zimmer mit ihrer Schwester, die dünn und viel trauriger wirkte, als ich sie in Erinnerung hatte. Die Schwester war in verschiedensten Posen zu sehen – am Fußende des Bettes sitzend, auf dem Boden liegend, vor der Tür auf und ab gehend, am Fenster aufs Meer blickend. Ein Gespenst in einem Pelzmantel, das den Betrachter umkreist.

»Unheimlich«, sagte ich.

»Ja«, erwiderte sie. »Kann sein.«

»Hast du auch Bilder von deinem Vater?«, fragte ich. Plötzlich verspürte ich den Drang, ihn zu sehen, wie er damals war; ich wollte mich an diese Zeit in meinem Leben erinnern.

»Nein«, sagte sie. »Hab ich nicht.«

Trotz ihres verbrannten Gesichts war mir bisher irgendwie nicht in den Sinn gekommen, dass die Filme autobiografisch waren – dass der liebenswürdige Dennis Lomack das monströse Liebesobjekt war. Unser Treffen fand vor dem im Fernsehen übertragenen Prozess statt, bei dem Dennis von der schrecklichen Frau, die er geheiratet hatte, sabbernd und stumm im Rollstuhl aus dem Saal gefahren wurde.

355

EDITH [1997]

Ich klopfe an die Tür zur Dunkelkammer. »Spooks? Kann ich reinkommen?«

»Warte kurz.« Ich höre Mae herumklappern, bevor das Schloss klickt.

Sie zieht mich in die Kammer und schließt rasch die Tür hinter mir. Es dauert eine Weile, bis meine Augen sich an das schummrige Licht der roten Glühbirne gewöhnen, die über uns hängt. In der Badewanne sind Schalen mit Flüssigkeiten, auf einem kleinen Beistelltisch steht ein Vergrößerungsapparat. Kronos liegt mit gespreizten Pfoten im Waschbecken und beobachtet uns. Er mag das kühle Porzellan an seinem Bauch. Ich kraule ihn hinter den Ohren.

»Dennis und Amanda sind unten. Alle wollen gleich zum Strand gehen«, sage ich.

Mae scheint mich nicht zu hören. Sie drückt einen Knopf am Vergrößerungsapparat, und ein paar Sekunden lang erscheint ein Lichtquadrat, das sich mit einem Biepen ausschaltet. Sie nimmt das leere Blatt aus dem Apparat und lässt es in die erste Schale in der Wanne fallen.

Ich setze mich auf die Toilette. Kronos und ich sehen Mae bei der Arbeit zu. Sie sieht aus wie in Trance, wenn sie die Schale hin und her schwenkt, hin und her. Die Chemikalien riechen nach Essig und Fußschweiß. Plötzlich taucht wie aus dem Nichts ein Auge auf dem Papier auf, dann ein Schnabel – eine Möwe.

»Zauberei!«, sagt Mae. Jedes Mal, wenn ein Bild erscheint, freut sie sich wie ein kleines Kind. Manchmal bin ich mir nicht sicher, ob das Feuer ihr Gehirn geschädigt hat.

»Cool«, sage ich.

Mae hebt das Vogelfoto mit einer Zange aus der Schale, lässt es abtropfen und in die nächste Schale fallen. »Die Augen erscheinen immer zuerst. Keine Ahnung, warum das so ist.«

»Dennis sieht merkwürdig aus«, sage ich, um das Thema zu wechseln. »Ausgemergelt. Als hätte er reichlich Gewicht verloren.«

Mae ignoriert mich. Sie will immer nur übers Fotografieren sprechen. Sie lässt die Möwe in der mittleren Schale liegen und hebt aus der letzten einen anderen Abzug.

»Das ist der Fixierer«, sagt sie. »Wenn das Foto eine Weile da drin liegt, kann man es dem Licht aussetzen, ohne dass es zerstört wird. Aber er ist giftig, ich muss aufpassen, dass nichts in den Abfluss gerät.«

»Cool«, sage ich nickend und bemühe mich, interessiert zu wirken. Ich schätze, das ist besser, als wenn sie gar nicht mit mir spricht, wie es noch bis vor Kurzem der Fall war. Sie nimmt das tropfende Papier aus dem Fixierbad, spült es unter dem Wasserhahn ab und hängt es dann an die Wäscheleine neben dem verdunkelten Fenster. Über ihre Schulter hinweg betrachte ich das Bild. Ein graues Rechteck.

»Was ist das?«, frage ich.

»Das Meer.«

Als ich genauer hinsehe, entdecke ich weiße Schaumkronen. Wellen. Die anderen aufgehängten Bilder sehen ähnlich aus. Irgendwie verstehe ich nicht, was sie an den Bildern findet, warum sie immer wieder das Meer fotografiert.

Mit der Rückseite der Zange kratzt sie sich am Arm. Ich

glaube, sie zuckt zusammen, obwohl es durch ihre Skimaske aus Verbandsmull schwer zu erkennen ist.

»Juckt es wieder? Soll ich Rose sagen, sie soll nochmal Salbe auftragen?«

»Geh doch einfach ohne mich an den Strand«, sagt Mae. Meine Besorgtheit reizt sie. Wahrscheinlich vergisst sie hier drin ihren Körper für eine Weile, und sie will nicht, dass ich sie daran erinnere. Sie wird mir sowieso nicht erzählen, was ich wissen möchte. »Moment noch, ich muss erst das Papier abdecken, damit es nicht kaputtgeht.« Sie legt Deckel über die Schalen und steckt das Papier in eine spezielle Plastiktüte. »Und jetzt raus«, sagt Mae.

»Soll ich Dennis was von dir ausrichten?«, frage ich, während sie mich behutsam aus der Dunkelkammer schiebt und die Tür schließt.

Ich warte auf der anderen Seite auf eine Antwort, höre aber nur meinen eigenen Atem und Stimmen von unten. »Na dann, bis später«, sage ich.

Auf der Treppe begegne ich Dennis. Er ist auf dem Weg nach oben, um Mae zu sehen. Ich ducke mich außer Sichtweite.

»Mae? Mae, Liebling?«, höre ich ihn sagen. »Können wir kurz reden? Darf ich bitte reinkommen? Ich wollte dir etwas sagen.«

Ich schleiche wieder die Treppe hoch und sehe, wie er mit der Stirn an der Tür lehnt. Als er mich sieht, richtet er sich auf.

»Hast du schon für den Strand gepackt?«, fragt er. Ich nicke. Was wollte er ihr sagen? Mir erzählt niemand etwas.

»Dann sehen wir uns, wenn wir zurück sind«, sagt er durch die Tür und folgt mir nach unten in die Küche, wo Onkel Stewart und Amanda sich über Spenden von ehemaligen Schülern und akademische Spitzenleistungen unterhalten, während Rose sorgfältig den Picknickkorb fertigpackt.

Wir gehen der Reihe nach zur Hintertür hinaus und das Steilufer hinunter zum Privatstrand des Klubs. Der Wind peitscht uns Sand an die Beine. Die Männer, an denen wir vorbeigehen, starren mich an, obwohl mein Bikinioberteil flach auf meiner Brust liegt – mindestens einer dieser reichen Grapscher, die auf der Party zum 4. Juli besoffen waren, hat mir angeboten, meinen Busen zu richten. Als die Männer feststellen, dass ich zu der Gruppe von mittelalten Leuten gehöre, die sie kennen, hören sie auf, mich mit den Augen auszuziehen, winken Onkel Stewart zu und rufen: »Alles Gute zum Labor Day!« Er winkt zurück, bleibt aber nicht stehen. Er versucht mit Amanda Schritt zu halten, die wie eine zielstrebige Kuh durch den Sand stapft. Mit ihren albernen Sonnenhüten geben die zwei ein ziemlich groteskes Paar ab. Ist ihnen nicht klar, dass sie sich eigentlich schämen sollten? Amandas weißer Rücken ist von Leberflecken übersät. Widerlich. Mir ist unbegreiflich, warum Dennis sie mitgebracht hat. Er trägt eine verspiegelte Sonnenbrille, deshalb kann ich seine Augen nicht sehen. Wieso ist er mit dieser abstoßenden Frau zusammen? Irgendwie bin ich sicher, dass sie dafür verantwortlich ist, was Mae sich angetan hat.

An der Tiki Bar, die auf dem Sand aufgebaut ist, gehe ich etwas langsamer. Der Barmann mixt gerade etwas aus Eiswürfeln und Kirschen, das nach Haarspray riecht. Ich könnte mir vorstellen, dass dieser Ausflug etwas erträglicher wäre, wenn ich einen Schluck davon trinken und die angenehme Wärme sich in meiner Brust ausbreiten würde.

»Club Soda?«, fragt der Barmann. Obwohl es heiß ist und wir am Strand sind, trägt er eine Fliege und Weste.

Rose ist stehen geblieben, blickt zu mir zurück und winkt, damit ich weitergehe. Ich schüttle den Kopf in Richtung Barmann, obwohl es mich nicht drängt, Rose einzuholen. Im Augenblick brauche ich keinen Drink, alles ist gut. Ich genehmige mir später einen und trinke ein paar Schlucke von dem Rotwein, den Rose zum Kochen verwendet. Onkel Stewart hat das Schloss zum Weinkeller ausgewechselt.

Wir gehen immer weiter, vorbei an den Leuten, dem verlassenen Strandende entgegen, bis wir den Leuchtturm erreichen, dessen Mauern in der Sonne blendend weiß strahlen. Wüstenknochen, wie in den Gemälden von Georgia O'Keefe, die Mom so gern mag. Ist sie vielleicht dorthin gegangen? In den Westen? Mit zusammengekniffenen Augen betrachte ich den Sand und ignoriere einen Moment lang das Meer – so muss es in der Wüste sein. Ich stelle mir Moms Kopf vor, der aus dem Sand ragt. Was, wenn ich fast auf sie getreten wäre? Ich muss mehrmals blinzeln, um die Vorstellung von ihrem Gesicht unter meinem Fuß loszuwerden. Igitt. Igitt. Igitt.

»Kannst du mir mal helfen?« Dennis kämpft mit dem Sonnenschirm im Wind. Ich halte ihn oben fest, während er ihn unten eingräbt. Stewart verteilt Klackse von Sonnencreme auf Amanda und Rose. Wieso reibt er sie nicht richtig ein? Ich finde es unmöglich, die Creme so lieblos auf Roses Rücken verteilt zu sehen. Als Dennis mit dem Schirm fertig ist, gehe ich zu ihr und reibe die weiße Schmiere ein. Sie schrickt kurz zusammen, als ich sie berühre, lässt mich dann aber dankbar gewähren. Gestern Abend hat sie mir ein Armband geschenkt, das ihrer Mutter gehörte. Sie nahm mich beiseite und erklärte mir unter Tränen, dass ich für sie fast wie eine Tochter bin. Das Armband ist hübsch, dünne Silberkettchen, zusammengehalten von einem Perlmuttverschluss, aber ich finde es Mae gegenüber unfair, auch wenn sie bestimmt keinen Wert auf ein Armband legt.

»Für ein kurzes Bad ist das Wasser vielleicht warm genug.«
Rose sieht mich angespannt an und wartet darauf, dass ich zu-
rücklächle. Ich tue ihr den Gefallen, wünschte aber, sie würde mir nicht dauernd ein Messer an die Hand reichen, um
sie zu verletzen. Es ist nur eine Frage der Zeit, bis ich der Ver-
lockung nicht mehr widerstehen kann.

Stewart bietet mir die Sonnencreme an, aber ich lehne ab.
»Ich hab mich schon zu Hause eingeschmiert. Wieso schmierst
du Amanda nicht noch ein bisschen ein?«

Rose öffnet den Korb, nimmt einen Laib Brot und einen
Tupperware-Behälter mit Butter heraus.

»Ich hab genug«, sagt Amanda mit einer lässigen Handbewegung und lässt einen Diamantring vor mir aufblitzen. Sie
sind verheiratet? Sie und Dennis? Und diese blöde Fotze glaubt,
dass ich sie danach frage? Lieber würde ich sterben.

»Hast du wirklich genug?«, sage ich. »Noch etwas Creme
würde bestimmt nicht schaden. Vielleicht hat es dir noch keiner gesagt, aber auf deinem Rücken wimmelt es von ekligen
schwarzen Leberflecken. Echt widerlich. Du solltest mal zum
Hautarzt gehen.«

Amanda schnaubt und holt eine Zeitschrift aus ihrer Strand-
tasche.

»Wie kannst du nur so etwas sagen!« Onkel Stewart sieht
Dennis an, als erwarte er, dass er mich zurechtweist. Was Dennis natürlich nicht tut.

»Möchte jemand einen Hering?«, fragt Rose, um das Thema zu wechseln.

»Edith, das ist unhöflich«, sagt Onkel Stewart langsam zu
mir, als wäre ich schwachsinnig. Er ignoriert das Glas mit
den Heringen, das Rose ihm hinhält. »Es ist unhöflich und
du hast das gar nicht nötig.«

Ach ja? Natürlich sind Hautprobleme ein wunder – ha! – Punkt bei ihm. Amanda tut so, als würde sie lesen, und blättert eine Seite um; ihr alberner Ring glitzert im Sonnenlicht. Hinter ihr landen drei Möwen und fangen an, einen liegengelassenen Bagel auseinanderzureißen. Ein Vogel schnappt sich den Rest mit dem Schnabel und fliegt davon. Die beiden anderen stehen da und krächzen dämlich.

»Wir haben darüber gesprochen«, sagt Stewart zu Rose, als könnte ich ihn nicht hören. »Sie braucht Grenzen und Disziplin.«

Ich stehe auf, und der Sand auf meinen Beinen landet in ihren Gesichtern. »Ich bin doch nur um ihre Gesundheit besorgt«, sage ich süßlich, während sie blinzeln und spucken. Dann gehe ich hinunter zum Wasser. Sollen sie ohne mich Familie spielen. Ich lass ihnen ihren Neuanfang.

Eine Welle bricht sich, und der kalte Schaum klatscht über meine Füße, saugt den Sand unter mir weg. Ein kurzes Schwindelgefühl, abgefangen von einem Arm auf meiner Schulter. Dennis.

»Lust auf einen Spaziergang?«, fragt er.

Ich zucke die Schultern, obwohl wir schon gehen.

»Wie geht es dir?«, will er wissen.

»Gut, Dennis. Bestens.« Was glaubt er denn?

»Ach ja?« Er hält mich am Arm fest, damit ich mich umdrehe und ihn ansehe.

»Mae hat mir alles erzählt«, lüge ich.

»Alles«, wiederholt er.

»Ja. Ich weiß Bescheid.«

Er nickt. »Bescheid worüber?«

»Was du gemacht hast.«

»Okay, und was habe ich gemacht?«

362

Offenbar etwas Schreckliches. »Weißt du selbst am besten«, sage ich.

Er nickt.

»Stimmt es?«

»Wahrscheinlich stimmt es. Warum sollte deine Schwester lügen?« Dennis bückt sich und hebt eine Muschel auf. Hält sie ins Licht. Die Perlmuttschichten sind stellenweise durchsichtig.

»Stimmt, Mae würde nicht lügen.«

Er wirft die Muschel zurück ins Wasser, und wir gehen weiter. Ich trete auf einen Haufen Algen, die Ranken zermatschen unter meinen Füßen. Ich weiß nicht, was Dennis getan hat oder nicht getan hat, aber als ich ging, war mit Mae alles in Ordnung. Wenn ich in New York geblieben wäre, dann wäre das alles nicht passiert.

Ich werfe einen Blick zu Amanda, die im Schatten des Sonnenschirms sitzt. »Sie ist schwanger, stimmt's?«, frage ich, und sobald ich es ausspreche, ist es unübersehbar.

»Ja«, sagt Dennis.

»Oh«, sage ich. Deswegen heiratet er sie. »Ihr kriegt also ein Kind?«

»Das hoffen wir, ja.« Er lächelt, aber ich lächle nicht zurück. Dieses Kind wird sein neuer Versuch, seine zweite Chance. Mae und ich sind der erste Pfannkuchen. Der verschrumpelte, der weggeworfen wird.

Dennis zieht sein Hemd aus, nimmt die Sonnenbrille ab und wirft beides weiter oben in den Sand. »Lust zu schwimmen?«, fragt er und kneift die Augen zusammen. Seine Brust ist inzwischen grau, das war sie früher nicht.

Noch immer verblüfft über die Neuigkeit, folge ich ihm ins Wasser. Es ist kalt, schrecklich kalt. Ich ziehe den Bauch ein, um warm zu bleiben, und gehe bis zur Hüfte hinein.

»Oo-ooo-oo. Iii-iiii-iiiii«, lautet Dennis' Kommentar zu der Kälte.

Ich gehe noch einen Schritt, und plötzlich zieht das Wasser an mir. Noch vor einer Sekunde war es flach, doch jetzt türmt es sich langsam auf. In der Ferne bildet sich eine Welle. Eine Riesenwelle. Ich zögere und trete einen Schritt zurück ans Ufer, aber meine Knie sind im Wasser gefangen.

»Tauch unter«, ruft Dennis. Die Welle bricht über uns. »Untertauchen!«, ruft Dennis wieder, bevor er unter der Welle verschwindet, während ich erstarre. Eine Wand aus Wasser kommt auf mich zu, trifft mich in der Brust, wirft mich um und zieht mich nach unten.

Ich werde am Grund des Ozeans entlanggeschleift, der Sand schürft mir den Rücken und die Beine auf. Ich bin unter Wasser begraben. Als ich die Augen öffne, sehe ich eine Wolke aus Sand, Haare. Die Haare meiner Mutter.

Und dann stehe ich wieder hüfttief und hustend im Wasser. Mein Oberteil ist verrutscht, mein Hintern voller Sand. Meine Nasenlöcher brennen. Ein Wuschel aus Algen schaukelt auf dem Wasser.

Dennis ist ein paar Meter entfernt. »Alles in Ordnung?« Er schwimmt zu mir. Hinter ihm baut sich langsam die nächste Welle auf, und diesmal lasse ich mich nicht von ihr treffen. Ich drehe um und laufe los oder versuche es zumindest, benutze meine Hände als Paddel. Ich höre, wie die Welle hinter mir bricht, aber sie reißt mich nicht von den Füßen, sondern schiebt mich in Richtung Ufer, wo Tante Rose mit einem Handtuch auf mich wartet.

»Geht es dir gut?«, fragt sie und legt mir das Handtuch um die Schultern. Rotz läuft mir über die Lippen. Ich zittere. Rose will mich zur Decke zurückführen, aber ich lege mich an Ort und Stelle auf den heißen Sand. Sie hantiert herum, eine lange schwere Birne, eine armlose Gans. Sie kniet neben mir, gluckt, gluckt, gibt mir ein Sandwich, das ich auf dem Rücken liegend esse, ohne die Augen zu öffnen. Beim Kauen knirscht hin und wieder ein Sandkorn zwischen meinen Zähnen.

TEIL III

MARIANNE

physiker sagen, dass manche partikel nur existieren, wenn man sie beobachtet. ein elektron, das nicht von einem orbit zum nächsten hüpft wie ein floh oder das nicht von einem physiker angestupst wird, hört auf zu sein. ich glaube, genau das ist mit mir passiert. ich habe aufgehört zu sein.

& dann bin ich eines tages wieder aufgetaucht, im blickfeld von ruth day. sie war eine nonne ohne konvent. gott trug ihr auf, ihren orden zu verlassen & eine farm zu gründen. sie sah mich die straße entlanggehen & hielt an.

»ich habe dich gefunden«, sagte sie & ich fühlte mich gefunden.

ich kann nicht erklären, aus welchem loch ich gekrochen bin. ich weiß nicht, wie viel zeit vergangen ist. ich hatte die sprache verloren. ich wiederholte die worte anderer leute, konnte aber keine eigenen bilden. worte waren wie tricks für meine zunge, mehr nicht. es gab einen schönen namen für diesen zustand, für dieses bedeutungslose wiederholen. *echolalie*. klingt das nicht wie ein wiegenlied oder eine vogelart?

wir waren zu zwölft, lebten als ruth days apostel zusammen auf einer farm & ernährten uns hauptsächlich von dem, was wir anbauten. wir hatten morgenmeditationen & nachmittagsgebete & abendmeditationen & nachtrituale. in der zwischenzeit arbeiteten wir auf der farm. wir bauten mangold an & spinat & grünkohl & blumenkohl & weißkohl. wir hatten einen apfelgarten & wir hielten schafe & bienen.

wir verkauften nichtpasteurisierte schafsmilch & honig & hängematten & windspiele auf dem bauernmarkt.

das land gehörte einem mathematiker. er lebte bei uns & kümmerte sich um die honigbienen & zeichnete komplizierte karten auf tote blätter, die wir auf dem bauernmarkt an leute verschenkten, wenn sie eine hängematte oder ein windspiel kauften.

die leute auf der farm legten jeden tag ihre hände auf mich & beteten. ich spürte die wärme in meiner leber, in meiner milz, in den eingeweiden dazwischen. es war gnade, die mich durchströmte.

irgendwann nahmen die worte wieder bedeutungen an. ich kam mir vor wie adam.

ich beobachtete die schafherde & dachte: schafe!

ich beobachtete einen bienenschwarm & dachte: bienen!

ich ging in die scheune & betrachtete die tiger & dachte: tiger ... arme tiger.

wir hatten zwei tiger von einem mann in einem motel gekauft. er war nicht in der lage gewesen, für sie zu sorgen. diese tiger waren durch die hölle gegangen – räudig, unterernährt, hepatitisch. in der scheune ging es ihnen gut. sie jagten mäuse: kleine fleischbrocken mit schnellem herzschlag. wir brachten ihnen von pfeilen durchbohrtes wild. sie mochten ihr futter verletzt, aber lebendig. der angstgeruch regte ihren speichelfluss an & unterstützte ihre verdauung. bei unseren abendmeditationen beobachteten wir, wie sie im kreis herumrannten. ihre streifen bewegten sich wie eine landschaft, die an einem zug vorbeizieht. eine beschwörungsformel ohne worte. ein tiger fing den anderen – anschleichen, anschleichen, zuschlagen. dann gähnten beide & streckten ihre rosaroten stachligen zungen heraus.

einmal entkam einer & riss meine mutterschafe & fraß die lämmer in ihrem inneren. es war frühling. danach spuckte er tagelang wolle & schied weiche lammknochen mit seinem stuhl aus. nach diesem vorfall hasste ich ihn so sehr, dass ich meine besuche in der scheune einstellte.

arme katze, arme katze. in meiner verzweiflung habe ich dinge getan, die noch hässlicher waren als das ...

ich versuche, mich nicht mit solchen gedanken aufzuhalten. mein leben ist gespalten in den tag, bevor ich ruth day traf: dunkelheit, elend. & danach: hingabe, licht. als marianne habe ich viele menschen verletzt & enttäuscht. ich hatte unbedingt sterben wollen & es getan.

& ich wurde wiedergeboren.

mein problem waren meine maßeinheiten gewesen. bei der arbeit mit den bienen begriff ich, dass der bienenstock im gegensatz zu der einzelnen biene eine seele hatte. ich war nicht dazu bestimmt, ein moderner mensch zu sein. ich war immer nur ein fragment, das ganzheit in einem loch suchte. auf der farm ergab ich mich. wir alle ergaben uns & wurden ein stich an gottes mantel, ein haar auf seinem kopf.

am nachmittag beten wir bei den bienen. die bienen bilden eine wolke & lassen sich auf unseren gesichtern, unseren händen & unseren füßen nieder. auge in augen, so viele augen. ihre füße sind stachlig, wenn sie auf unserer haut krabbeln. ihre stiche halten uns in der gegenwart. »aua, aua, aua, wir sind hier«, singen wir. »wir sind hier.« wir begleiten ihr brüllen mit unseren hymnen. ihr brüllen ist lauter als das eines tigers. ihr brüllen fährt in uns & reinigt uns. wenn wir sauber sind, gibt ruth day uns honig wie ein sakrament.

esst sein licht, nicht seinen leib, sagt ruth day.

& dann erfüllt uns das licht gottes.

TEIL IV
LOS ANGELES, 2012

EDITH

Ich küsse Hugh, der sich die Hände an einem Geschirrtuch abwischt. Alle Gäste zu meiner Babyparty sind bereits da, doch das ist mir egal. Am liebsten würde ich in seinen Mund kriechen. Ich versuche mich an ihn zu pressen, obwohl ich wegen meines Bauchs nur seitlich an ihn rankomme. Er löst sich sanft von mir.

»Hallo«, sagt er zu irgendwem hinter mir. Als ich mich umdrehe, steht Mae vor mir.

»Überraschung!«, sagt sie. »Oh, es hat tatsächlich geklappt. Du bist überrascht.«

Mae! »Und ob ich das bin!«

Ich freue mich wahnsinnig, sie zu sehen. Sie sieht toll aus in ihrem blauen Seidenkaftan und dem Schleier. Ihre schönen Augen sind mit Kajalstift konturiert und blinzeln wie graue Knöpfe. Ihre Augenbrauen sind aufgemalt. Perfekte Bögen.

»Ich dachte, du kommst erst nächste Woche zur Ausstellung im LACMA.«

»Ich habe geflunkert, was die Termine angeht«, sagt Mae. Über ihrem Mund ist der Schleier feucht, ein dunkleres Blau. »Hugh und ich haben uns verschworen.« Sie tritt zurück. »Gütiger Himmel, bist du schwanger. Lass mich bitte ein Foto machen.«

Ihr Assistent Paul reicht ihr eine Kamera, und sie fotografiert meinen gewaltigen Bauch.

»Ich komme mir vor, als ob ich einen riesigen Braten mit mir herumtrage«, sage ich.

Eine von Hughs Freundinnen, sie heißt Agnes, klopft an ein Glas und kündigt ein Spiel an, das sie für die Babyparty organisiert hat.

»Jedes Glas enthält eine pürierte Frucht«, sagt sie. »Ihr müsst den Babybrei probieren und dann schreibt ihr auf die beigefügte Karteikarte, was es eurer Ansicht nach ist, setzt euren Namen dazu und gebt die Karte weiter.«

Ich kann mir nicht vorstellen, was ich lieber tun würde.

»Ich zeige Mae das Kinderzimmer«, sage ich, während die Gäste sich setzen, und ziehe sie in das frühere Gästezimmer. Ich schließe die Tür.

»Nimm ihn bitte ab«, sage ich und zeige auf ihren Schleier. »Es ist ziemlich heiß, und ich vermisse dein Gesicht.«

Vor Kurzem hat Hugh die Wände hellgrau gestrichen, der Farbgeruch hängt noch im Zimmer. Ich öffne das Fenster. Die Einzelteile der Krippe, die Rose uns geschenkt hat, lehnen an der Schranktür. Wir sind noch nicht dazu gekommen, sie aufzubauen.

Mae setzt sich auf die Bettkante und greift unter ihren weichen Schleier, um die inneren Bänder zu lösen.

»Schönes Zimmer.« Sie schiebt den Schleier hoch und schlägt ihn über den Kopf. Und da ist ihr scheues Gesicht. Rot und uneben, aber nach wie vor ihres. Ich kann nicht anders, ich muss sie einfach küssen und verschmiere dabei ihren Lidstrich. Um es wiedergutzumachen, versuche ich den Fleck mit dem Daumen wegzureiben. »Weißt du noch, wie genervt Mom war, weil wir sie so oft geküsst haben?«

»Nein«, sagt Mae lachend. »Ich erinnere mich nicht, überhaupt versucht zu haben, sie zu küssen.«

»Sie hat immer gesagt: Lass mich dich küssen. Du musst mich nicht zurückküssen.« Ich nehme Maes Hand und lege sie auf meinen Bauch. »Gott. Kaum zu glauben, dass du hier bist. Ich freu mich wahnsinnig, dich zu sehen.«

Wir sitzen eine Weile schweigend da. Im Wohnzimmer höre ich Gelächter.

»Woher habt ihr die Geode?«, fragt Mae und zeigt auf den großen Kristallstein auf dem Nachttisch.

»Da hat Hugh bei einem Requisitenverkauf zugeschlagen, nachdem er mal bei einem Energie-Workshop war«, antworte ich. »Berühr sie mal.«

Ich weiß, dass sie nicht an solchen Kram glaubt, aber sie legt ihre Hand neben meine auf den Kristall.

»Fühlt sich an wie ein Stein«, sagt Mae.

»Stimmt«, antworte ich. »Liegt daran, dass es ein Stein ist.«

Wir kichern beide.

»Ich glaube, die gefällt mir«, sagt sie.

Ich streichle ihre unebene Wange, und bis eben war ich mir nicht sicher, ob das, was ich vorhabe, eine gute Idee ist: »Ich möchte dir etwas zeigen.«

»Okay.«

Ich gehe zum Bücherregal und kauere mich davor.

»Hughs Bruder scheint schon betrunken zu sein«, sagt Mae und steht auf, um aus dem Fenster zu sehen.

»Jack? Klar ist er voll, der trinkt.« Über Hughs Bruder rede ich nicht gern.

»Sind das Papageien?«, fragt Mae, die den Zitronenbaum vor dem Fenster betrachtet.

Ich taste hinter *Gute Nacht, lieber Mond* herum. Ich hätte schwören können, dass ich sie hier versteckt habe.

»Wahrscheinlich. In der Gegend fliegen ein paar wilde Papageien herum.«

Ah, gefunden. *The Iowa Review*, Frühjahr 2010.

»Darf ich dir ein Gedicht vorlesen?«

Mae lässt die Lamellen des Rollos raschelnd zurückfallen. Sieht mit zusammengekniffenen Augen das Literaturmagazin in meinen Händen an. Registriert zweifellos den gebrochenen Rücken. »Seit wann liest du Gedichte?« Ich weiß, was die Frage eigentlich bedeutet: Warum hast du das nicht hinter dir gelassen?

»Kann ich es dir einfach vorlesen?«

Mae nickt. »Klar.« Sie setzt sich wieder aufs Bett, legt ihre Hand auf die Geode. Ich setze mich auf den Fußboden, lehne mich an die Wand und räuspere mich.

mein früheres leben: ich stand
gegen putz gepresst, gesicht zur wand,
musste mich eigentlich nur umdrehn,
um raum, licht & luft zu sehn
aber ich heiratete die wand, ohne zu wissen,
hinter mir lag ein zimmer, mit teppich & kissen,
mit hohen decken, tischen, stühlen & tür.

Ich fühl mich siegessicher, jetzt erst recht, wo ich es endlich laut höre. »Jetzt erzähl mir nicht, dass es nicht nach ihr klingt«, sage ich. Aber als ich Mae ansehe, ist ihre Miene ausdruckslos. Sie hält mich für verrückt.

»Kommt mir ein bisschen beliebig vor«, sagt sie vorsichtig und streichelt die Geode wie eine Katze. »Wer ist denn als Autor genannt?«

»Ruth Day. Aber das ist bestimmt ein Pseudonym. Keine

Angaben bei den Biografien.« Ich blättere nach hinten, um es ihr zu zeigen.

»Wie kommst du darauf, dass sie es ist? Für mich könnte das jede ängstliche Hausfrau geschrieben haben.«

Weil es so ist. Das Gedicht ist von Mom. »Alles ist kleingeschrieben, und sie benutzt diese Und-Zeichen.«

»Scheint mir ein bisschen dünn …« Sie holt ihr Handy heraus, tippt und zeigt mir die Bildersuche für »Ruth Day«. Jede Menge pausbäckiger Frauen. Als hätte ich nicht längst schon gegoogelt. »Es könnte jede dieser Ruths sein.«

»Warte. Da ist noch mehr«, sage ich. »Das war erst der Anfang. In dem Gedicht geht es um das Leben auf einer Farm, um Tiger und Bienenhaltung und solches Zeug. Aber hör dir das an. Der Schluss:

tag gab es nicht
früher, nur nacht.
fahren & gehen. schlafloses licht –
wie eitergelb, das aus einem ohr sickert.

taucherohr –
meine älteste war nie gefeit davor.
konnte sie überhaupt schwimmen?
bin nicht sicher.
meine jüngste hatte angst vorm wasser.
meine jüngste hatte angst vor mir.
und ich gab ihr allen grund dafür.
denk ich jetzt noch an meine töchter?
möglichst selten.

himbeeren, auch die muss ich meiden.
erinnern mich zu sehr (an die beiden)
dornenzerkratzte arme, rockkörbe, rote münder
wie rubine.

Mae öffnet die Augen und sieht mich an.

»Ich weiß nicht, Edie.« Und ob sie es weiß! »Alle Kinder kriegen Ohrenentzündung und essen Himbeeren.«

Mae widerspricht mir nur, weil das ihre Rolle ist.

»Ich hab an das Magazin geschrieben, um mit ihr in Kontakt zu treten, aber es hat zu nichts geführt.«

»Liebling, bist du bereit für die Überraschung? Alle warten …« Hugh lehnt in der Tür. Ich schiebe die Zeitschrift aus seinem Blickfeld, während Mae schnell ihren Schleier über das Gesicht hängt. »Oh …« Maes Anblick überrascht ihn.

»Gibst du uns noch eine Minute?«, frage ich.

»Natürlich.« Er zögert, dreht sich um, geht aber nicht.

Ich habe Hugh nichts von den Gedichten erzählt. Solange ich nicht vollkommen sicher bin, will ich seine Meinung nicht hören. Nicht, dass er nicht verständnisvoll wäre, wirklich nicht. Er ist zu verständnisvoll. Mitfühlend. Ich habe keine Lust, meine Mutter dem Urteil anderer auszusetzen, auch wenn die Urteile vielleicht zutreffend sind.

»Und, glaubst du, es ist von ihr?«, frage ich Mae. Sie steht auf, streicht ihr Kleid glatt und bindet ihren Schleier zu.

»Ich hab auch schon oft geglaubt, sie irgendwo zu sehen. Das ist vermutlich ganz normal. Auf der Straße. In einem Auto. Ich hab sogar schon daran gedacht, das Thema fotografisch zu verarbeiten …« Mae verstummt.

Eigentlich rede ich von etwas anderem.

»Hilft dir der Glaube, dass sie es ist?«, fragt Mae.

»Ja«, antworte ich schnell. »Tut es.«

Hugh meldet sich wieder. »Ich will ja nicht allzu viel verraten«, sagt er, »aber die Überraschung ist zeitsensibel.«

»Okay.« Ich lächle ihm zu, und er hilft mir auf.

Draußen auf der Veranda spielt unser Hippie-Nachbar auf einer Mini-Orgel. Auf dem Tisch steht ein riesiges Objekt. Ein Tafelaufsatz, verhüllt von einem Laken. Ich würde mich sogar über einen Haufen alter Schuhe darunter freuen. Aber das wird es nicht sein. Wie ich Hugh kenne, hat er sich was Besonderes ausgedacht.

Er ruft »Tada!« und zieht mit einer schwungvollen Handbewegung das Laken weg und entblößt … Was genau eigentlich?

Einen Diamanten? Nein, besser. Einen Eisblock, den er zu einer Skulptur gemeißelt hat: ich mit dem Baby in einer Pose wie Madonna mit Kind. Im Eis leuchten rosarote und gelbe Punkte. Gefrorene Blumen. Rosa Nelken und gelbe Narzissen.

»Großartig.« Ich beuge mich Nase an Nase zu meinem Eis-Ich. Mein Kopf ist voll schwebender Blumen. Ich küsse das Baby auf die Wange, die Gäste dahinter ganz verzerrt.

Mae steht auf, um ein Foto zu machen. Paul reicht ihr ein Objektiv.

»Eis«, murmelt Jack. »Das perfekte Material, um Edith darzustellen.« Und als niemand reagiert, wiederholt er seine Bemerkung lauter.

Hugh ignoriert seinen Bruder. Stattdessen erzählt er die Geschichte, wie er, kurz nachdem wir uns kennengelernt hatten, nach Indien gereist war, um Swami Ishwarananda zu besuchen. Er hatte gerade mit dem Trinken aufgehört und war unsicher, wie es weitergehen sollte. Der Swami trug ihm auf, an den Ganges zu gehen und zu beten. »Dieser Fluss ist die

381

Verkörperung von Shakti«, sagt Hugh, »der weiblichen Urkraft des Universums, denn er ist sowohl heilig als auch zerstörerisch. Die Menschen baden im Ganges, bringen dort ihre Kinder zur Welt und verstreuen die Asche ihrer Toten in seinem Wasser. Ich setzte mich drei Tage lang zum Meditieren ans Ufer und sah zu, wie die Menschen beteten und Opfergaben darbrachten, hauptsächlich Blumen, und am Ende der drei Tage wusste ich, was ich wollte. Als ich zurückkam, rief ich Edie an, wir hatten ein Date. Und, nun ja, der Rest ist Geschichte.« Obwohl Hugh schon seit Jahren nicht mehr trinkt, spricht er bis heute gerne Toasts aus. Alle jubeln. Ich gehe zu ihm und setze mich auf seinen Schoß, mein Bauch an die Tischkante gepresst. Ich erinnere mich an das Date. Er trug mich nackt huckepack durchs Haus, wir vögelten, schwammen im Meer, vögelten wieder und aßen Tacos. Es dauerte zwei Tage und endete erst, als er zu einem Treffen musste.

Ich gehe zurück und setze mich zu Mae. Tillie, die süße Tillie, verteilt Muffins, die sie und Maria zum Nachtisch gebacken haben.

»Ist das Tillie Holloway?«, flüstert eine von Hughs Freundinnen.

»Ist Tillie Holloway deine Mutter?«, fragt mich Agnes.

»Nein«, antworte ich. Sie hat Mom nur in einem Film gespielt, aber ich habe keine Lust, das zu erklären. »Tillie ist meine Chefin. Ich helfe ihr beim Führen ihrer Stiftung.«

»Stellt euch die Muffins als Königskuchen vor«, sagt Tillie über das Flüstern hinweg. »In einem ist ein kleines Plastikbaby als Glücksbringer eingebacken.«

Maes Atem lässt den Schleier vor ihrem Mund flattern. Der Muffin verschwindet darunter. Sie verschlingt ihn mit ein paar gierigen Bissen.

»Du konntest schwimmen«, sagt sie wie aus dem Nichts mit vollem Mund.

Sie glaubt mir doch, dass das Gedicht von Mom ist. »Ja, ich konnte schwimmen.«

»Welche Mutter weiß das nicht von ihrem Kind?« Mae wendet sich an Agnes. »Kannst du dir vorstellen, nicht zu wissen, ob dein Kind schwimmen kann?«

»Wir haben noch nicht mit dem Unterricht angefangen«, sagt Agnes abwehrend. »Ich kenne Leute, die sagen, je früher, desto besser, aber auf Chlorwasser reagiert ihre Haut so empfindlich.«

»Du bekommst bald ein Baby.« Mae pikst mich in den Bauch. »Sag, kannst du dir vorstellen, dass du deinem Kind das antust, was Mom uns angetan hat?«

Ich schaue auf meinen Bauch. »Was meinst du?«

»Alles. Jede Kleinigkeit.«

Die Blicke am Tisch sind auf Mae gerichtet.

»Natürlich nicht«, sage ich. »Aber das heißt nicht, dass ich es nicht doch tue.«

»Wirst du nicht«, sagt Mae und nimmt noch einen Muffin.

Ich wünschte, ich könnte mir da ganz sicher sein. Ich betrachte die Wolkenkratzer in der Ferne. Ihre Konturen sind im Smog scharf umrissen. Vielleicht ist es nur Nebel. Ich spüre, wie das Baby zu schwimmen versucht, es hat kaum noch Platz. Schwer vorzustellen, dass man jedes Mal, wenn man schwimmen will, von fremden Organen aufgehalten wird. Die Unterhaltung dreht sich jetzt um die Kojoten. Tillie hat oben auf dem Berg einen entdeckt, der uns beobachtet.

»Woher wissen Sie, dass es kein Hund ist?«, fragt Maes Assistent.

383

»Die spitzen Ohren.«

Hugh erzählt die Geschichte, wie mich letzte Woche ein Kojote durch die Glastüren fixiert hat und er den Feuerlöscher benutzen musste, um ihn zu vertreiben.

»Wahrscheinlich liegt es an der Dürre«, sagt Tillie. »Sie sind am Verhungern und haben nichts zu verlieren.«

Maria meint schüchtern, sie habe vor ein paar Tagen einen mit einer Katze im Maul gesehen. »Es war so traurig.«

Jack hustet, hustet noch einmal, spuckt schließlich etwas in seine Hand und hält es für alle sichtbar hoch. Ein halb zerkautes Königskuchenbaby aus Plastik.

»Du liebe Güte«, sagt Tillie und kommt mit Maria zu mir geschlichen. »Wir sollten aufbrechen.«

»Wir sehen uns morgen im Gericht«, sage ich. Maria wird gegen ihren Zuhälter aussagen. Er hat sie vom Balkon gestoßen, und als Folge ist eines ihrer Beine kürzer als das andere.

»Man kann nichts falsch machen, wenn man das Richtige tut«, sagt Tillie. Ein Zitat aus ihrem Film, das sie mittlerweile dauernd benutzt. Ein schöner Gedanke. Wer weiß, ob er stimmt.

»Man kann nichts falsch machen, wenn man das Richtige tut«, wiederhole ich.

MAE

Die Unterhaltung ist ins Stocken geraten. Mehrere Gäste sind schon gegangen. Und dann ... Komisch. Unter uns grummelt die U-Bahn, nur dass es hier keine U-Bahn gibt. Eine Zitrone fällt aus der Schale auf den Tisch und rollt im Bogen um meine Füße. Die Nachbarhunde bellen. Das Jaulen von einem ähnelt so sehr einem schreienden Baby, dass Edies Brust tropft. Sie steht auf, lacht und tupft mit einem Papiertuch ihr Kleid ab, während die Erde unter uns zittert. Und dann hört es genauso schnell wieder auf.

Ein Erdbeben.

»Das bringt Glück, genau wie Regen am Hochzeitstag«, sagt Edie zu ihrem Mann und küsst ihn.

Paul sieht sehr bleich aus. »War das ein Erdbeben?«, fragt er.

»Keine Angst«, beruhigt Edie ihn. »Das waren höchstens 2,0. Nicht weiter schlimm. Ist irgendwie lustig, oder?«

Ich muss lachen. Das ist Edies Humor. Nicht Pauls.

»Was ist mit dem Nachbeben?«, fragt er. Paul verlässt New York ungern. Und dieses kleine Beben bestätigt alle seine Bedenken.

»Was soll damit sein? Oh, seht mal, der Strom ist ausgefallen«, sagt Edie.

Stimmt. Das Verandalicht ist erloschen, hier im Freien war es mir nicht aufgefallen. Der Himmel verdüstert sich.

Edie lehnt sich über die Seite der Veranda und ruft den

Berg hinunter. »Juhuu! Stromausfall! Kommt und holt euch Kerzen! Wir haben welche übrig! 474 Glen Albyn Place.«

»Wie aufregend«, sagt sie und dreht sich freudestrahlend zu uns um.

»Wie aufregend«, äfft Jack sie leise nach.

Die anderen Gäste wollen gehen und verabschieden sich.

Hugh versucht mit der Taschenlampe zwischen den Zähnen den Sicherungskasten zu öffnen. Ich biete an, sie zu halten.

»Danke«, sagt Hugh und wischt den Griff an seinem Hemd ab, bevor er sie mir gibt.

Ich schwenke die Taschenlampe nach links, dann nach rechts, um zu sehen, wie die Schatten auf sein Gesicht fallen. Er hat ein schönes Profil.

Hugh legt seine Hand auf meine und bringt die Taschenlampe auf eine Höhe mit dem Schutzschalter.

»Entschuldige«, sage ich. »Ich wollte die skulpturalen Möglichkeiten deines Gesichts ausleuchten.«

Er grinst mich an. »Ha«, erwidert er. »Da ist alles möglich.« Ich weiß nicht, was er meint, aber mir gefällt der Gedanke.

Er kippt einen Schalter nach dem anderen. »Es werde Licht!«, ruft er nach hinten, bevor er den letzten umschnippt.

Ein Lachen dringt aus meiner Kehle, bevor ich es am Schwanz erwischen und zurückziehen kann.

»Verdammt«, sagt Hugh. »Offenbar nicht. Muss in der ganzen Nachbarschaft dunkel sein.« Sein Lächeln ist unkompliziert – ein Lächeln, das für die Schwester seiner Frau bestimmt ist. Hugh ist ein durch und durch domestizierter Hund.

Wie wäre es, einen Mann wie ihn zu haben samt einem Sicherungskasten und einem Zitronenbaum? Und jetzt auch noch einem Baby. Ich hatte stets angenommen, es wäre erdrückend, »mit dem Gesicht zur Wand« oder wie immer Mom es ausgedrückt hat. Aber vielleicht muss es gar nicht so sein. Vielleicht habe ich diese Vorstellung verinnerlicht, ohne sie zu hinterfragen. Eine Scherbe von Mom, die in mir steckengeblieben ist und die ich herausziehen könnte.

Als Hugh außer Hörweite ist – er wollte mit ein paar Kerzen zu einem Nachbarn –, greift Jack nach der Eisskulptur, bricht Edies Ohr ab, lässt es in sein Glas fallen und rührt mit dem Finger um.

»Was ist?«, sagt er an den Tisch gewandt, zufrieden mit seiner eigenen Ungeheuerlichkeit. »Schmilzt doch sowieso!«

Als wäre das ihr Stichwort, zerstreuen sich die verbliebenen Gäste in alle Richtungen.

Jack leckt sich den Finger ab und sagt: »Deine Schwester und ich waren mal zusammen, bevor sie meinen Bruder getroffen hat.«

Die Erde bebt wieder, kaum wahrnehmbar, aber genug, dass die Hunde wieder bellen. Ich sehe Edie an.

»Ja, stimmt.« Sie zuckt die Schultern.

»Erinnerst du dich noch, als wir die Pferde geklaut haben?«

Er will Edies Hand nehmen, aber sie tritt einen Schritt zurück, stapelt das Geschirr auf dem Tisch. »Ja«, antwortet sie. »Ich erinnere mich.«

Die Geschichte kenne ich nicht. »Was ist passiert?«, frage ich ihn.

»An einem Abend sind wir mal in die Ställe im Griffith Park eingebrochen und haben zwei Pferde geklaut. Dann sind wir die ganze Strecke bis zum Observatorium hochgeritten.«

»Mich hat meins abgeworfen«, wirft Edie ein. »Hatte Glück, dass ich mir nicht das Genick gebrochen habe.«

387

»Betrunkensein hilft.« Jack sagt das ganz ernst. »Ehrlich. Dein Körper ist dann lockerer. Du leistest keinen Widerstand.«

»Ich glaube, das gilt nur für Autounfälle.« Ich weiß nicht, warum ich ihm in diesem Punkt widerspreche. »Bei Schleudertrauma oder so.«

»Lass dich nicht auf ihn ein«, sagt Edie. »Wenn er erst mal anfängt.«

Seine Augen glänzen. »Du hast so schön ausgesehen, als du im Mondlicht dagelegen hast. Ich hätte dir an Ort und Stelle mit einem Stein den Kopf einschlagen sollen.«

»Hey, hey, hey!«, schreie ich fast. Dann sehe ich, dass er weint.

»Gütiger Himmel«, sagt Edie. »Lass uns einen Spaziergang machen.«

»Okay. Wir sind bald zurück. Kommst du zurecht?«, frage ich Paul.

Paul blinzelt mehrmals, betrachtet Jack, der immer noch weint, und nickt.

Wir gehen den Hügel hoch. Edie hält sich das Kreuz, als schiebe sie sich vorwärts. Ich blicke zu den Häusern in der dunklen Stadt hinunter. Die einzigen Lichter stammen von Autos und Feuerwehrwagen. Die Luft fühlt sich aufgeladen an. Ich höre die Papageien aus den Bäumen stieben, Kreise ziehen und zurückkommen; sie krächzen ganz verwirrt.

»Hugh möchte, dass wir für eine Weile nach Indien ziehen.«

»Um von Jack wegzukommen?«

»Nein«, erwidert sie lachend. »Das glaube ich nicht. Er will einfach woanders leben. Ein abenteuerliches Leben führen.«

»Und willst du mit?«

»Ich kann nicht.«

»Warum nicht?«, frage ich, obwohl ich die Antwort kenne. Edie sieht mich an und lügt: »Ach, du weißt schon, Luftverschmutzung. Mehr Asthma, häufiger Kinderkrebs.«

Ich hake nicht nach. Wir gehen vorsichtig miteinander um. Wie lange hat sie wohl über diesem Gedicht gebrütet, bevor sie es mir gezeigt hat? Sie ist so froh, dass es existiert, dass sie vermutlich gar nicht begriffen hat, was es sagt.

Möglichst selten. Edie. Wenn es von ihr stammt, denkt sie möglichst selten an uns.

»Als ich gerade hergezogen war«, sagt sie, »habe ich nachts, wenn ich nicht schlafen konnte, lange Spaziergänge gemacht.«

Ich denke an unsere Spaziergänge mit Dad.

»Häufig kam ich an einer Zoohandlung am Sunset Boulevard vorbei, in der ein Mann im Dunkeln saß. Auf seinen Schultern und Beinen hockten Vögel.«

»Wie hat er ausgesehen?«

»Keine Ahnung. Ich konnte nur seinen Umriss sehen. Ein Glatzkopf, glaube ich. Nicht sehr groß. Ich war so einsam. Er war so etwas wie mein Einsamkeitstotem.«

Am Aussichtspunkt bleiben wir stehen und blicken auf die mondhelle Stadt. Edie pflückt eine Feige von dem Baum, unter dem wir stehen, und steckt sie in den Mund.

»*Einsamkeit durchweht mich. Das Pfeifen eines leeren Hauses*«, sage ich.

»Ja. Genau«, erwidert Edie und wirft den Stängel ins Gras. »Woraus ist das?«

»*Cassandra's Calling.*«

Sie sieht mich an. »Hast du ihn seit dem Prozess gesehen?«

»Einmal wollte ich ihn besuchen, aber sie war da. Sie hat mich nicht zu ihm gelassen.«

»Sie ist immer da. Diese Geistesgestörte. Als ich nach Thomas' Geburt bei ihnen vorbeikam, hat sie mich aus dem Haus geworfen. Ich würde dem Baby wehtun. Als ob ich jemals … Und Dennis hat einfach mitgespielt.«

»Er hat getan, was er tun musste, schätze ich.« Es klingt kalt, aber stimmt doch. Er hat seinen Neuanfang bekommen. Zumindest für ein paar Jahre. Ich blicke durch die Kamera zum Mond. Wegen der fehlenden Lichtverschmutzung ist er heller, gestochen scharf. Ich sehe sogar die Krater.

»Was musste er denn tun?«, fragt Edie und zieht mir die Kamera vom Gesicht. Sie will, dass ich über Dinge spreche, an die ich nicht rühren möchte.

»Ich weiß, du willst, dass ich wütend bin«, sage ich.

»Ich will nicht, dass du irgendwas bist«, erwidert sie. »Ich will, dass du ehrlich bist. In der *Marie Claire* redest du darüber, mit mir nicht.«

Ich zucke die Schultern. Ich verstehe, dass es ihre Gefühle verletzt, aber ich kann nicht mit ihr über Dad sprechen. Sie will, dass ich meine Beziehung mit Dad so sehe wie sie, ohne jede Verklärung. Sie will, dass ich mich als sein Opfer sehe, und glaubt, es zuzugeben würde mich befreien. Es ist sinnlos, mit ihr darüber zu streiten, denn es macht sie nur wütend.

»Schon gut«, sagt Edie und hebt beide Hände. Fürs Erste belässt sie es dabei. Ich lege einen Arm um ihre Schultern und küsse sie auf die Schläfe. Schweigend gehen wir den Hügel hoch.

Im gleichen Moment hören wir plötzlich laute Schritte. Eine Gestalt kommt um die Ecke und läuft an uns vorbei den Hügel hinunter.

»He!«, ruft Edie, aber die Person bleibt nicht stehen. Ich mache ein Foto. Als der Blitz aufleuchtet, sehe ich einen Erwachsenen mit einem Kinderrucksack. Ob jemand hinter ihm her ist? Ein Mensch? Kojoten? Dann bin ich blind.

Ich blinzle, gehe, blinzle, laufe in ein geparktes Auto. »Mist.«

Ich warte darauf, dass die Sternchen weggehen.

»He!«, ruft Edie den Hügel hinunter. Keine Antwort.

»Merkwürdig«, sagt sie und nimmt mich an die Hand.

Leicht benommen gehen wir zum Haus zurück. Hugh kniet im Wohnzimmer vor dem Kamin und stapelt Holz. Jack spielt Klavier, und das gar nicht so übel. Als Hugh ein Streichholz am Gitterrost anreibt, spüre ich es bis ins Rückenmark. Ich trete rasch zurück und knalle mit den Beinen gegen das Schaukelpferd, das ich den beiden geschenkt habe. Es schaukelt quietschend hin und her.

»Ist alles in Ordnung?«, fragt Paul aus der Ecke.

»Ja.« Ich setze mich neben ihn, in den Sessel, der am weitesten vom Feuer entfernt ist. Das Zimmer leuchtet orangerot. Edie ist bei Hugh auf dem Fußboden und hält ihre Hände vor die Flamme.

Jack fängt ein neues Stück an. Einen Ragtime. Schnelle Fingergriffe. Er dürfte professioneller Musiker sein. Bei den hohen Noten wird er ehrgeizig, beugt sich zu weit vor und kippt fast um, richtet sich langsam auf und spielt weiter.

»Mae, du solltest singen«, sagt Edie. »Sie hat eine tolle Stimme«, sagt sie zu Hugh.

»Wirklich?« Er dreht sich zu mir um.

»Ich kann nicht«, sage ich und stelle meine Kamera auf den Teppich scharf. »Der Rauch hat meine Lunge geschädigt.«

»So ein Quatsch«, sagt Edie.

»Wieso sollte ich lügen?«

»Weil du nicht willst.«

391

»Tja, auch ein Grund.«

»Na gut«, sagt Edie. »Dann singe ich.« Das ist eine Drohung. Als Kind war sie so unmusikalisch, dass sie im Auto nicht singen durfte.

Sie steht auf und singt zu Jacks Ragtime den Jingle der Versicherungswerbung, über die wir uns als Kinder immer lustig gemacht haben.

»Aber ich hab mich bei der Arbeit ver-letzt«, singt sie schleppend. »Wie soll ich einen Aan-walt finden, der mir die Entschädigung beschafft, die mir zu-steht?«

Ich sehe sie an.

»Ich saa-gte«, singt sie und tanzt zu mir herüber, »wie soll ich einen Aan-walt finden, der mir die Entschädigung beschafft, die mir zu-steht?«

»Greifen Sie einfach zum Telefon!«, sage ich schließlich. Sie zieht mich vom Sessel hoch, und wir tanzen zu der Klaviermusik.

Als das Stück vorbei ist, applaudiere ich und lache, dann setze ich mich wieder. Ich gerate schnell außer Atem. Ich merke, wie Paul mich anstarrt.

Jack stimmt ein neues Stück an, steht dann abrupt auf und taumelt aus dem Zimmer. Edie tanzt lachend allein weiter.

»Edie«, sagt Hugh und zieht sie vorsichtig auf seinen Schoß. »Edie, beruhige dich.« Die beiden küssen sich. Ich schließe die Augen und lausche dem knisternden Holz und meiner Schwester, die ihren Mann küsst, und meinem Assistenten, der durch den Mund atmet. Und dann höre ich es. Ein Klopfen. Ein Klopfen an der Haustür.

Ich öffne die Augen. Habe ich es mir nur eingebildet?

»Ich glaube, es geht mir schon besser«, sagt Paul.

Und wieder ein Klopfen. Diesmal entschiedener. Edie hört es auch.

»Ich geh nachsehen«, sagt sie, steht auf und streicht ihren Rock glatt.

»Wenn jemand Kerzen braucht«, ruft Hugh ihr hinterher, »im Flurschrank liegen noch welche.«

Edie scheint ihn nicht gehört zu haben. Von meinem Platz aus sehe ich ihr Profil. Als ihre Hand zögernd den Türknauf umfasst, sieht sie einen Moment lang wieder aus wie sechzehn. Ihr Gesicht ist offen und hoffnungsvoll. Und in mir rührt sich dieses alte Angstgefühl, von dem ich dachte, es wäre vor Jahren ausgelöscht worden.

DANK

Mein Dank geht an Eric und Eliza, die dieses Buch veröffentlicht haben. Und an Bill Clegg, durch dessen scharfen Lektorenblick das Buch besser wurde.

Ich danke dem MFA-Programm der Washington University und dem Olin Fellowship und besonders Kathryn Davis, die mich beim Schreiben unterstützte und die ersten Versionen des Buchs las.

Dank an die Elizabeth George Foundation für das großzügige Stipendium, das es mir ermöglichte, ein Jahr lang zu schreiben und die Kinderbetreuung zu bezahlen.

Dank an die Ucross Foundation, wo ich mit dem Schreiben des Buchs begann, und an das Virginia Center for Creative Arts, wo ich das Buch umschrieb, und PLAYA, wo ich es beendete.

Mein Dank geht auch an Jen und Jordan Monroe, die mir eine Residenz auf Catalina Island gaben, und an Seth Archer und Amber Caron für unseren Rückzugsort in Utah.

Ich danke den Wisconsin Archives – meine Recherchen dort über die Bürgerrechtsbewegung waren für das Buch und besonders die Figur Ann Carters hilfreich.

Dank an alle meine Freunde, die dieses Buch lasen und halfen, es zu veröffentlichen – Michael Almereyda, Colin Bassett, Amber Caron, Anton DiSclafini, Randi Ewing, Sara Finnerty, Matt Grice, Anne-Marie Kinney, Zach Lazar, Mimi Lipson, Lisa Locascio, Betsy Medvedovsky, Emily McLaughlin, Emily

Robbins, Maura Roosevelt, Randi Shapiro, J Ryan Stradal und Andrew Wonder. Und besonders danke ich Lia Silver, Jordan Jacks und Miriam Simun – die dieses Buch tausend Mal gelesen haben.

Mein Dank geht an Diana Bartlett und Jesse Hutchison für ihre medizinische Beratung.

Außerdem danke ich meinen Eltern, die ganz anders als Marianne und Dennis sind, und meinem Bruder Matthew Shifrin, meinem unvergleichlichen freiwilligen Lektor extra-ordinaire, sowie meiner Tochter Fais.

Und mein größter Dank geht an David, der mich in dieser aufregenden und schwierigen Zeit unterstützte. Ich liebe dich wirklich sehr.